中国民族博物馆民族文化遗产抢救专项资金资助项目
中 国 民 族 文 化 遗 产 抢 救 与 保 护 丛 书

雷山苗族文化书系

LEISHAN MIAOZU WENHUA SHUXI

山情·水韵·苗寨风

Shanqing Shuiyun Miaozhai Feng

◎ 唐千武／主编

中央民族大学出版社
China Minzu University Press

图书在版编目（CIP）数据

山情·水韵·苗寨风/唐千武主编. —北京：中央民族大学出版社，2010.10

ISBN 978-7-81108-415-3

Ⅰ. ①山… Ⅱ. ①唐… Ⅲ. ①散文—作品集—中国—当代 Ⅳ. ①I267

中国版本图书馆CIP数据核字（2010）第197413号

山情·水韵·苗寨风

主　　编　唐千武

责任编辑　舒　松

封面设计　布拉格工作室·金　星

出 版 者　中央民族大学出版社

北京市海淀区中关村南大街27号　邮编：100081

电话：68472815（发行部）传真：68932751（发行部）

68932218（总编室）　68932447（办公室）

发 行 者　全国各地新华书店

印 刷 者　北京宏伟双华印刷有限公司

开　　本　880×1230（毫米）　1/32　印张：8.5

字　　数　220千字

版　　次　2010年10月第1版　2010年10月第1次印刷

书　　号　ISBN 978-7-81108-415-3

定　　价　22.00元

锦鸡亮翅

庆丰收

纺纱的苗族姑娘

通往白云深处的小路

苗族风雨桥

金秋盛装

左图／深山叠瀑

上图／竞　生

下图／同心圆

序

20 世纪 50 年代中期，那时我还是一名小学生，就听那些读中学的哥哥、姐姐们唱《苗家歌唱雷公山》这一首歌。歌的开头是“雷公山高高顶青天，雄山峻岭横跨在贵州的东南，千年森林遮住了天上的太阳，隔断了夜里的月亮，雄风吹来，扶摇动荡像海浪……”歌后面的内容叙述了苗家在旧社会的苦难，共产党和解放军来了，剿灭了土匪，穷人分得了土地，唱出了共产党的恩情比雷公山还高，比清水江还长，苗家跟着共产党，山区能变样，幸福万年长。这首歌在 20 世纪五六十年代的雷山是流行歌曲，因为，这首歌表达了苗族人民的心声。

雷山县是以苗岭的主峰雷公山而得名。

在中华人民共和国的地图上，雷山县域只是一个芝麻小点，很难找到，但是，它却是祖国广阔的土地上不可缺少的一个小点；我国共有 56 个民族，苗族是 56 个民族中的一员。雷山县有 12.5 万名苗族民众，是中华民族大家庭的一个组成部分。雷山县的苗族在雷山生活了两千年，雷山的山水养育了雷山的苗族。在雷山这块土地上，有原始生态非常完好的秀色雷公山，有风光旖旎的巴拉河，还有比巴拉河流水更长的苗族历史和比雷公山还厚重的苗族文化，于是山、水和苗族文化形成了雷山县域内文化的瑰宝。

雷山的苗族民众喜欢唱歌，苗族的歌文化丰富多彩，有叙述苗族从先祖到现在的古歌，有喝酒时表达情意的酒歌，有抒发内心激情而隔山隔岭相唱的高亢的飞歌，有年轻人相恋相爱互吐真情的游方歌……这些歌中有抒情有叙事，可赞扬真善美、抨击假丑恶。但在旧社会，苗族无文字，只能口耳相传一代代传承下来。雷山山水如画，民风如歌，苗族民众也只能以歌的形式来表述。

新中国成立后，中国共产党和人民政府在少数民族地区办学校，让孩子们进学校、学文化、受教育。于是，雷山苗族孩子们一批批踏进了学校的大门。从20世纪50年代初至新世纪，时光共60年，苗族中受到汉语文字教育的人，从小学到大学，一批批几何级的增加。如今，在整个县域内的中小学校中，大部分教师都是本地的苗族人士。

喜欢歌咏的民族，也喜欢写作。掌握了汉文字的苗族同胞们，喜欢用文字来记录他们唱的歌，喜欢用文字来写山、写水，记录苗族风情。特别是改革开放以后和党的西部大开发政策的实施，不仅给贫困的少数民族地区在经济发展上和社会进步上带来了勃勃生机，而且对少数民族在挖掘、保护、传承、弘扬自己的民族文化方面予以大力支持。于是，雷山苗族中许多写作爱好者们，心情激动，感慨万千，纷纷拿起手中的笔，描山绘水，抒写本民族绚丽多彩的风情和在党领导下大山民众欣欣向荣，蒸蒸日上的美好生活。

由于雷山的这些热心的业余作者的文章，在报刊上、在广播电台上、在网络上作媒介，使外界认识了雷山，了解了雷山。于是旅游观光者从省内外，从地球的各个角落纷至沓来，走进雷山多个苗族村落，登上苗岭主峰雷公山，徜徉在雷山县城的花街河堤。于是“天下西江”、“郎德上寨”、“雷公山森林公园”、“天下短裙苗第一村新桥”等许多名字为外界所熟知；“雷山是中国苗族文化中心”、“雷山是全国十大最好玩的地方之一”等美誉冠于雷山头上。于是雷山“显山”“露水”，雷山苗族的历史与文化得到展现和张扬!

回忆在孩童时采摘山楂果的时候，喜欢用一根小细棍把一颗颗红红的山楂果穿起来，连成一串串，或挂在脖子上，或背在身上，好看，且吃起来方便。于是，我把雷山苗族的业余作者们这些写山、写水、写苗族风情的“散”文汇集起来，编成一本集子像山楂果串串一样，取名《山情·水韵·苗寨风》，奉献给读者，翻阅起来方便一些。

这些文章的作者年龄相差甚远，有的已年届古稀，有的年方二八。因为这些作者都是业余的，其水平比起专业的来肯定逊色得多。但雷山的水土养育了他们，他们用自己的笔写自己的风土人情，虽土一点，但土得朴实，土得可爱。也算一种低碳文学吧!

是为序。

唐千武于己丑年末

目　　录

青幽奇秀雷公山

唐千武

雷公山是苗岭的主峰，位于黔东南的雷山县境内，海拔2178.8米，距雷山县城32公里，有公路直通山顶。雷公山处于长江和珠江水系分水岭高地，是黔东南苗族侗族自治州境内清水江和都柳江两大水系的分水岭和其主要支流的发源地。

雷公山早在数百年前就有记载。清《贵州通志·古迹志》上说："雷公山深处苗疆，为台拱、清江、丹江、麻江、凯里、古州、八寨交界之地，绵亘两三百里，曰冷竹山、曰乌东山、曰野鸡山、曰黄阳山、曰大平山，叠峰重峦，皆是山支，林木幽深，霾翁雾郁，水寒土软，人迹罕至，即昔称牛皮大箐也。"说明古时人们把雷公山称之为"牛皮大箐"即是树木多如牛毛、树冠平如牛皮的大山。从远处眺望或从飞机上俯瞰雷公山，就如一张巨大的青色牛皮，茫茫一片。而当地苗族民众则把雷公山叫做"别勒"，即茫茫无际之大坡的意思。

雷公山是座神奇的大山，是原始生态保持得非常完整纯粹的神秘处女地。在雷公山有名字的生物种类近2000种，其中植物1390种。在已知的植物种类中，种子植物有137科425属825种，像秀杉（秀杉隶属杉科台湾杉属，起源古老，为第三纪古热带植物区系的孑遗种，是世界稀有珍贵树种）等被国家列入重点保护的植物有24种；动物有518种，分属132种39目，被列为重点保护的一级、二级野生动物有28种。雷公山属高负离子区，负离子高达5.2万个。医学专家们说，人类生存环境达300个负离子可以养身，达700个负离子可以健身，达1000个负离子可以壮体，雷公山负离子超出多矣。同时，雷公山地质系江南古陆元古代震旦纪变质岩区，其地质年代7.6－10亿年，又由于地表完好的森林植被形成了其独特的水文地质环境，水质属极软水，水中含有多种有益于人体健康的微量元素。毫不夸张地说，雷公山是名副其实的原始生态园，也是人类生存的极佳环境。

1982年，贵州省人民政府正式批准建立雷公山自然保护区。2002年，国家林业局批准建立雷公山国家森林公园。雷公山森林公园总面积为4354.73公顷。这里山势雄伟壮观，沟壑深邃，树木高大，森林苍翠，植被类型丰富多样，垂直分布明显，生物种类资源丰富。公园内山高水长、大小瀑布随处可见，这些秀山奇瀑，构成了公园绚丽多姿的自然风光。而长期生活在这里的苗族人民，不仅用自己的智慧和劳动开发了这块神秘的土地，而且也创造了独特的苗族文化，几千年的苗族文化在这里积淀和延续。勤劳勇敢的苗族人民以其特有的原始苗族习俗、丰富多彩的民间传说、悠扬悦耳的苗歌和芦笙曲调、优美多姿的苗族舞蹈、五彩缤纷的苗族刺绣、光彩夺目的苗族银饰、庄重古朴的苗族铜鼓，以及造型独特、原始古朴的苗寨吊脚木楼等，构建了一幅幅绚丽、回归自然的图画，为公园发展旅游业创造了得天独厚的条件。

雷公山国家森林公园以雷公山丰富的森林资源为基础，以苗族独特农耕文化为依托，以原始森林环境与险峻地貌景观为优势，以古朴的民族风情为特色，成为集森林生态旅游、苗族文化旅游、科教探险、疗养保健等为一体的生态文化型国家森林公园。公园由苗岭之巅、莲花坪、响水岩、高岩峡谷、巴拉河各具特色的五大景区构成。苗岭之巅景区位于公园东北部，海拔均在

1800米以上。主要的景点有苗岭第一峰、天井、山顶原始矮森、高山观景台等，是观赏日出、云海、冬季雪景、高山地貌景观的好地方，也是开展高山攀登的好去处。“箭竹园”也是极具观赏价值的地方，它位于雷公山主峰的西南面，海拔2100米，与雷公山主峰遥遥相望。有步行小道直通峰顶。园内箭竹相连，有杜鹃树生杂其中。这些杜鹃树虬枝横斜，别有情趣，不少杜鹃树树龄已过千年。莲花坪景区位于公园中部，是公园内原始森林保存最完好的区域。景区内森林茂盛、古木参天、遮天蔽日、玉瀑垂挂、深潭映秀、湖光山色交融，美不胜收。昔日人迹罕至、极具神秘色彩的雷公山，如今已有了四级盘山柏油公路，驱车可直达山顶。而景区内用石板铺成的游览步道则将景点串联，让游人尽情品味大自然赏赐给人间的佳境。造型古朴美观的公园大门、观景亭、休息亭、观景台等，则可让游人歇歇脚，或观赏景区全貌，或拍摄照片，留下美好的记忆。公园内集饮食、住宿、娱乐为一体的响水岩度假山庄，以及高岩、乌东、白岩、交腊等苗族风情村寨，不仅可为游人提供食宿，还可使游人有机会置身苗族神秘、古老、奇特的文化习俗中，尽情地品味极具魅力的苗族文化。

雷公山

张希成

苗岭主峰——雷公山，上接云天，古人曾赋予诸多神话色彩，说这山是雷电之源，故名为雷公山。正因为它巍峨雄伟，神奇壮丽，名冠苗岭之巅，所以成了黔东南的象征，也是科学工作者和观光旅游者向往之地。

雷公山，在苗岭的东端，海拔2179米。峰顶形如平台，直径约350米，呈南高北低的倾斜状。这里景色优美，气象万千，是观日出和云海的好地方。特别在雨后初晴时，水雾蒸腾，云涛泛涌，很有"沧海翻腾云水怒"的磅礴气势。朝阳冉冉升起，穿过雾障，人们可见绚丽的彩色光环，这一奇景，人们称为"佛光"，说是吉祥福兆。其实这在雷公山是比较常见的自然景观。这里的气候，时晴时雨，阴天较多，气温较低，宜于避暑。在冬天，当山腰和山下冰雪封冻、布满银树霜花时，山顶却往往开朗放晴，并无冰雪凌冻的异常奇景。最值得称道的是这里丰富的生物资源，单是春天盛开的杜鹃，就不知有多少种。这些高山杜鹃有一个共同特点，就是树干比一般常见的要高大，花形也要大一些，似碗口，状似喇叭，色彩艳丽，有红的、白的、粉的、紫的……开得满山遍野，如火如荼，真使人陶醉。在大片原始森林里，有许多老态龙钟，枝干苍劲的怪树；还有被称为"活化石"的珍稀树种秃杉。富有营养价值的猕猴桃和能提取芳香油的木姜子，触目皆是，还有天麻、野三七、野杜仲、白芨、蛇莲等贵重药材。出没于林海洞穴中的动物，有不少是珍禽异兽，像白鹇鸡、麝羊、大狗熊等，都能有所发现。

昔日人迹罕至的雷公山，如今已有了盘山公路，游人可驱车直攀山顶。山顶还建起了我省重要的电视调频转播台，高耸壮观的铁塔，巍然屹立，直插云霄，为雷公山增添了“风景这边独好”的景象。

雷公山上花烂漫

张希成

春天的雷公山，满山的奇花异草，使游人流连忘返，醉人心扉。

在雷公山海拔 1500 – 2000 米的地带，是玉兰、杜鹃花的集中地。远看一片片，近瞧一丛丛。岭上是花、山谷也是花，真是花的海洋，花的世界啊！

人说杨柳知春早，可雷公山玉兰当是先知春。当大地还沉于寒意间，绿叶还未吐嫩，这里的玉兰花却已枝头满挂，随即，杜鹃花也争奇斗艳。

雷公山玉兰花、杜鹃花，花色有大红、粉红、白色、紫色，还有二色或三色相间的。花形各异，有单花形的，也有复合花形的。那些跃入眼帘的白色杜鹃，恰似皑皑白雪，闲静淡雅；那红色的，宛如朵朵红霞，仿佛整个山都在燃烧，显示了大自然的活力，给人以奋发向上。

苗岭主峰的花海，到底有多大？据保护区科技部门 1989 年普查，雷公山上生长玉兰的地方有 16000 亩，均在海拔 1500—2000 米的地带。而生长杜鹃的地段，那就更宽更长了，伸延到数百里之外。这个宽阔的天然花园，面积之大，花种之多，花色之丽，在国内省内享有盛名。

美呵，雷公山兰花

张希成

古林浩瀚的苗岭腹地雷公山区，四季万花点缀，美不胜收。然而特别清香醉人的，要数雷公山兰花了。

报讯春天到来的屈指春兰，虽兰花小朵不很显目，却与绿林相映成趣。它跃然早春，可谓一花引来万花开，给五彩缤纷的春天添了姿色；花之清香，召唤着春天的万物苏醒。今春一日，寒意还未消去，我随几位乡童上山赏兰，以图个情趣。说赏兰，顿时勾起我童年的回忆。虽年岁不饶人，可那童年的梦幻仍历历在目。我已是知天命的人了，可还要追忆那童年的童趣，寻那童时足迹。

十余年前的每个春天里，时常与故乡苗家同辈相约上山砍柴割草，也为赏兰而去。脚下山溪潺潺，头顶林涛呼啸，耳际鸟语虫鸣，好一派自然美景。风和日丽之时，也正是春兰盛开之时，我们三五成群攀山，不论山路何等险阻，谁先闻到飘香，一声见兰呼号，大伙呼啦而拥，循香而去，不远处便是大簇兰花，少壮们像是触了迷药，个个瞪兰，倾鼻嗅兰。嗅够了，每人摘两支花梗别在胸前，方慢悠散去。那一朵朵淡黄色的花蕊沁出阵阵清香，随风飘动，伴着赏兰的童歌，推波四方。

盛产名兰之地，有花美人美之说。苗家姑娘，不正是像兰花一样美丽灵巧么？苗家小伙子，不也是个个俊秀、勤劳、能干么？真是钟灵毓秀，才秀辈出。

每当春末夏至，那溪涧边，或路边丛林中，那一簇簇绿草之兰，正是白里透红的惠兰，其花梗跃于碧绿的条叶上，长尺有余，花梗大多倾斜状。此兰所溢清香，正唤起山间更绿、鸟儿更欢吧。

夏末秋至，山色呈黄时节，山乡农夫忙着收割间，那九月兰（亦称套叶兰）也正是盛开之时。九月兰，一梗七八朵或十几朵有余。其花淡绿，花瓣呈条状。要数兰中清香，非她莫属。雷公山东南方向的山间，是九月兰的重点产地。时逢花开，满山清香，飞鸟也低翔嗅闻，吟歌赞美哩。去年九月的一天，我亲眼目睹两名观光苗寨的外国人，见到一苗家姑娘卖兰，两步走近，对兰嗅了又嗅，取了相机，咔嚓拍了数张；看那苗家姑娘俊秀，也连同一起拍照下来。相照了，两老外还滞足，久久不愿离去，也许兰香迷步的缘故吧！

雷公山兰花，美、香、奇、珍俱全。最为难得的是四季均见兰花开。亲爱的读者，你见过寒兰吗？每当寒冬来临，那傲寒而开的，正是珍稀寒兰呢！她不但傲寒而开，花味尤其香醇。花美花香，任凭人们评说。

雷公山兰花种类，有十余种之多。花于四季显现，花姿各异，叶形各奇，相形有别，极惹人喜爱。兰花，是著名的观赏花卉，又是当地民间药用植物。她那美丽俊逸的叶片，淡雅素洁的花朵，清远奇绝的幽香，不择土而喜阴的生存，使之成为花卉中的珍品。但遗憾的是，近年有人频频入山滥采，偷运外省，兰花成了少数人的摇钱草。如加以保护，有组织的开发利用，岂不是民族地区的一大财富？

春回大地，面对苏醒的万物，唯有兰花，给人以高雅素洁、清香纯丽、提神向上之感。美呵，雷公山兰花。

秋之韵·山之魂

佚　名

客路青山外，行舟绿水前。山与水的结合，是静和动的映衬，是单调与多彩的交融，也便组成了最美的风景。

——题记

也许是因为我出生在金秋时节，也许是我生长在雷公山区的缘故，我爱上了秋，尤其是山野之秋。

外婆家就住在山脚下，这就让我多了一个亲近山、亲近秋的机会。南国之秋没有枫叶满山红的壮观景象，却拥有一丝淡淡的小家碧玉似的娇羞。秋天的山野，让人感觉不到凄凉，因为南国的秋永远是柔和的，南国的秋日永远是温暖的。

喜欢在一个有着朦胧薄雾的初秋早晨，轻启小院竹门，顺着光滑的青石小路向山中漫步。这时，你可以聆听山鸟的啼叫，可以呼吸带着竹叶清香的山野气息，这一切都会让你心旷神怡。

继续前行，深山仍被薄雾笼罩，小路边有些星星点点的野花，似乎在为山之秋点上一笔轻柔的色彩。

慢慢地，山回路转，渐入佳境。路越来越曲折，树却越来越茂密。如果有兴趣的话，可以进入树林，品尝山中的野果。硕大肥满的野葡萄，泛着红光的小樱桃，都可以让你大饱口福，尽享山野之秋的恩赠。

山林之间无人迹处有奇观。若要真正领略秋的神韵，还需进入山谷。雷公山山谷中不乏响水岩瀑布这般壮美景观，但更多的却是如同山一样秀美的小溪。

太阳渐渐升起来，橙色的光芒在眼前晃动，溪面上像洒下了片片碎金。这泓秋水，没有了夏日的浑浊，显得无比清澈。水面上，泊着几片淡淡的黄叶，如同飘忽不定的小船打着旋儿。水与叶如此融洽，虽没有经过任何修饰，却处处显出艺术之美、自然之美。此情此景，本想尽情嬉戏一番，又不忍打破这秋的宁静，只得掬一捧清泉，让它的清爽滋润我的面庞。静坐在溪边，倾听泉水的轻唱，闻着谷中野兰的幽香，看着秋水的柔波，真是莫大的享受。此时此刻，任何烦恼统统忘却，油然而生的是一种远离喧闹、超凡脱俗的旷然之情。

在山中尽兴游玩，直至夕阳西下。沐浴着夕阳的余晖，走在回家的小路上，风轻轻地吹，树叶沙沙作响，眼前飘飘扬扬的落叶好似只只蝴蝶在飞舞。任秋风轻拂脸颊，任秋叶飘到身上……

我想：秋是有灵性的，它让山变得如此美妙，山又将它的神韵展现得淋漓尽致，二者融为一体，化为一幅绝美的图画。

又是一阵秋风起。回望山，心灵经过秋的洗礼，心境顿时开朗许多。

啊！这诗一般的韵味，这梦一般的恬美……

雷公坪畅想

杨应光

一

春日迟迟。

走进雷公坪，如走进中世纪，千姿百态的古树虬枝，摇曳着千百万年的绿色歌谣。有山歌如斯，从密林深处荡来，点缀这神秘自然。古枫如苍穹，孕出蝴蝶，孕出我们的伊甸园。

感觉阳光那么远古，湛蓝天空深邃无垠。思维的土地有兽高嗥。百树扶疏，我从中摘了一片老叶，骤然吹起，让我的感情在这里静穆，让我的心回归原始，享受世尘之外的风景，然后跪拜在我祖先的百褶裙下，听她叫一次我亲昵的乳名。

二

伫立于点将台，仿佛伫立于19世纪。

环顾四野，只见茫茫荒芜，野草古柏，飞马铁痕依在，茕茕孑影于点将台之桃依在。当年金戈铁马，剽悍壮士何在？

寻觅于雷公坪旷野。高原飓风飞奔，有张秀眉点将的豪壮恢弘声。

旷野鼓响锣鸣，撼心震魄的号声起伏跌宕。高扬的激情和执拗追求，不过如斯。

坎坷是人生。平坦是人生。用鲜血用生命去撞开幸福人生之旅。

三

四季如春一方宝地，雷公坪。

站在雷公坪上，熟悉的春风不止一次向我问候。我很激动，青天白日之下，处处山花烂漫，处处雀鸟争鸣。

这是天然森林公园、动物园。

秃杉群、三尖杉、青钱柳、猫儿屎……数不完罕世树种。

苏门羚、麝羊、娃娃鱼、水獭……说不尽珍禽异兽。

回想陶潜先生至今未醒的桃园梦，我泪水盈盈。

记忆蚩尤后裔背手的迁徙，甬道上蜿蜒坎坷的蹉跎岁月，开拓田园新村，而后诞生一辈一辈麻醉的祖群。我不小心踩碎，成为一种回想，流传至今。

密林深处，有探求新生地者已搭起小木屋。我看见我思维的前前后后，已是阡陌纵横，黍熟稻香。

黄昏的背景，有牧童归来。

而炊烟，此际袅袅升起……

解读雷公山

杨应光

一

雷公山，一座平静的山。

它沉睡在那里。几百年，几千年，几万年……

雷公山，一座风起云涌的山。

它的得名，是缘于它曾是雷电之源——天神雷公的栖息地呢，或是别的什么，我已不得而知。可是，当我站在山巅，看风起云涌，我的耳边回响起一种声音，一种很久远很久远的声音——金戈铁马的声音。我四处找寻，却寻不出一点痕迹，只看见天蓝蓝，山青青，水幽幽，还有浓浓的绿色和淡淡的一抹阳光。

明朝地理学家徐霞客曾有“五岳归来不看山”之说，意思很明了，就是说，能够到五岳这些名山游览之后，天下其他的山就没有必要再去了，因为不可能再有其他的山会比它们更美。可是，贵州苗岭主峰雷公山脚下的民国诗人罗雨峰一首《雷峰烟雨》，却气势大得惊人：“四百里纵横，雾锁云吞。出头敢说众山惊，五岳移来休比峙，空负虚名。”是徐霞客没有到过雷公山，才有“五岳归来不看山”之说；还是罗雨峰饱读诗书，胸怀天下，已经把天下游览个遍，才敢这样的张狂。

且不说。

二

中国有这样一句古话："一方水土养一方人"。只是不同的自然环境又造就了不同的山。可以这样说，遍看华夏大地，无数峻岭雄峰都各有千秋，他们在用不同的姿态向人们展现着自己不同的美。

雷公山，海拔 2178 米，为苗岭之巅，雷山县因此得名。雷公山自然保护区群峰起伏，由冷塘山、乌东山、野草坡、木姜坳、雷公坪、冷竹山、猫鼻岭、九洞山等 11 座海拔 1800 米以上的山峰组成，地跨雷山、台江、剑河、榕江四县，总面积 71 万亩。仅一座山而言，这，远非五岳所能比及，因此我觉得徐老先生的感叹，是多少带有些夸张的手法，来以此烘托五岳名山的壮美和伟大。我记得有一篇文章是这么描述泰山的：当然，如果要是从人文的角度去看待山的话，那么泰山是无疑要比其他高山重要得多。它承载了我们国家和民族太多太多的东西，除了它之外还没有哪些山峰可以望其项背。它凭借着历代皇帝的登临，凭借着天下文人的登临，凭借着自己固有的自然美景，加上祖先们留下的足迹，成为所特有的——自然与文化的遗产，成为中国山的代表和象征。可是，也许是罗雨峰的张狂，使其后人们都来了张狂，现在的雷山人，张口闭口：出头敢说众山惊，五岳移来休比峙，空负虚名。

也许是我们的无知。

可是，登临雷公山峰顶，可以观日出、佛光、云海……还有，雷公山国家森林公园植物保存完好，在已知的 1390 种植物中，有属中国特有的 16 种，被列为国家濒危珍稀重点保护植物 20 多种，其中国家一级保护植物被誉为"万木之王"的秃杉在这里成片生长，作为中亚热带宝贵的物种基因库，堪称绿色"聚宝盆"；野生动物种类有 518 种，属国家重点保护的有大鲵、猕猴、穿山甲、白鹇等23种。联合国专家曾向世界宣布：雷公山是当今人类保存得最完好的一块未受污染的生态、文化净土，是人们追求返璞归真，重返大自然的理想王国，是世界十大森林旅游地区之一。

雷公山，在苗族人的心中是一座圣洁的山、崇高的山，是苗族人民的骄傲。

三

在雷公山北麓的雷公坪，有一棵野桃树，相传是清代苗族抗清英雄张秀眉和杨大六亲自插活下来的一棵树。“如果树死，我们投降；如果树活，我们继续抗清。”是它，给张秀眉和杨大六以信心。张秀眉和杨大六是名垂史册的英雄，他们的抗清业绩，发出了苗族精神的最强音，为后人们所津津乐道。

雷公山曾经太落后。

也许，仅仅抗清英雄张秀眉和杨大六在雷公山区反清抗暴的英雄事迹的文化底蕴让雷公山的人文蕴涵还太肤浅。到如今，在雷公山深处，还依然留存着中国千百年来的农耕文明文化。这是一种落后。可是，落后给雷公山留下了山的苍郁，水的清澈；落后让雷公山的民风民俗古老而独特；落后让雷公山居民的古建筑精致典雅、雄伟壮观。曾经的闭塞和落后，却成就了雷公山今人的财富。雷公山有了“苗疆圣地”之称，这是一个有着传说般美丽的地方。在莽莽林海，峰峦无羁，云霞万千的雷公山周围，有全国第一座苗族露天博物馆；有被文化部命名为“中国民间艺术之乡”的郎德上寨；有中国苗族第一寨——西江千户苗寨。生活在大山里的苗族同胞热情、淳朴、勤劳、智慧，一家来客百家邀，杀鸡捕鱼待人来的古风犹存；至今苗族建筑、服饰、风俗、歌舞、乐器、工艺等仍保持着传统古老、原汁原味的内涵，被文化学者称为：魏晋歌舞、唐宋服饰、明清建筑，享有当代“桃花源”的盛名。“青山欲共高人语，联翩万马来无数”，雷公山，它留下了胡锦涛、乔石、温家宝、彭珮云、司马义·艾买提、布赫、许嘉璐、王文元等党和国家领导人的足迹；美国、法国、德国、意大利、挪威等国家公使及旅游团频频踏上这块神奇迷人的土地。

若要触摸苗族的文化和精神，你就得触摸雷公山的山魂。

四

雷公山，洗涤人们疲惫心灵的最后家园。

你不用担心水会被污染，因为它没有污染源；你不用担心空气质量，雷公山属高负离子区，有专家称，负离子达到300个的人类生态环境可养身，达700个可健身，达1000个以上可壮体，而雷公山的负离子达到了5.2万个。我曾经接待过来自台湾和香港的朋友，他们在丹江河游泳的时候，是一边游泳一边喝着水的（尽管上游有人也在洗澡），边喝边说，雷山人太幸福了，每一天喝的都是矿泉水；雷山人太奢侈了，喝的是矿泉水，洗脸是矿泉水，洗脚也是矿泉水，洗澡还是矿泉水。你曾经把家园的落后作为一种羞耻，看他们那种真诚，你会很感动，那不仅仅是一种真诚，那简直是对你这片家园的膜拜顶礼，对自然生态的膜拜顶礼。

如今，集生态风光、民族风情文化为一体的雷公山旅游区，地处国家旅游局确定的桂林至三峡国际旅游黄金线中心地段，又在贵州省确定的凯里至黎平国际苗侗民族风情旅游核心圈，占尽了天时、地利、人和。当你的心灵感到了疲惫，看云看雾看日出各有胜地，要看山，万不可忘了雷公山。

来去雷公山

吴兴权

我曾攀行蜀地之道，登上峨眉金顶，一览云山雾海，小憩林荫古亭，聆听古刹钟声；纵观三江之景，看滔滔江水东流，闻川江号子高亢；也曾飞越黄土高原，俯视茫茫西部，阅尽山河旷野；又驰行北疆阔地，领略边城风采，信步天池湖畔，独享喀纳斯景观，放逐千里戈壁，跃马南山草原。而使我不能舍去的依然是您——苗岭之巅雷公山。

朋友，到雷公山来吧，走进那宽厚的胸怀，享受母亲般的慈祥温暖，攀行幽谷林莽，抚摸强悍的苗山胴体，感受那撼山的力量，穿行于杜鹃小道，涉步于悬瀑溪流，赏尽南高原柔美的身段，立于苗岭之巅，倾听清风横吹长笛，饱览千山万水。朋友，让我的镜头牵引你的目光走进这片秀美的世界……三月的春风吹醒了沉睡的群山，山绿了、水清了、山花绽放了，几声飞鸟的啼鸣唤你前往雷公山。从雷山县城而上有盘山公路宛延伸去，直达雷公山主峰黄羊岭。途中，4 公里处经陶尧苗寨，清晨 7 点，在这里可观轻雾弥漫，冉冉升飞，山寨笼罩在朦胧中，大块小块的水田泛起片片银光，割草的山民走过田坎，汲水的姑娘身影轻盈，衣襟拂起一片朝晖绯红。盘山而行，远眺白岩梯田，看云漫天梯，车过白岩，绕乌东苗寨，上黄羊岭之巅，海拔渐高，凉风袭人，一派清空，路旁有山花烂漫，飞鸟轻唱，古树伸枝，长须飘曳，溪流轻漾，箭竹簇簇，玉兰花争放，杜鹃花映人。立于主峰之上，放眼群山峻岭，莽莽苍苍，如群马奔腾，似蛟龙穿云，山谷长廊白云涌动，忽东忽西，变幻无穷，霞光映染，雾河流溢，好一幅天上人间又恰似仙山圣境。山之东是古林丛丛，有公路隐现，那里有险要的“猴子岩”、骇人的“野猪塘”，还有那幽雅恬静的世外桃源毛坪、方祥，以及秃杉之乡——格头苗寨。走进方祥苗寨，可观觅高排芦笙，看苗舞英姿，饮天麻米酒；下毛坪苗寨，进入雷公山腹地，沿路觅尽原始森林，独享深山幽瀑；身临格头，跨小桥流水，摄千古圣树，窥古楼座座，听酒歌飞扬，尝山珍美味，夜听蛙鸣声声。山之西，有险峻优美的仙境大塘湾幽谷长廊，步入长廊，有枯树纵横的“情人谷”，有清泉涌动的“仙女塘”、还有那山花飘飞的“花涧溪”、险峻幽深的“一线天”、优美迷人的“彩裙瀑布”。黄昏，立于山顶，听归鸟啼鸣，闻猴声清脆，看山鹰高翔，见落日的霞光映红天边，耳闻晓风习习，眼见明月初升，分不清是朝是暮，只有满目美景让人陶醉忘返。山之北是险峻而壮观的高岩大峡谷，那里溪流急涌，谷深路险，瀑幽水凉，怪石林立，古树参天，景观甚是迷人。山之南侧是极负盛名的雷公坪古战场，如若沿方祥乡政府对面的山而行，过陡寨后行走一个多小时可身临宽阔的雷公坪，登上当年张秀眉反清抗暴的“点将台”，可领略当年的英雄风采。雷公山半腰上则是美丽幽雅的“响水岩瀑布”，这里悬瀑飞泻，鸣声震耳；有山花争艳，游鱼潜底，小桥飞架，深潭碧绿，鸟鸣声声，夜晚蛙鼓阵阵，溪流如筝如瑟，晓风如诗如歌，真可谓清闲度假之胜地。

有人把您喻为“天上的花园”，有人称您“苗家的母亲山”，也有人把您的名字唱到大江南北，唱响在北京金碧辉煌的金殿上，您却依然默默无语，任风雨浇塑您伟岸的身影，用安然的神态迎接每天的日出月升，把历史的诗行写在浩浩天穹。我一次次走进您，走进您茂密的原始林莽，走进您无法释解的断章，用悠长的飞歌，呼唤明天的期望，在晨光的色彩里，在落霞的夕晖下，我双手触摸高高的雷公山山脊，不能离去……

保命手镯

杨应光

虽然已经一把年纪了，但最近我70岁的老父亲又拣起我存在箱底多年的保命手镯，请了银匠师傅，把儿时从不离身的手镯重新打制成大人能戴的手镯，又叫我戴上了。

我说不要戴的，我不过就是病了一场而已，而且是原发性高血压。我是一连几天没日没夜的加班赶材料，周末又恰逢省里来了两拨客人，陪他们喝了些酒，有些超量。周一上午下班时从椅子上起身，脚一软就晕倒在地上了。送到医院一检查，嗨，还真吓人，舒张压为170，收缩压为220，医院下了病危，把家人都吓坏了。我当时四肢虽然都没有了知觉，但大脑还有着很好的反应。所以我知道，自己还没有到要离开这个美好世界的时候。但是，我最后还是戴上了。

在医院住院的时候，有两天见不着父亲，我知道，父亲又回农村老家请巫师折腾去了。

在这方面，父亲是个很矛盾的人。他既相信医学，病了总要吃药打针输液；可是他又还相信巫术，大一些的病，他总要回家拿一升米去找巫师看看的。

对父亲相信巫术这个事，我不知道怎么说才好。父亲民国时期才读到小学二年级，因为贫穷不再读书。但父亲有一股倔劲，他在读书的时候从没有挨过老师的板子。由于我爷爷去世得早，父亲从9岁起就开始学犁田了，没有机会再读书。每天劳动回来，他就跑到教室外听老师教大家读书。在门外，他都背熟了，里面的很多人读了一天，都还背不出来，手掌常挨板子。后来，家族里做巫师的叔公杨里耶看他聪明伶俐，收他做徒弟，教他一些做通师的技巧。苗族的巫师是分级别的，只通一门神或两门神的是小巫师，是只会“打口嘴”，祭猪牛圈门神、祭桥神、祭岩妈之类的小神；通多种门神，但用养牲不多，仅是鱼、鸡、鸭、狗或小猪等祭祀的，算中级巫师；能过阴的巫师才算得上大巫师，他们神通广大，门下有千百个阴崽，即师门徒弟，善断案、会侦察、能讲理、能降妖、能托师傅飞翔，上可通天庭，下可通阴曹地府，人们可以通过他与已故的祖上亲人对话。大巫师的这些阴崽门徒，不仅懂苗语，还通汉语和相邻地区其他民族的语言，在过阴时，能与人们对答如流。叔公杨里耶名响一方，算得上顶级的大巫师了，要是巫师也能评职称的话，他可算是特级巫师，能享受国家特殊津贴的，所以，他的通师必须聪明伶俐，平时能讲理、懂得做人的思想工作。通师的工作是巫师举行祭祀活动时的助手，平时准备些花树什么的，最主要的工作是巫师“过阴”上“天庭”下“地府”时，做好巫师和人间凡人的联络人。父亲跟叔公久了，也懂些巫术，平时出门做什么大事，都先掐掐算算，或拿几根稻草来比草术，不是好日子决不去做；谁家有人病了要请巫师，也先请父亲占卜一下，比一比草术，看到哪个方向去请巫师，而不是哪个巫师级别大就随便请哪个的。我向来不相信，但也从没有阻止父亲做他的“通师”，或请巫师到家里来做巫事。一来呢，我反对也没有用；二来呢，特别是后来生活稍微有些改变，家里开始有些余钱，我就当是家里过年过节杀鸡杀鸭什么的；这三来呢，这巫术始终是小范围内的事，没有危害社会，它倒是苗族心理治疗的一种方式，是父母们的一种寄托，是父母们对子女们的一种爱的表现形式。所以，从小起我也从没有直接反对，跟父亲对着干。虽然不相信，但巫界里有好些事在我心里成了不解之谜。我还小的时候，比如平常间，我叔公杨里耶除了苗话能讲得头头是道以外，汉话不仅不会讲，连听都听不懂，与汉族人会话时还需要我父亲把汉话翻译成苗话传给他。可是，一旦叔公杨里耶过起阴来，那你才知道什么叫“神通广大”。在阴界，他汉语讲得流利不说，还能讲一口标准流利的普通话，弄得我对已去世多年的叔公杨里耶是一头的雾水，至今无法解怀。

父亲回来，我直接就问他，爸，又看出什么来了。

我觉得好笑，这人拿着米去看巫师，总要看出一些事来，不是有这鬼缠身就是有那鬼缠身，需要些鸡啊鸭啊猪啊来解围。所以我就直接问父亲了。他没有回答我，却问，你小时候的那个保命手镯还在没。我说在啊，箱底压着呢，怎么了。父亲说，巫师说了，你命里缺斤少两，需要大家给添福加寿，戴了才能保命呢。

我无法反对父亲，所以我就说，随你吧，怎么做都行。

在我们苗家，不论男女，戴手镯是很正常的事，但所戴的意义却不同。姑娘、妇女戴手镯为的是装饰，它即可衬托美丽又显示富有；但男孩和小伙子戴手镯，则是为了保命而戴的。

男孩和小伙子的保命手镯并不是想戴就戴的，制作保命手镯有烦琐的程序呢。第一，先是讨银子。不管你家有多富裕，都要到舅舅家去讨些银子。登门讨银子这天，父母要提上一篮糯米饭、一坛米酒，捉上一只红公鸡，砍上一带尾巴的猪腿，带上儿子到舅家去讨银子。讨银子只是一个仪式，多少不限，它代表着舅家给外甥添福加寿。这样，从舅家讨到银子后就可以制作手镯了。第二，选个吉日，请银匠到家里来制作手镯。这天还要杀鸡或杀头小猪，请来巫师做巫事，办上一桌酒菜，请家族叔伯兄弟一起来喝酒吃饭。家族叔伯兄弟来了，过去有银子得送上一些碎银，现在也得送上几块或几十块钱，表示从自己的 12 两命中拿出一部分来给你添福加寿。然后，巫师在祖宗灵位前，拿着三个土碗，一只装着饭，余下两只都盛些酒，打好的手镯放在左边那只有酒的碗里。巫师烧香烧纸，念着一些长命寿语，念完了便给男孩带上。一般情况下，大凡带着保命手镯的人，身体虚弱的都会变得强壮起来。这也是我多年来一直难以理解和困惑的地方。

长大后我才渐渐知道，保命手镯之所以能让人的身体由虚弱变得强壮，是因为银子有着极强的消毒杀菌和分解有毒物质的功能，能把对人身体有害的有毒物质如砷化物、硫化物、氢化物等分解掉。我本来想把银子的这个功能跟父亲说，可是我一直没有说。我的父母们，他们没有文化，他们一直把银子视作一种图腾。他们已老，我不想在他们的晚年，去打破他们的这种神话。

闲暇的时候，我右手时不时去摸左手的手镯，心里总不免有些感叹。一个大男人，戴着个手镯，有些不伦不类。不知道的人，说那是显摆；知道的人，说我迷信。其实，只有我自己知道，我这哪里是显摆和迷信啊，说白了，保命手镯体现着血脉之间的关爱，我这不是在保自己的命，而是在保老父亲的命啊。70岁的老人，他每一天都在督查我是否戴保命手镯，他心里有着这手镯，这手镯在，我就在。而我呢，是不想让他一直惦记着我的安危，给他的晚年一个平静。

这人啊，什么才叫孝顺呢？是不是给老人一大把钱就叫孝顺？是不是整天给老人买好吃的好喝的才叫孝顺？都是。但我认为，人最大的孝顺是，给老人一个舒坦的心境，让家庭的和谐和幸福温暖着他。这是老人们最需要的，也是我们一直需要和追求的。

这些个解释，就算是我给自己戴保命手镯的一个理由吧。

从水寨到陡寨

——雷公山腹地见闻

吴兴权

初春，山花绽放，微风习习。3 月下旬的一天，下午 13 点，我与地税局的几位朋友前往雷山县境内雷公山腹地的方祥乡。驱车从雷山县城出发，经过白岩、乌东苗寨，翻过雷公山主峰——黄羊岭到格头、雀鸟，再沿小溪流缓缓而下，约 1 个半小时便到达目的地——方祥乡政府所在地平祥。

我们把车停放在乡政府，就身背相机往水寨步行而去，公路绕山而行，山下是一条碧绿的小河，对面是郁郁葱葱的林莽，河水在怪石上翻滚着白色的浪花，如堆堆耀眼的白雪，又似天上飘飞的白云，哗哗的响声回荡在弯弯曲曲的山沟里。路旁有枝桠优美的古树，还有古老的三板桥，桥上尚遗留着“二月二”敬桥时的祭品和纸钱，沾有鸡血毛的香纸贴在桥的两旁，给人一种神秘的感觉。大约步行了 4 公里的路程，绕过一个陡峭险要的山崖，放眼而望，一幅田园山水画跃入眼帘。近处，弯弯的木栏围着一小片菜地，白菜和萝卜花红绿相映，有蜜蜂嗡嗡掠过身旁，送来阵阵花草的清香；中间是大块大块的稻田，曲曲折折的田坎如蛇般盘桓在旷野中，田里是忙着犁田的村民，吆喝耕牛的声音忽高忽低，几只白色的狗在田坎上嬉戏；远处是那高高低低吊脚楼组成的苗寨，苗寨里炊烟袅袅，有古树屹立，还有村民肩挑着东西走出走进。慢慢走近山寨，见河流从寨中穿过，老柳树下的河畔有白鹅亮翅，红掌泛波，遛鸟的老者嘴含长长的烟杆在河旁窥鹅戏水；洗猪菜的小姑娘挑篮而过，留下一片笑声，身影消失在黑色的木楼群里。

走过凹凹凸凸的寨中小道，跨过流水哗哗的小木桥，在山寨的一个岔河口上我看见了一对奇特的石柱。柱高两米，上穿有孔，孔中插有弯曲的石角，其形状恰似北京天安门前屹立的华表，又像是两个古代的陶俑；石柱上刻有文字，乃清朝道光年间所立。据当地年长者说，此石柱是为镇山镇水驱邪而立的，分为一雌一雄或一阴一阳，阳者为石角向上弯曲之柱，阴者为石角向下弯曲之柱；两柱可环视整个山寨和两条交叉的小河，与寨对面的两棵硕大的古树遥相呼应，形成了两对威武的壮士，镇守着这深藏大山之中的山寨。

从水寨回到平祥已是下午 17 点多了。春风轻轻拂面，放学的小学生一群群各回各寨，山道上行走着劳动归来的山民。方祥乡党委书记志波老弟遥指山上的一个山寨说："看，那就是陡寨。山寨很有特色，整个山寨建在海拔 1000 多米的大山上，去看看吧，来回最多半小时"。我抬头望去，整个陡寨沿陡峭的山体而建，远看屋檐角层层叠叠如天梯一般在下午的余晖里泛着古铜色的光泽。地税局的老张体胖不能再登此寨，就先回乡政府休息，我与老秦和志波书记一起徒步向山寨攀去，陡而小的便道在我们脚下弯弯向上延伸。10 分钟，行到半山腰，回望平祥，整个乡政府尽收眼底，仿佛就在脚下，哦，这山真陡，这路更陡。志波说这里已修建了到陡寨的公路，尚在完善当中，但是有几个急弯处，车辆要打两次方向才能转过，弯道实在是太急，角度小，也危险。公路如蛇弯曲盘桓而上，在山中若隐若现，车辆上行还不如人走小道快。"快看，对面的梯田风光如何?"志波抬手遥指对面的山上。"哟，真陡啊！人家说从江加榜的梯田，一泡尿可跨8块田，我看这里也与那里差不多。”我感叹道。对面的梯田层层如天梯般雕刻在这大山之中，从山脚一直撑到山顶，弯弯曲曲，在蓝天下泛着光泽，农忙的山民在田坎上劳作，耕牛在田边吃草，几个山娃在陡峭的山坡上采摘蕨菜，我抬手举起相机留下一幅幅美丽的瞬间。行走到陡寨时已是黄昏时分，寨中吊脚楼错落有致，高高低低，楼栏上悬挂着红红的辣椒和黄澄澄的玉米，门前大块小块的水田里红色的浮萍形成古怪的图案，有水鸭子立水亮翅，嬉戏水中，田里还游动着露脊的鲤鱼；一条弯曲的小路伸入山寨，楼上的小窗闪现苗族少女的脸庞，晚炊的青烟弥漫在屋檐上，青藤密布的石块墙上绽开着点点红白野花；山寨的东面是一座陡峭高大的悬崖，一挂白色的瀑布从陡峭的山崖上喷射而下，约长200余米，远远看去，但见两山拱卫，古树迎风，中现白瀑，景色迷人。志波书记说如果是七八月份来这里，飞瀑更大，响声震耳，站在山寨边可感受飞雨扑面，此为著名的“乌茫瀑布”，为这雷公山腹地一大景观，雨季到来，这里经常招引许多摄影爱好者前来。据介绍，从陡寨而上翻过山寨背后的山峰就可以到达清朝著名的苗族起义军大本营“雷公坪”，当年苗族起义军在张秀眉、杨大六的带领下以这里为根据地与清朝的军队抗争18年，如今上面还尚存有当年的操练场、点将台、石刻、刀剑等历史古迹和遗物。穿过雷公坪往下走，大约四个小时可达到天下第一苗寨——千户苗寨西江。如今当地县政府已经将这条线路规划为旅游开发线，早晚这里将是人们观赏原始森林风光和研究大自然的最佳选择地。

返回到乡政府的时候，天色已见晚，在平祥河边的木楼里，已早为我们准备好丰盛的晚餐，当地自酿的天麻酒摆在桌上，一股清香弥漫在屋里，这晚我醉了……

高岩偷亲

杨应光

正在办公室上班，朋友冼海来电话说，他和杨妹的婚事敲定了，想麻烦我去给她们说亲。

冼海所说要“麻烦”我的事，竟然是我自己给惹的。

一次和冼海去酒店吃饭，杨妹是服务员。我开了开玩笑，说冼海不如找杨妹做老婆算了。不想一句玩笑，竟然让两人都动了心思。杨妹后来问我冼海好不好，冼海也问我杨妹可不可以。虽然冼海离过婚，有一小孩，但我觉得，俩人的结合，郎有心妹有意，即便冼海有“老马吃嫩草”之嫌，但也算得上天作之合，就分别给两人分析了他们结合的好处。我只是一句话而已，想不到到后来，他们竟然发展到了要结婚了。

在我们苗家，说亲是一件很头疼的事。虽然我平时能说会道，但要要贫嘴还可以，关系到要说亲等之类的大问题，我却是不行的。主要原因在于，我一向出门在外读书，对我们苗家的一些风俗习惯懂得不多。特别是说亲这事，曾听别人讲过说亲的辛苦，说亲的人到女方家去，如果遇上通情达理的父母，不管答应与否，先给饭吃了再说；遇上思想老化，脾气古怪一些的父母，哈，门是进去了，一听是来说亲的，说亲人所带来的礼物，会被女方父母丢出门外去。人要是不走，女方家母亲自然有办法，拿一把米草扫把撵，说亲的人只好跑出门去，逃之夭夭。被赶出门的人，胆小的，当夜不管家有多远，连夜也跑回家报信去；胆大的，再提着鸡去找女方寨上的人家，把提去提亲的鸡杀了，吃个酒饱饭足，睡个好觉，第二天回家交差了事，反正姑娘已经嫁到男方家里了，说亲只是个形式而已，告诉女方父母，你家姑娘嫁到我们寨上某某家了。至于女方家不同意这门亲事，上男方家来把女儿拉回去，那是后来的事了。这还算是够仁义的了，还有更难堪的，女方父母把说亲的人提来的鸡和酒挂在说亲人的脖子上，叫其喊着“我今后再不做说亲这个行当了”，围着寨子转一圈，使其颜面丢尽；还有把说亲的人关两天两夜不送饭吃的，不送也就罢了，女方家人还轮流对其进行教训，并在吃饭时故意把饭菜摆在他们的面前大吃大喝。因此，做这门行当的人，都是有些斤两的人，一是能说，歪的能说成正，在理的能让来势汹汹的人心服口服。二是能打，你家来多少人我也不怕，叫人欺负不得。

找不出推辞的理由，我只好硬着头皮应了说亲这事。但我心里还是没有底，约了冼海回我老家向我父亲请教去了。

我父亲在我们老家是说亲的老手。他从小跟着我当巫师的叔公学些巫术，懂得很多理词，能说会辩，人又生得硬朗，出去说亲，不管女方家来硬的来软的，我父亲都能应承下来，所以大凡寨里家族里外的一些说亲之类的难事，都是我父亲应承着。据说，一次他去说亲，女方家来了许多人，手里有持木棒来的，叫嚷着收拾我父亲。我父亲不言语，一巴掌把主人家一条新打制的松木板凳打成两半。人们都傻眼了，悄然退出。我父亲从此声名鹊起，之后所到之处总是水到渠成。看来，人们大多都是欺软怕硬的。

父亲说，提亲的礼物有一只带尾的猪腿、一只公鸡、一壶米酒、一条香烟、几包糖果。父亲说，高岩向来讲究礼数，古风依存，没有点水平，很难完成说亲任务，何况冼海是再婚，而杨妹是初婚，杨家要是不同意的话，弄不好女方家还像过去一样为难人的。之后他向我传授了一些如何与女方家说话的措词。父亲传授的说亲理词，像汉文里有哲理的文言文，也像汉家的四言八句，听得懂却记不住。背了半天，过后都给忘了，干脆我就凭着自己在江湖上的三寸不烂之舌去糊弄了。

2009 年的深秋，我和冼海的大兄弟找了一部越野车，与两个朋友一行四人，带着提亲的礼物，估算着到高岩太阳要落山的时间，来到了高岩。

其实杨妹与她母亲事先通了气的，说亲只是走个形式，也让婆家有个面子，我实在没有怕的必要。我们到杨妹家的时候，家里没人。把车上提亲的礼物一一拿了下来，放在杨妹家吊脚楼的大堂屋里，然后冼海的大兄弟和杨妹生火做饭，而我和另外两个朋友，则趁着太阳余晖，出村看景色去了。

高岩村是大塘乡的一个偏远的村寨，坐落在海拔 1300 多米的雷公山西南面，全村有 140 多户近 600 号人口。之所以取名高岩，是因为村寨所居之处，为一悬崖上的一块长约 500 米、宽约 300 米的石板上，石板外东、南、西三面悬崖峭壁，只有北面的山坳才有唯一的进寨通道和西面崖下有一条进寨的羊肠小道。苗族很多村寨都选择这样的地势居住，这与过去统治者的追赶杀戮有着主要关系。特别是高岩村，对付侵扰者，来可战，退可守，实在是易守难攻。每每看到苗族这样的寨子，我常常想，是苗族人怯懦，不敢战斗；还是聪明，休养生息。我找不到答案，我最后给自己的回答常常是：存在就是道理。

是的，存在就是道理。村里已经没有人能推算，他们的祖先来到这里定居到现在是多少代多少年了。他们逃亡到这里定居下来，然后结婚生子，繁衍后代，一代一代就像高岩深山里的溪水，源远流长。

由于地处海拔高，天气虽然晴朗，但当夜幕降临，那晴朗的天空已经是繁星点点的时候，高山上的寒气还是像无处不能渗透的水一样浸透到我的骨子里，令我打了一个深深的寒战，我逃也似的跑回杨妹家里来。这时，杨妹的父母亲、哥哥已经回来。少不了一阵寒暄，递烟点火什么的。不过时间不长，饭菜都端上了桌，杨妹家的叔叔伯伯、大妈大婶也都到齐了，毕竟是女儿的婚姻大事，而且就这么一个女儿，杨妹的父母自然是很重视的。

进来了一个人，60 岁的样子，面很熟。我认真一端详，哈，杨雄，我在县教育局当秘书时他在高岩小学任校长。我那时来过两次高岩，算与他是老朋友了。一介绍，他还是杨妹的大伯。这下我心里踏实了，怎么说，凭我和杨雄的关系，杨雄自然不好为难我，因此他说的话，杨妹的父亲自然不好反对。果不其然，在吃饭之前，我把来意说了，很多话都是杨雄给应承下来的。我因为血压高，不喝酒，不抽烟，但那天我也给喝了几杯，把杨妹的爸爸给喝高了。他最后却对我说，我都答应了，但女儿是她妈养大的，你与她去说，你们自己确定。

我们苗家来了客人，是需要家族人来陪的，人多了，就要分成几桌。长辈的老男人们一桌，年轻人一桌，然后妇女们统统一桌。有道是，三个女人一出戏，何况这是一桌的女人，少也七八个，没有些本事，这道坎有些难过。

我去敬酒，一些妇女不断向我发难，我凭着多年在江湖上行走的本事，一一给应承下来。不仅如此，我还把杨妹与冼海结婚的好处说了一番，半个多小时，纯粹是我一个人包的场子。我看差不多了，总结说，好的男人遇上好的女人少奋斗三十年，好的女人遇上好的男人少奋斗一辈子，冼海什么都不缺，就缺一个主事的，我看他们的结合，准幸福。杨妹的母亲说，那我杨妹如果和小冼过了有什么不好，我找你负责。找我负责，就是拿我是问，这我可不干，人冼海享用，有事我担当，我憨啊我。所以我立即回应说：这是他们双方的事，我不敢打包票，但小冼个人嘛，你的话我一定传到，要他好好对杨妹，好好珍惜这份婚姻。最后杨妹母亲说，那这次你们来，不算正式的，下次再来。我来之前，冼海把权利都放给我了，我便给应承了下来。后来，我还来了两次，一次是正式说亲定结婚日子，一次是定彩礼。按照与杨妹母亲的商议，采取晚上偷亲的方式进行。

雷山苗族的婚俗，至今仍然保留古朴的风俗。婚姻形式非常多，有由父母做主的传统婚姻，有看杀鸡后看鸡的眼睛是否睁得一样好才能婚配的鸡眼婚姻，有姑表妹嫁给舅表兄的还娘头婚姻，有自由恋爱怕父母阻拦偷着跑的偷亲婚姻，有通过自由恋爱后父母又同意的古俗婚姻，有自由恋爱得到女方父母默许但不大操大办的半路酒婚姻。而冼海和杨妹的婚姻，是偷亲、古俗婚姻和半路酒婚姻三者的有机结合。

准备好两大箩筐的糯米饭、酒、鱼、肉和礼金之后，是夜，我和冼海及一群兄弟出发了。

这次不同往日，车不能进寨了，只在距村寨约一里的地方等着。那天日子也着实选得好，本来是一周以来的连绵秋雨天气，那日却是艳阳高照，夜里天空也是出奇的明净，月儿光光，星儿点点。

约摸等了半小时，杨妹和送亲的伯母、婶婶、姊妹才陆陆续续地来到。我认真的数了数，约有三十人。我把糯米饭、酒、鱼、肉拿到地上来，朝东方摆好，然后按照父亲教我的说道，今日黄道吉日，看天天高远，看地地宽广；今日我们来，是龙出海来，接凤下树；龙接凤去，是龙凤吉祥，健康长寿，子孙满堂，男活一百二，女活一百二。念毕，我抓了一些肉鱼、捻了糯米、倒些酒在地下，然后把送亲辛苦的“草鞋钱”500多元一并拿给了杨妹的伯母，由她自去分给参与送亲的人，便算完成任务。不想杨妹的伯母刚接过钱，那一大群妇女便围了过来，要我拿更多的钱。来之前，我是有准备的，我把自己的钱都放在家了，身上分文没有。拿不到钱，这群平日里看着像淑女一般的妇女们变得放肆起来，她们开始撕扯我的裤子，可我的裤子很厚，撕不了。于是她们便要脱我的裤子，让我下身走光，可是她们却不会解开我的皮带，她们不懂得有旋扣的裤子怎么解开。都没有了办法，她们便要摸我下身。我这时已经被她们四脚朝天的压在地下。看要被侵犯，我唯一的办法就是用挣扎出来的手去朝她们的胸脯乱摸，我认为这样可以吓跑她们。可是我错了，这样的夜晚，是我们苗家妇女们最开放的夜晚，也是她们唯一可以放肆的夜晚，男女双方可以在相互的追逐中抚摸而无怨恨，得到快慰而不出轨。这是苗族妇女出嫁后唯一可以出轨的方式，所以，她们都喜欢参加半夜送亲，一来有些“草鞋钱”，二来可以出出轨，增添一些生活情趣。

往往这个时候，我们一起来的男士也会一对几的加入到出轨的队伍里来。趁着混乱，我终于有机会站起来，落荒而逃。

送亲时男女的行为出轨，是整个苗族男男女女都知道的事。男人去接亲，女人在家；女人去送亲，男人在家。明知道要出轨，却好像什么也没有发生。

后来，我常常想起我为冼海偷亲的那个夜晚。那个夜晚让我懂得，相互宽容、谅解和相互信任，是苗家人家庭和睦的重要因素。宽容，是苗家人一种绝对的智慧，一种高贵的品质，一种非凡的气度，一种无上的福分。

魂归之路

杨应光

有一天我突发奇想，这人有一天死了，是否有接纳他灵魂的去处呢。问了很多老人，居然都说，人死了，灵魂要回到他最初的故乡去，还要经历很多艰难险阻呢。

最初的故乡，就是我们祖宗生活的地方。如果按照老人们的这种说法，以现在我们的居住地，与我们祖宗生活的地方来计算，我们苗族的故乡很远，很远。

我们的故乡在哪里呢?

翻开一页页历史，对于故乡而言，实在是太陌生而又太笼统。史书云：大约在6500多年前，我们的先祖生活在黄河下游东部和长江下游的平原地带，幅员辽阔、人口众多，以饲养牲畜、种植农业为主，农业、纺织、农具和兵器制造在当时处于领先水平，也就是说，蚩尤所领导的九黎部落，文明程度领先于同时代的炎、黄部落。在炎、黄、蚩三帝同称霸的时代，蚩尤最为强大，黄帝轩辕曾“九败”于蚩尤，但最后我们的先祖在涿鹿之战败于黄帝轩辕。黄帝部落生活在黄河中上游黄土高原地区，是一个人口不多，以游猎、游牧为主的部落，文明程度相对落后，但其在向黄河下游迁徙的过程中，基本完成了对周边部落的兼并，部落文明由人类初始的多元体发展到单元体，部落发展的不利因素在拓展中得到有效克服，部落的首领意识及部落的整体意识得到增强，游猎、游牧部落的组织性、强悍性得到发挥。而炎、蚩帝部落文明虽远比黄帝先进，但其大小部落联盟松散，据说我们先祖蚩帝所领导的部落就有81个之多，在涿鹿之战前仍处于多元社会，组织意识、首领意识淡薄，加上又不善骑，故难与黄帝强悍的游猎、游牧部落抗衡，最终以失败告终。随着历史的推演，“九黎蚩尤”的部分部落在历史演变中有的沦为奴隶，融入了轩辕部落成为大汉民族的一分子；而众多部落向黄河以南逃亡迁徙。先是在“左洞庭、右彭蠡”一带建立“三苗国”，后与尧、舜、禹发生冲突被瓦解，迁入江西、湖南崇山峻岭中，史称“荆蛮、荆楚”；再之后进入武陵地带的“五溪”，时人称“五溪蛮”；沿河水不断西迁的苗族，来到了贵州东南雷公山的雷公坪及其周围，就是现在我们又谓之为故乡的地方。

那么，我们的灵魂将如何的回归故里呢?

一天，和朋友张德的一位来自湖南、在日本留学的同学陶治先生到桃江乡岩寨村去采访一位叫余木里的女巫师。张德和陶先生都是中央民族大学学民族学毕业的，对民族学研究都有较高的造诣。这位陶先生，现在正在研究巫学方面的课题。由于相同的爱好，我也应邀一同去采访。

余木里所在的桃江乡岩寨村，是一个短裙苗族村寨。在雷山，苗族分有长裙苗、中裙苗、短裙苗三种，关于长裙、短裙苗族之分，虽然有很多争论，但余木里的分析，我认为很可信。她说，过去并没有什么长裙、短裙苗族之分，都是一统的长裙。他们这一带的短裙苗族的先祖母，在半路上生育，没有包裹孩子的东西，就把自己身上的裙子撕下来包裹孩子，只留下七寸长的短裙以避羞。后来倒是感觉这样方便，便一律的改穿短裙了，短裙苗族由此而来。

关于灵魂的回归问题，余木里的回答与我问很多老人的答案都是一样的，都要回到他最初的故乡去，还要经历很多艰难险阻。但其他老人不知道怎么回去，而女巫师余木里却知道我们的魂归之路。

魂归之路，实际也就是我们先祖的迁徙之路。余木里把她“过阴”到先祖故里的路线都向我们做了介绍：从现在我们生活的地方，即她所生活的岩寨出发，过桃江村，到永乐镇开屯村，过永乐镇，过丹寨县、过黔南三都县，沿着我们先祖的来路，一个一个地方的回归。还要坐船过江，还要经过一些有虎有蛇的地区，非常可怕，最后进五溪、入洞庭，才到先祖最终的发源地——黄河下游东部和长江下游的平原地带。魂归，是一个漫长而苦难的历程。

如果是这样的话，现在以雷公山地区为故乡，在外省工作或打工的人，哪一天要是离开了人世，那他还得坐火车、坐飞机、坐汽车回来，然后步行于古老的迁徙之路。想到这，我突然觉得自己很幸运，自己没有到外省去工作或打工，就在这如今美得像仙景一样的雷山，分享自己出生到离开人世的痛苦与愉悦，然后，不要再经历坐火车、坐飞机、坐汽车的痛苦，就步行于古老的迁徙之路而魂归。

也许，投身到人世来本身就是一种苦难。要不，当我们从母体分离出来的时候，我们为什么不是哈哈哈哈的笑，而是“偶噎偶噎”的哭呢。

郎德上寨，被世纪阳光滋养的古村庄

杨应光

郎德上寨，实在是个不甘寂寞的地方

2008年8月初的一个早上，我坐在郎德上寨村对面田埂柔软的草上，看清晨醒来的这个古村庄。清晨，阳光普照着大地。在这里，阳光已经被郁郁葱葱的山林和静谧的河水所软化，它像郎德上寨寨前的望丰河水，静静地流淌着，让人感到温暖、滋润以及和谐。村寨端庄而秀丽，风雨桥、望丰河水、古色古香的吊脚木楼人家，以及和谐的田园风光，实在是一派世外桃源歌舞升平的欢乐景象。

上午9时许，沉静的郎德上寨热闹起来。一辆又一辆的旅游大巴，缓缓地停在风雨桥边。显然，这些旅行团游客，为这里的原生态而来，为这里曾经是抗清英雄诞生地而来，为奥运火炬曾经在这里传递而来。

郎德上寨有132户547人，有耕地面积289亩，人均耕地面积0.53亩。从1985年起，郎德上寨的苗族文化生态旅游就开始起步了。算一算，已经整整23个年头。世纪的阳光，普照着郎德上寨——这个苗岭深处偏远的小村落，让这个小村落的人，温暖而幸福。他们热情而好客，用苗家最隆重的礼仪十二道拦路酒和十二句最惬意的祝福词迎候宾客，盛大的芒筒和芦笙响彻云天，迷人的芦笙舞、铜鼓舞、锦鸡舞拨撩着旅人的心绪。

郎德上寨能吸引世人的目光，让旅人纷沓而来，是有它博大内涵的。郎德的文物保护，侯天佑先生在吴正光先生著的《郎德上寨的苗族文化》一书里这样说：如果从最早的文物调查算，郎德苗族文化保护已进行整整 20 年，所以，郎德不仅在贵州，在中国也是先行者。又说：谁也不能忽视郎德在中国开了苗族保护之先河这样的真实历史。

这一切，使追求原始自然艺术之美和探索历史沉淀的人，源源不断的来到郎德——这个美丽的古村庄。

郎德上寨，抗清苗族起义将领杨大六的诞生地

郎德上寨的名声远扬，我们不能不把功绩归于抗清名将杨大六的头上。

郎德上寨建寨的历史究竟有多长，苗族人没有文字可以记载。唯一有传诵的，就是寨上几位寨老口头以父传子的形式相传的，算起来，郎德上寨至少有 600 多年的建寨历史了。到清咸丰年间，已有 70 多户 200 多人。由于在清咸丰年间苗族起义失败后，村里遭清军血洗，仅存 15 人。

这里，原本应该是一片能够安居乐业的“乐土”。可是，清咸丰初年，“苗疆六厅”（现丹寨、榕江、雷山、台江、剑河、三都六县）连年大旱，粮食颗粒无收，饿殍遍地，但官府却横征暴敛，使百姓生活于水深火热之中。清咸丰五年（1855），一向疾恶如仇的杨大六（原名陈腊略，杨大六系苗语音译，为“凶、恶得厉害”、“勇猛异常”之意），率苗民起义，并联合张秀眉抗清，掀起了前后 18 年的浴血奋战，威震清廷。

已远去的抗清英雄杨大六不会想到，郎德上寨因为他，成为旅游胜地，更具有生命力。而他用鲜血用生命去撞开的人生之旅，惠及了自己的子孙。英雄在九泉之下，当是瞑目了。

郎德上寨，最具魅力的原生态古村庄

郎德上寨，当属苗族村寨中最具魅力的村寨之一。依山而建于元末明初的郎德上寨，四面环山，一水中流，依山傍水，有“万马归槽”之态；田园、小桥、流水、人家，俨然一幅超脱世俗的水墨画，宛如世外桃源。当然，这不是它吸引游客唯一的地方。风采独具、蕴藏着丰富文化内涵的苗族吊脚楼；巧夺天工、内涵广博深邃、被称为“穿在身上的史书”的苗族服饰；追求幸福的“游方”婚恋习俗；十二道拦门酒以及十二句祝福词的礼俗；神秘的招龙节、鼓藏节；热闹非凡的吃新节、苗年节；撼人心扉的芦笙舞、铜鼓舞，这一切，组成了苗族丰富多彩的民族文化。可以说，体量虽小但却风光独好的郎德上寨，数百年来，一直保持着远古遗风、秦汉礼俗、唐宋服饰、明清建筑，堪称苗族村寨的典型代表，使它美名远扬。

1985 年，郎德上寨苗族文化生态旅游起步后，各种荣誉纷至沓来。1986 年，郎德上寨被国家文物局列为全国第一座苗族露天博物馆；1987 年，郎德上寨以“苗族露天博物馆”的名义打开山门，对外开放；1995 年被省文化厅授予“苗族歌舞之乡”；1997 年被文化部命名为“中国民间艺术之乡”；1998 年被国家博物馆列为“全国百座特色博物馆”；2001 年被列为全国重点文物保护单位。一个又一个独具魅力的命名，以及其独特的民居建筑和民风民俗吸引了近 40 多个国家和地区的中外游客，国家领导人胡锦涛、温家宝、朱镕基、贾庆林、乔石、许嘉璐、贺国强、胡启立、胡赫、彭珮云、司马义·艾买提和贵州的主要领导等来到郎德上寨观光考察。依托这些声誉，郎德上寨从此声名鹊起，驰名中外。

郎德上寨，落后的山村成了旅游圣地

1978 年以前，郎德上寨的村民并没有因为寨子的美丽而变得富庶。现在以办“苗家乐”为主的老支书陈正康回忆说，1978 年以前，甑子里的米饭，是给年幼的小孩和年长的老人吃的，时值壮年的他，就只能吃上玉米、红薯、土豆相拌的几口米饭，根本吃不饱。这里的老百姓和雷山所有苗寨的村庄一样，渴望着有一天能有一甑子白生生的米饭想怎么吃就怎么吃而知足。当时的他就想，“有一甑子白生生的白米饭想怎么吃就怎么吃”的日子这一辈子自己是等不到了。可令他想不到的是，他不仅早在 20 世纪 80 年代初就能吃饱白生生的白米饭，如今，他家单靠办“苗家乐”接待客人，月纯收入达 5000 元以上，加上表演，卖苗族首饰、服饰、刺绣等各种饰品，还有家庭的其他收入，他家年纯收入能达 9 万至 10 万元，一跃成为村里的大富、首富。中央领导人乔石、朱镕基、贾庆林还到他家慰问过他。

现在，村里的每一个人都知道，是旅游，给他们带来了福音。

郎德上寨在 1985 年最初的旅游接待方式，是由村里自己出资接待。为做好对外接待，村里还把村集体山林里一棵有两人合抱般粗的杉木卖掉，得 2000 余元，才勉强能接待一个年头。接待表演节目，都是村民义务参加的，没有任何的经济收入。1987 年正式对外开放后，旅游接待由县里的各部门负责，从 1988 年起开始对旅游团队进行收费，旅游经济略有起色，村里群众的生活和村里的集体经济逐步得到了改变。而怎么分配劳动所得，据村委会主任吴剑介绍，自 1985 年进行旅游开发以来，郎德上寨在对旅游收益进行分配就一直采用工分制的形式。

近 30 年来，郎德上寨发生的变化是巨大的，可以用“翻天覆地”来形容。过去，农民的生产生活以农业为主要内容，旅游在郎德上寨，只是他们发展经济的一个补充。有游客到来，则以表演活动接待客人，以求得一些钱来填补油盐；游客不来，则各自干着他们自己的农活，可谓“鱼和熊掌”二者兼得。据记载，郎德上寨在1986年初，旅游收入仅为0.7万元；到2007年，旅游实现收入159.7万元。原来以单一种植业为主的传统模式逐渐转变成现在以农家乐、旅游表演和以养猪、鸡、鱼为主的养殖业等多种经营活动相辅的新时期农村经济发展模式，以旅游业为龙头的第三产业收入成为农民增收的主要渠道，旅游业成了郎德上寨新的经济增长点。如今，村民们除了从表演中得到自己应得的一份收入外，善于经营的人家，还卖苗族银饰、服饰、刺绣等各种饰品，每个月下来，也有1000元至2000元不等的收入。据了解，到2000年以前，村里50%的人家在乡信用社有贷款，而目前90%的人家都往信用社里存钱，只有10%的人家还在贷款，这贷款主要是因家里缺乏主要劳动力、或因病返贫、或子女在大学读书需要大额支出造成的。

郎德上寨还是一个人才辈出的地方，一个小小的村庄，就有40多人有正式工作。让村民们感到荣耀的是，村里还出了一个县官，叫陈正锋，现在县里任县委常委、县人民政府副县长呢。

“天无三日晴，地无三里平，人无三分银”，这是一句关于贵州的俗语。苗岭深处偏远而落后的郎德上寨，曾经因为贫穷而饿殍遍野；因为饿殍遍野而敢于与朝廷抗争，还几乎导致家族灭绝。而今，因为旅游而富裕起来的每一个郎德上寨人，他们的脸上始终坚毅地挂着微笑。这样的心态和表情，不是“无三分银”的人可以拥有的。支撑着他们的，是厚实的物质基础和富足的精神享受。

郎德上寨，被奥运圣火照耀过的地方

2008年6月13日，是郎德、雷山，是黔东南，是贵州难以忘怀的日子。这天，奥运圣火凯里站传递仪式在郎德上寨铜鼓坪举行，这座最早对外开放旅游的苗族村寨迎来了自己历史上空前的盛况。而郎德上寨通过火炬传递，成为全国 113 个奥运火炬接力站中最精美的传递线路，使郎德上寨游客络绎不绝，每天平均接待团体游客 8 个以上，日均收入 8000 元以上。

沿着奥运火炬手走过的亲水步道，看着清澈的潺潺流水，看着抽芽开花了的青幽幽的谷穗，伴着水车嘎吱嘎吱的转动声，几步一回头，望着渐行渐远的郎德上寨，我感慨万千。近年来，县人民政府按照旅游“吃住行游购娱”六大要素，在加大对上下郎德景区景点建设的投入上做了大量的工作，力求加强对郎德文物和非物质文化遗产的保护，以促旅游的进一步发展，使郎德变得更美，更吸引人。这一切，都让郎德旅游“火”起来，让郎德经济“火”起来，我们都为之感到由衷的高兴。

当远离了郎德上寨，我内心深处却不由的生出些难言的感叹来。这是老生常谈的事，到如今，郎德上寨仍然固守着“工分分配制度”，这种制度是利是弊，村民们从没有去思考，因此也就没有一个清醒的认识。他们把自己封闭起来，不愿意去探究更多的更有利于旅游发展的经营模式；他们夜郎自大，不愿意也不理会周边村寨的发展给它带来的冲击和影响，有一种乡村生态旅游非我莫属的思想，而且非常牢固，不可动摇。因此在服务态度、市场营销等方面都不适应市场需求，甚至还导致游客投诉。可是，他们却对此置之不理，因为他们是农民。

其实，我们每个人都是旅人，对每个景区景点采取什么样的经营方式，那是专家学者、是政府的事。每一个旅人关心的是，我们旅行是否快乐，我们的好奇心是否得到满足，我们的利益是否受到侵犯。

我不知道，郎德上寨的“工分分配制度”，是应该固守，还是应该摒弃。郎德上寨的村民们，不愿意打开胸怀，与我畅谈。

沿着奥运火炬的荣光，我们走下去，走出贵州，走到北京，走向世界。

郎德上寨，在我们身后……

木叶声声

杨应光

缘于对苗族情结的眷念和对苗族音乐的钟爱，我对芦笙、铜鼓等苗族特有的乐器有着难以诉说的情结。尤其是苗家富有古风色彩的天然乐器——木叶，最使我钟情。也许，缘于它悠扬哀怨的情调；也许，缘于我一向多愁善感的性格。我总是和我们苗族许多农家人一样，听到木叶声，就会情不自禁的放下手中的活计，找一块干净的草地躺下来，双手紧扣围成一个圈让头枕着，看着湛蓝天上的流云，跟着木叶曲子的意境，行走在浓郁的民族风情及民族历史文化长河中。然后泪水涟涟。再然后，还是泪水涟涟。

木叶，是南方少数民族最简单、最古老的气鸣乐器，我们黔东南雷山地区苗语称“吵戈脑”。木叶的吹奏历史很悠久，原始社会狩猎时代，曾用以拟声捕猎禽鸟，后来逐渐演变为以声代乐、以音伴唱的乐器了。在成都西部一座前蜀时期的陵墓中，有一组引人注目、神态逼真的石刻伎乐浮雕群像，雕像中有一女乐伎右手食指和中指按树叶于唇间，正在吹奏，左手还握着几张备用的木叶，其姿态栩栩如生。到唐代，木叶在宫廷乐器中占有了一席之地，并备受礼遇，从此载入史籍。《旧唐书·音乐志》云：“啸叶，衔叶而啸，其声清震，桔柚尤善。”乐队在演奏《景云河清歌》和《霓裳羽衣曲》等重要乐曲时，一定要吹叶的。白居易《杨柳枝词》也对吹叶作了生动的描述："苏家小女旧知名，杨柳风前别有情，剥条盘作银环样，卷叶吹为玉笛声。"晚唐之时，洛阳有位名叫柳枝的歌女，年方17岁，就已擅长吹叶音乐，她在管弦的伴奏之下，可吹奏"天海风涛之曲，幽忆怨断之音"，使听者无不荡气回肠，为之震撼。

苗族吹奏木叶的历史，我们是难以考证了。有人说，苗族的木叶曲，承接于唐朝。我却是不敢苟同的。我认为，木叶先起于民间，后进入宫廷。翻开许多史籍，谈及木叶历史，总把苗族放在第一位，把贵州放在第一位。苗族的木叶曲，多是婉约而忧伤，这与我们不断迁徙的苦难历史不无关系。当我们的先祖在涿鹿之战败于黄帝轩辕，我们苗族就开始进入苦难的历史了，不断的战争，不断的迁徙。先祖们从中原，沿着洞庭、进入武陵，沿河不断西迁，来到了贵州东南雷公山的雷公坪及其周围，就是现在我们又谓之为故乡的地方。我们的先祖在迁徙的过程中，或许有一位不善于言辞而又招女人喜欢的男人，坐在一块小草地上休息，随手从身边的一小丛树上抓一张叶子含在嘴里，也是信口吹吹，不想却发出声音来。惊诧之余他又吹，又有声音发出来。他自然觉得好玩，而且有女性向他示好，他便不断地吹奏，逐渐把自己想表达的感情吹奏出来，不想却能发出很好听的声音，且能仿禽鸟之声，还能抒情表意。从此，木叶便成为苗族的一种乐器了，苗族木叶曲这种音乐也随之诞生。因为迁徙的苦难，婉约和忧伤便成了我们苗族木叶曲的主旋律；因为迁徙的过程也是一个爱情的旅途过程，因此吹奏木叶曲表露心声也成了我们先祖表达爱情的一种方式。很多老人说，吹木叶吹得最好的人，生活最苦，心最苦。木叶作为一种乐器，并不是人人都会吹的，会吹的也不是人人都能吹得令人回肠荡气。在我的老家脚雄村，能吹得令人为之静穆，为之放下手中的活计驻足倾听的也没有几个。而那几个吹得最好的，都是生活最苦的人。或者他们从小没了父母，所吹之乐曲，多以想念父母而奏，自然为心之最苦之人，故他们所奏的乐曲，亲情之想念俱在那一张小小叶子里，故能催人泪下。其情状，如唐代诗人郎士元《闻吹杨叶者二首》所言，“天生一艺更无伦，寥亮幽音妙入神。吹向别离攀折处，当应合有断肠人”。经历过苦难之人，多以泪水伴之。老人同时也说，吹木叶吹得最好的人，最受姑娘的青睐。在苗族青年的男女社交活动中，吹叶是男女青年表达感情、寻伴交友的媒介。爱情在很多时候，是我们无法用理智去控制的东西。当一个苗族女孩子喜欢上一个会吹木叶的穷小伙，虽然她知道嫁给他一辈子也许会过着清苦的日子。但她们最看重一个过程，就是和自己心爱的人厮守一生这个人生过程，即便就是再苦也愿意。她们会对自己钟爱的男人唱着说：哥啊，娶了我吧，也许我们生活会很清苦，但只要我们相亲相爱，只要我们敬老爱幼，一家人和和睦睦的过一辈子，一锅白水菜与一锅油油的肉有什么两样呢。因此，很多幸福美满家庭的恩爱夫妻，都是通过吹叶结成终身伴侣的。

其实，无论我们身在何处，也许我们腰缠万贯，我们一生的追求，不也就是为相亲相爱、敬老爱幼，一家人和睦吗？幸福，与一锅白水菜和一锅油油的肉有什么关系呢。

木叶，是苗族优秀的文化内涵之一。一个民族的优秀文化是一个民族的“根”。任何民族丢弃了自己的文化，等同于丢弃自己的根。而今，木叶已经展现于舞台之上，其曲调虽然还一样的婉约，却不单再是忧伤的曲调。无论什么曲子，或者流行歌曲，其情也深，意也切。

吹木叶趁春天，谈恋爱趁年轻。如今春天到了，正是苗乡吹木叶的大好时光。很多人总羡慕苗族农民那纯真的笑脸，那热情好客的生活方式。实则，苗族人民很懂得满足。人的一生很短暂，吃什么不重要，重要的是相亲相爱过一生，和和睦睦过一生。是以，苗族人民或以吹叶为乐，或以吹笙为乐，借以消除疲劳调剂身心。年轻小伙子，则于月明风清之际，在寨边吹奏娓娓动听的木叶曲，邀请姑娘出来“游方”。那“游方”曲云：“一首木叶一首歌，两首木叶翻山坡，三首木叶荡心口，邀请阿妹来见哥”。

大凡在大城市奔波之人，紧张的工作会让你心灵感到疲惫。你不妨给自己疲惫的心灵放个假，到苗寨，找一块青草地躺下来，或住在苗寨的木楼里，聆听或者婉约，或者忧伤，或者轻快的木叶曲，净化一下你疲惫的心灵。

吹吹木叶也幸福，听听木叶也幸福。其实，幸福原本很简单。

品读西江千户苗寨

杨应光

算起来，到西江千户苗寨，我已不知道有多少次了。然而，每一次到来，每一次都有新的感触。这也许缘于西江千户苗寨的庞大；也许缘于西江千户苗寨厚重的历史和文化；也许缘于我本来就是苗家的儿女，对本民族有一种深深的眷恋之情，难以释怀。

每一次，站在西江千户苗寨对面的观景台，我都想起杨明《我以为有爱》里的那句话："其实所有的故乡原本不都是异乡吗？所谓故乡不过是我们祖先漂泊旅程中落脚的最后一站。"

站在观景台，我静静的，静静的，静静的，像品一杯回味悠长的苗家春茶一样，品读着那个被我们称之为"故乡"的——西江千户苗寨。

一

西江千户苗寨，是一部厚重的历史。

从远古的九黎蚩尤，到600年前的千户苗寨，大跨度、远距离、长时期的迁徙生活，为我们讲述了一个民族不屈与抗争的发展史。

而这部发展史，实在是太沉重。

历史学家、民族学家把苗族和犹太民族同称为世界上两个苦难深重而又顽强不屈的民族。但犹太民族只经历了一千多年的苦难史，而苗族，则历经了五千年。

胜者为王，败者为寇。这是谁都明白的道理。五千年前，我们的先祖——九黎蚩尤的农耕部落与黄帝、炎帝一样，也是一个强悍的民族，农可种稻、麦、粟、薯，能养蚕，会纺织；工可冶铜、制造农具、兵器；战可与黄帝分庭抗礼，曾九度胜黄帝轩辕。然而，涿鹿一战，蚩尤战败，轩辕称霸华夏。苗族的苦难史由此开始。

五千年前，九黎蚩尤部落的先祖们，向黄河以南逃亡迁徙。历史，赋予我们先祖的命运是悲惨的。五千年里，历代统治者不断的征剿、杀戮、蹂躏、压迫，九黎蚩尤部落的后裔——苗族，几度走到亡族灭种边缘。

为了生存，我们的先祖，不断的迁徙逃亡。西江千户苗寨的苗族先祖们，经武陵，过五溪，入黔北，下广西，溯江而上到榕江。600多年前，他们翻过雷公山，到雷公坪居住。由于雷公坪地势太高，种不出谷物，于是，他们沿着山沟，避入了山高谷深、交通闭塞、人迹罕至的西江。

由于没有文字记载，没有人知道，600年前迁徙到西江千户苗寨的有多少户多少人。唯一有记载的是在民国三十四年。当时民国设治局统计，西江苗寨有1000余人。而今，西江苗寨已发展壮大，全村有1200多户5400多人，人称“西江千户苗寨”，且为世界最大的苗寨。

大凡到过西江千户苗寨的人，都为寨里人的热情好客而感动。这实在是不必过于感动。他们应该知道，我们的苗族先祖，曾经在浓浓的阴云下，萧萧的寒风里，成群结队，扶老携幼，含着眼泪，一次又一次地告别家园，历经了千年沧桑，饱尝着数千年艰难跋涉风餐露宿的艰辛，膜拜沿途的山山水水，才来到西江苗寨。他们没有忘记心灵和精神上的巨创，但经过岁月洗礼过的先祖们，已经变得安详而平静，善良而美丽。

“梦中每迷还乡路，愈知晚途念桑梓。”故乡于我们而言，就是现在一个个的千户苗寨。而把中原作为故乡，那实在是太遥远的眷恋。当然，树的影子拉得再长也离不开根。然而，五千年的血泪大迁徙，回归故乡的愿望成了记忆中遥远的梦。

站在观景台，看着西江千户苗寨，我千万次地问自己：何谓故乡？默念着先祖的迁徙史，我对自己说：心安处，便是故乡啊！

二

西江千户苗寨，是一本陈旧的线装书。

这只是一个比喻。而这个比喻于我，是伤心至极的。因为，苗族是一个没有文字的民族，它用以传承民族历史、民族文化的，不是文字的记录，而是通过口传，通过苗族古歌、苗族服饰等方式来传承。一个苦难深重而又顽强不屈的民族，五千年里无数代人无休止逃亡迁徙的血泪史，实在是不能用文字就可以表述的。

即便没有文字，西江千户苗寨，它还是一本陈旧的线装书。

是的，一个有五千年苦难史的民族，无论在雷山的哪一个苗族村寨，都可以把五千年的历史和文化全全面面地予以陈述。然而，人们之所以还是被西江千户苗寨所震撼，还是源于它体量的庞大——历史的集中，文化的集中，民风民俗的集中，生产生活的集中，自然生态的集中。

它的序言，是对苗族从涿鹿之战到西江定居，这五千年苦难迁徙历史的描述。这序言，委实太沉重而苍凉，不忍读之，又不肯弃之。

它的每一章回，都可以独立成书。

先说它精美的民族服饰，它是苗族数千年苦难的文化遗存，凝结着先辈的智慧和血泪。苗族分布区域广阔，同为苗族，服饰也千差万别。但以西江千户苗寨为代表的雷山苗族服饰，淳而不土，雅而不俗，雍容华贵，别具一格。特别是盛装“乌摆”，衣袖、衣边及背上均用挑、绉等绣法绣成龙、虎、羊等动物图案，沿托肩镶长方形花草图案，袖口宽大，为无扣交叉大领衣。穿时，袖、肩缀各种图案的银花片，配以银角、压领、项圈，饰以银头花、银镯等。下穿百褶裙，外罩24条红底绣有花、鸟、鱼、蚌、蛙、龙、凤图案的花飘带。这些绣有花草动物、山水人物的苗绣，是苗族先祖对迁徙历史的记录，是一部关于苗族社会历史的文化史书，既记录了历史，也成就了艺术，人称“穿在身上的无字史书”。

再说建筑奇葩苗族吊脚楼。当你第一次见到西江千户苗寨的时候，你会为它的恢弘和美丽所震撼，而首先让你倾倒的，便是它的干栏式民居建筑——吊脚楼。房子的框架系榫卯衔接，一栋房子需要的柱子、屋梁、穿枋有上百根，上千个榫眼。造房木匠没有文化，不用图纸，仅凭一墨斗线、角尺、竹竿尺、斧头、凿子、锯子，便能使吊脚楼柱柱相连、枋枋相接、梁梁相扣，使房子屹立于斜坡陡坎之上。苗族建筑，凝聚了苗族先祖的集体智慧。之所以建栏杆式建筑，一则因为我们的先祖在迁徙中，所到之处多瘴疠，山有毒草及沙蚤蝮蛇，建吊脚楼，以避风险。二则依山而建，能节约土地。多余的土地则用作耕地，作为维系整个民族生命的源泉。可以说，雷山苗族建筑的方式，是中华民族土地节约的典范。对苗族吊脚楼，专家称之为“建筑界的瑰宝”。

值得欣慰的是，西江千户苗寨的苗绣、吊脚楼，都被国家列入非物质文化遗产。

没有文字，借助汉族文化，我们以时间为线，以时空为孔，把苗族历史装订成册，留予子孙。

三

西江千户苗寨，是一碗陈年的米酒。

我在自己一篇题为《酒歌》的散文诗里写道：“金秋/泥土分娩稻谷之后/清水就被我们的母亲酿造成酒/成诗/然后狂饮/然后吟唱/醉了一冬一冬的人。酒这精灵/清醇透明/是母亲的乳汁/是母亲的仁爱/品上一小口，我至今才感悟人们说苦谓甜是一种可贵的淳朴。”是啊，酒原本是苦的，可是因为是母亲酿的，我们却说它甜，难道不是“一种可贵的淳朴”？

西江千户苗寨有很多历史习俗，像一碗陈年的米酒一样，愈陈愈香，值得我们去回味，值得我们去探究。

比如节日习俗，西江千户苗寨就有敬桥节、拉龙节、播种节、吃新节、苗年节、鼓藏节等，当然，目前最具特色的当数苗年节、鼓藏节了，而鼓藏节 13 年才举办一次，因此极为隆重。

鼓藏节是西江千户苗寨最重要的祭祀活动，一过过三年。第一年子年醒鼓，鼓藏头于仲冬季节，会同巫师选择吉日，身着古装，头戴藤帽，来到收藏祖鼓的山洞，用酒、鱼、肉等祭告祖鼓，唤醒祖宗神灵，将祖鼓抬回鼓藏头家存放，等待祭祀，谓之“醒鼓”；第二年丑年转鼓，亦于仲冬，由鼓藏头、巫师从东方砍来楠木，将木头挖空做成鼓身，将祭鼓牛在鼓场杀了祭鼓后，以牛皮蒙在鼓身制成新鼓，巫师祭告后将祖宗神灵转到鼓内安置，谓之“转鼓”；第三年寅年送鼓，家家户户杀猪祭祀后，将祖鼓送回山洞封存，谓之“送鼓”。鼓藏节是苗族人生价值的展现，怀念先祖、尊老爱幼、和睦相处、勤劳简朴、富裕安康是它的祷告主题，融合了现实、鬼神和艺术三个世界，调整人与人、人与社会、人与自然的关系，起到加强族群团结与认同、稳定族群的作用。因此到西江千户苗寨过鼓藏节时你得注意哦，说话一律用隐语，吃饱了不能说“饱”，得说“满仓满库”。而到西江旅游，你千万别忘了到“鼓藏头”家看看，不然会枉此一行。

让我们一起，到西江千户苗寨了解它苦难而艰辛的历史，体验巫文化的神秘，共享苗族心与神动的喜悦，品味苗族的洒脱和超然。

四

西江千户苗寨，是一首缠绵的苗歌。

由于没有文字，苗族人民用以传承历史、文化的，除了苗绣，唱歌就是最主要的一种形式了。

于是，便诞生出了飞歌、酒歌、古歌、情歌、嘎百福歌，便诞生了芦笙舞、铜鼓舞、木鼓舞、板凳舞，用以传情，用以宣泄、用以怀古、用以互诉衷肠。

“饭养身，歌养心，不会唱歌难做人。”这个观念成为苗族世代相传的民族文化习俗。西江自古就有“歌舞海洋”之美誉，那高亢嘹亮的飞歌、深厚雄浑的酒歌、缠绵婉转的情歌、旋律和谐的嘎百福歌，构成西江歌之海的主旋律。因此，在雷山，在西江，苗族唱歌是不需要理由的，一年四季里，苗族村寨常常歌声缭绕。

我们离开了浑水/我们告别了家乡/天天在奔跑/日日在游荡哪里才能生存啊/哪里是落脚的地方。

这是从流着血的心灵深处淌出来的歌声。

爬上高山顶/阿妹眺四方/苗家美如画/山高河水清/妹嫁到那里/都是好家园。

这是从流着蜜的心灵深处淌出来的歌声。

是啊，如今的雷山村村寨寨无处不是好家园。凭借着独特的地理环境和苗族独特的历史渊源，雷公山自然保护区被评为国家级自然保护区、国家级森林公园；郎德上寨被定为全国文物重点保护单位；西江千户苗寨被定为中国历史文化名镇；全国卫生村猫猫河；“银匠村”控拜；“铜鼓舞发源地”掌坳等一大批独具特色的民族文化村寨，自然风光秀丽，民族风情浓郁，人文景观神奇，旅游资源丰富。苗族歌舞、服饰、建筑、习俗、节日、祭祀等在这些村寨里仍然保留着自己独特的风格，民族民间文化绚丽多姿、丰富多彩。而以这些民族文化村寨为载体所体现的民族民间文化，组成了雷山完美的苗族文化体系，因此雷山被称为“中国苗族文化中心”、“苗疆圣地”，2004年还被中央电视台等媒体评为“中国十大最好玩的地方”，2008年雷山风景名胜获贵州省十大最具影响力风景名胜区。

再说西江。在雷山有一句俗语，叫“莲花的牛断了一只角也打架，西江的女孩瞎了一只眼睛也漂亮”。的确，西江历来是个出美女的地方。中国知名学者余秋雨到西江后被西江的美女团队所震撼，他说，“西江苗寨女孩美得端正朗润，更接近中华文明的主题淑女形象。如果不是那套银饰叮当的民族服饰，她们的容貌，似乎刚从长安梨园或扬州豪宅中走出。”又说，“西江苗寨很大，一千多户，四五千人，因此这种美丽很成规模。”由于他担任过上海戏剧学院院长，对美的要求标准很高，因此还说，“我对西江苗寨的赞美，大致可以相信。”

为自然之美，生态之美，文化之美，西江女孩之美，你来到西江作客，喝过十二道隆重的拦门酒后，在苗家的大堂屋里吃长桌饭，苗家的父老乡亲会唱着深厚雄浑的酒歌为你祝福，你会被他们的热情所感动；你更会被苗族姑娘的歌声所激动，她们会唱着缠绵婉转的情歌劝你喝酒，即便不善饮酒的你也会为之动情，然后你会一杯一杯地喝，也许你会酩酊大醉。西江归去来兮，朋友会把你西江之行酒醉之态作为茶余饭后的笑谈。花开千万朵，醉人一两枝。你是被西江美丽女孩那首情歌灌醉的，至今你还无尽回想那首情歌：“一匹瀑布哗哗流/竟从悬崖泻深谷/今夜娶妹走哥家/还是等候到天明?”你应该引之为荣，然后你用唐朝诗人王翰《凉州词》改一下来回应朋友：西江米酒碗作杯，苗姑情歌后面催。醉卧西江君莫笑，古来谁推美人杯。

五

西江千户苗寨，是一幅美丽的水墨画。

历史源远流长也罢，文化底蕴深厚也罢，西江让你最先震撼的，当是千户苗寨整体寨貌的壮观与和谐。从雷山出发，约一小时，来到也薅观景台，跃入眼帘的，是形如牛角的山寨。偌大的村寨背靠群山，吊脚楼群鳞次栉比、排列有序、错落有致；清澈见底的白水河在山谷底蜿蜒穿寨而过；寨前寨后，稻田片片。西江，委实一派温馨而美好的田园风光，一座宁静而朴素的古村落，一幅美丽而动人的水墨画。

身在喧嚣闹都，你脸上挂着疲惫，你心灵偎着疲惫。于是，你想像陶渊明一般闯入一个类似桃花源的地方，洗去你浑身的疲惫。而依山傍水，与大自然融为一体的西江，但见“土地平旷，屋舍俨然。有良田美池桑竹之属。阡陌交通，鸡犬相闻。其中往来种作，男女衣着，悉如外人。黄发垂髫，并怡然自乐。”田园、风雨桥、流水、人家，构成千户苗寨看不尽的风景，俨然一个世外桃源。它，当是你慰藉心灵疲惫的家园。

进入西江千户苗寨，融入芦笙舞、铜鼓舞之海洋，探究罢苗族服饰文化、农耕文化，到苗家去吃罢苗家乐，远方的客人，你可别忙着走，都市的灯红酒绿固然让人迷醉，但在西江千户苗寨看几千盏灯缭绕的夜景，有“众里寻他千百度，蓦然回首，那人却在灯火阑珊处”的感觉，别有一番风味在心头。然后，住一夜农家听久违的蛙声和情歌，体验一种宁静致远的美妙意境。

说西江千户苗寨平常，那它就是一个苗族村寨而已，极为平常；说西江千户苗寨不平常，那是因为它代表了所有苗族村寨的历史和文化，确实不平常。游历千山万水的余秋雨说，西江千户苗寨，一个用美丽回答一切的地方。可见，到西江千户苗寨，是一种幸运；不到西江千户苗寨，将是人一生里永远的缺憾。

进入西江千户苗寨，我用心去阅读它五千年的历史和文化；离开西江千户苗寨，我带走无尽的思念与牵挂，却带不走一丝云彩。

山坳上的舞魂

——在掌坳观苗族铜鼓舞

吴兴权

稻谷金黄的时候，我来到了掌坳苗寨。

那是下午 15 点多钟，我与沛亮一起前往掌坳苗寨。掌坳苗寨地属雷山县丹江镇，距县城 7 公里，位于炉榕公路旁，苗寨依山傍水，山寨下是清澈的丹江河。山寨民居全是木制的吊脚楼，楼上悬挂着金黄色的玉米和红色的辣椒。远看掌坳苗寨，一树撑天，木楼簇拥，如诗如画，让人向往。我们到掌坳时，山寨里的苗族同胞早就穿好丰富多彩的苗族服装在等候了，年长老汉长袍披身，老当益壮；年轻女子装扮亮丽迷人；青年小伙赤臂露胸，英俊潇洒；乖巧少年披红挂绿，姿态可爱。芦笙场大约有半亩地宽，四周环绕着吊脚楼，旁有百年古树，树下建有休息用的凉亭，几位苗族妇女正坐在亭里观看。

“准备开始吧，人到齐了。”村长过来笑着说。

“还有浙江宁波来的客人，等一下。”县招商局的领导解释道。

大约 20 分钟，宁波来的客人到了。几位身穿苗族盛装的年轻妇女走上前去向他们敬酒，每人两小杯，几位女客人脸上一下便绽开了绯红的花。

铜鼓敲起来，芦笙吹起来，苗族舞蹈开始了。

首先是一位穿苗族盛装的年轻女子走上来简要介绍了将要表演的舞蹈节目，然后就开始表演了。

一位年长者站在铜鼓旁有节奏地挥槌击鼓，芦笙舞、敬酒舞、板凳舞相继跳了起来，芦笙悠悠，歌声嘹亮；酒歌飘飞，在耳旁久久回荡。“咚、嗒嗒，咚、嗒嗒”的铜鼓敲起来，有老年人跳着舞着，口中不断喊出“咳、嘁嘁，咳、嘁嘁”的声音；年轻人双手叉腰，左右转身击掌，脚尖叩地，双肩左右扭动，舞姿优美而粗犷，但见彩色的衣裙飞舞旋转，脚步铿锵，鼓声和脚步声融为一体，铜鼓场上舞姿蹁跹，鼓声点点入心房，实在让人陶醉。

观掌坳苗寨的铜鼓舞，给我印象最深的是她那优美而粗犷的舞蹈以及老少皆舞的场景，似乎有一种声音在召唤，那是来自于远古的旋律，充满着神秘和向往。观掌坳苗寨的铜鼓舞，有种神韵牵而魂不散的意境，哦，山坳上的舞魂，让我无法割舍。

掌坳，是苗语谐音，因山寨远看酷似一只卧虎，原名虎排索。掌坳苗寨有480余户人家，全系吴姓苗族，男女老少都能闻鼓起舞，传说他们的祖先在劈山开荒的时候从大山砍回一根大桐木，抠成了一个大木鼓，敲得震山响，于是，每到过年过节的时候便拿出来敲打，久而久之便演化成了铜鼓舞，其跳法有12种，集敲、跳、歌舞为一体，丰富多彩，多少年来，世代传承，长盛不衰，并在后人的继承中得到创新和不断完善。从掌坳苗寨走出去的著名苗族舞蹈家吴廷杰、吴廷彪在中国民族舞蹈界极负盛名，现今，在北京、上海、广州、深圳等城市的舞台上都活跃着掌坳苗寨的舞蹈演员，他们把雷山苗族铜鼓舞展现在中国乃至世界各地……

掌坳，一个藏在山坳上的苗寨。

掌坳苗族铜鼓舞，一个民族不朽的瑰宝。

掌坳苗族同胞，一群不灭的舞魂。

秋天，到乌流寻鼓

吴兴权

苗乡木鼓的传说早让我神往，为此，我在2007年的秋天决定到雷山县郎德镇的乌流苗寨去寻找千年木鼓。

那是一个星期天的早上，8点多钟，苗族博物研究中心的李国章打电话给我，说乌流苗寨今天有苗族传统祭祀活动，10点钟开始进行。

我们从县城驱车前往，大约行驶半小时，乌流苗寨凸现在眼前。乌流位于郎德镇北边，有300多户近3000人。各村寨分别建在海拔900米至1100米的半山坡中，房屋均为木质结构的青瓦盖顶吊脚楼，楼栏上挂满了红彤彤的辣椒和金黄的玉米，石头铺就的山村小道曲曲折折伸进寨里；四面群山环抱，寨中古木参天，苍松翠竹郁郁葱葱，梯田层层，果园星罗棋布，两条溪流在寨脚日夜流淌，与报德河交汇向南注入巴拉河。这里离县城19公里，而此时的乌流苗寨正是炊烟袅袅，雨后的苗寨充满了湿意，下车走进山寨下的小学，李国章已经在教室里对召集的20多位寨里村民讲说祭祀活动的事宜，见我俩到来，他过来说今天还未正式开展活动，并叫一位苗族村民带我俩到寨里转转。我说干脆去看看“远古神秘脚印化石”。在去的路上，与向导交谈知道乌流的一些情况。这里地处江南古陆的边缘，最后抬出水面是在距今一亿九千万年前的中生代三叠纪。那是一个哺乳爬行动物开始出现的时代。从脚印形状化石所在沉积岩层来看，可以想象是古脊椎大型动物从坡地到湖边饮水或从湖边饮水后往高地走时留下的。由于处于地质学上称为西江断带的南侧，地壳运动逐渐抬升而形成陡壁。我们顺着一条小沟进去，大约 15 分钟便见到了“远古神秘脚印化石”，化石位于一个 1.5 米至 4 米高的岩壁上，共有 6 个，在长 17 米的沉积岩陡壁上一字排开，平均长 42 厘米，宽 29 厘米，平均间距 214 厘米。此脚印形状化石到底是不是史前动物留下的，是何种动物留下的，还需要有关专家进一步考察，我拿出相机对着那串脚印一阵咔嚓。

那天，我没有看见千年木鼓。向导给我讲了一些木鼓的传说和故事。乌流是雷山苗族的木鼓之乡，乌流苗族属长裙苗支系之一，现雷山留存木鼓最完好的长裙苗支系，只有这个片区了。

据传说，苗族祖先是枫木所生的妹榜妹留，以枫木为主的一些古树被苗族视为祖先神灵。乌流片区的苗族祖先们在从中原向西南迁徙时，每个宗支都以一节木头敲击互相联络：“你击木，我应声，岔路要靠拢，掩后要紧跟。”起先敲打林木声音小，不能远传，于是他们把木头掏空，击打起来声音就传得远了。来到雷山乌流定居以后，每逢劳动闲暇和丰收之后，他们就用掏空的木头敲击以欢庆取乐，应声而舞——这就是木鼓和木鼓舞的来历。随着人口的繁衍和家园的兴盛，人们从击打掏空的木头中找到乐趣，为规范这种敲击乐器，他们把木质坚韧的楠木掏空，制成长 6 尺，直径为 1.2 尺，两端以黄牛皮蒙住箍紧的木鼓，苗族叫“略斗”，“略”是鼓，“斗”是皮子，意为“用皮子包蒙的木鼓”。木鼓制成后，把它当做祖先的神灵收藏于岩洞中，藏鼓之洞叫“干则略”。每 13 年祭祖宗神灵时才“请”出来，子年为过鼓藏节的准备年，丑年则是正式祭鼓庆贺之年，祭鼓庆贺之年完毕后，又把鼓收藏于岩洞中。现在约定俗成把“鼓藏”的“藏”读成“zang”，实际是读“cang”，即“藏鼓”之意。

乌流在子年“请”鼓时，甚为庄重，他们把木鼓叫做“妹六榜”（妹榜妹留），即苗族先母之意。鼓藏节的主要活动是跳木鼓，其活动周期为13天。乌流苗民至今仍保留着非常传统的取祭祀木鼓和跳木鼓活动，乌流1997年（丁丑年）过的鼓藏节是他们过的第52次鼓藏节，以此推算，第一次过鼓藏节是1385年（乙丑年），即明太祖朱元璋洪武十八年之时。乌流，真可谓“木鼓的发源地”、“木鼓之乡”。

过了一个月后，我终于看到了乌流的“千年木鼓”。

那是农历十月的一天，我又一次走进乌流苗寨，时遇乌流苗寨开始过“鼓藏节”，我在下午5点匆匆赶到，看到了那神秘的场景。首先，这里的苗族同胞到山上的岩洞去请木鼓，经鼓藏头和祭师的一番祷告后，派4个身穿节日盛装的男子，把鼓“请”出。抬时4人步子整齐，走两步退一步，在请鼓途中，若1人脚步错乱，4人要退回原地重新起步，其对鼓的尊重可见一斑。在木鼓场击鼓起舞时，由击鼓者两手各拿一小节击鼓棒分别在鼓面和鼓腰相互协调地打击，使木鼓发出“咚咚咚，咚嗒咚嗒，咚咚嗒”富有节奏而又浑厚、坚实的鼓点声。跳舞的人在应声起舞时，由慢点低潮逐渐进入快点高潮，手脚放开，左右甩动，动作协调适当，各个部位配合自如，轻松均匀，层次分明，随音响舞之蹈之，紧张舒缓、快慢有序，规范和谐。此时，那里已经聚集了成千的苗族同胞和外来的客人，踩鼓场上一片热闹的景象，有的穿苗族盛装、有的吹起芦笙，一个硕大的木鼓立于中央，“咚嗒、咚嗒、咚嗒”的木鼓敲击声清脆悦耳，人们围着木鼓翩翩起舞，在山水间，舒展出一幅幅美丽的画卷。

哦，我陶醉于这里的浓郁风情，倾听山寨，芦笙的神韵悬挂于斗拱飞檐，吊脚楼里美妙的旋律久久回荡，谁把十指轻拨，拨出千古绝唱，谁在苗岭之上，把天籁之声挥洒得潇潇洒洒，让神秘的故事萦绕这梦中向往的地方。

小丹江啊老丹江

吴兴权

2009年的秋天里，我又来到了小丹江。

那天早上，天气不错，我约了几个爱好摄影的朋友驾车从雷山出发，翻过雷公山，下猴子岩，绕过矛坪苗寨，向小丹江而去。去小丹江的路在我的印象中总是很深的，我曾经在2005年与玉贵、宝生一起驾车路过小丹江去方祥乡的笛庆苗寨采风，记得那路全是泥沙铺就的路，不好走，且灰尘大，车辆行走慢，那次我的车胎还破了，换胎弄得我一身臭汗一身灰。而今秋的此行却让人耳目一新，那让人不能忘却的一个又一个美丽的瞬间在我心中凝固了，一路别有一番感觉。

弯弯的道路在大山中蛇伸，平坦的油路在阳光下泛着光亮，车在林中游，人在画里走，眼前是大片、大片的原始森林，耳旁闻得鸟语清脆，清风习习，有草香迎风扑鼻，真是让人陶醉。一路上的风光美极了，公路下是清澈的小河，如绿色的玉带，又仿佛是一条山中之蟒隐藏在这莽林里；路对面是郁郁葱葱的原始森林，深秋的林中有金黄的树叶如色彩迷人的云霞，一片片点缀着这原始莽林，又有红叶似火的漆树在林中格外显眼，幽林与溪流相伴，彩叶与古树相映，又有鸟鸣唤起山曲，远远看去恰似一幅天然的油画，这是大自然之神笔留下的美丽丹青。一路上，我们走走停停，边行边拍摄，眼球不知不觉被这山中的幅幅美景吸引，手中的相机收不尽这天然的画卷。人在路上，路在山中，水在路下，秋叶如火，葱郁的古林在幽处编辑神秘的话题，晓风拂面，道路如练，一路空气清新，让人如醉如仙。路上遇当地的苗族妇女走来问我们去哪里，我们用苗话回答："你们这里太漂亮了，今后一定是原生态旅游的最好去处。""哦，雷公山腹地处处是美景啊。"几位苗族妇女告诉我们前面还有山寨人家、河流、小桥。

拍摄完眼前的风光，满怀喜悦的心情，我们继续前行……

大约11点钟，我们来到了心中期盼的小丹江。只见眼前木楼掩映在树林中，楼栏上挂满红辣椒，苗族少女在窗前伸头窥视，粉红的笑脸上泛着好奇和喜悦；一座风雨桥横跨清澈的河流之上，高高低低的木楼坐落在河边，有青竹垂枝摇曳，炊烟袅袅；河里白鹅浮绿水，孩儿戏卵石，那透明的童声飘在河畔，迂回缭绕；浣衣的村妇走在河边，身影倒映碧水中，有顽童抛起一颗卵石，荡起一波摇动的画面。我手拿相机钻入寨中，去捕捉我梦里经常呈现的那一幕幕美丽的瞬间……小丹江的历史是这条小河昨天的辉煌，如烟往事仿佛就在眼前，似歌似曲，唱响在这美丽恬静的世外桃源里，恰如一杯饮不完的香甜米酒，余味无穷。这雷公山脚下的小丹江苗寨属榕江县平阳乡的一个行政村，全寨158户，714人，全部都是苗族。村寨依山傍水、古色古香，原始生态和苗族风情保存较好，是返璞归真、回归自然的理想之地，有"雷劈岩"、"鸡冠岭"、"嗓子洞"、"四道瀑"等自然风光。小丹江苗寨，苗族叫"昂去"，即"沙子寨"之意。它分为大寨和小寨。位于榕江县城西北部，苗岭主峰——国家级雷公山自然保护区南麓，距榕江县城102公里、雷山县城63公里、台江县城96公里，有864县道穿境而过，交通十分便利。这里每年都要过"招龙节"，相传小丹江苗民是大海的女儿，龙的传人。由于战乱，世居富饶中原的苗家女儿，受到外族的欺压，他们告别那丰饶故土，跨过同胞累累尸骨，躲过无数追杀的刀光剑影，颠沛流离，跋山涉水，披荆斩棘，举族西迁，来到秀丽的雷公山区。其中一支苗族在风光秀丽的小丹江定居下来。他们隐居深山，伐木为屋，开山造田，刀耕火种，代代繁衍，生生不息。至今，这支苗族仍保留着当年古朴的苗族习俗。小丹江苗族属于苗族清水江支系，盛装时的妇女头戴硕大的牛角银饰，身穿飘逸的花带长裙，佩戴着约5公斤重的银饰，在盛大的节日里是最为壮观华丽的风景。这里每年都要举行“招龙节”仪式，以便招回神龙，保佑村寨风调雨顺，五谷丰登，人畜平安。“招龙节”仪式仍保留着远古、原始、神秘的色彩，具有特殊的象征意义，再现和演绎了苗族人民悲壮的迁徙历史。寨里的老人对我说，雷山县丹江镇的老丹江苗寨是很久以前从这里搬迁出去的，我们本是同根同宗的苗家人哦。听了老人的话，我萌生了一个想法，那么，今天位于鄂西北东部的丹江口市是否也与这里有着千丝万缕的关系，我的思绪在这大山中飘移，抬眼看东边的古林群山，回头顾眼前的山水村寨，一头困惑，满脑沉思。这天，我在小丹江来回寻找昨日的故事，从每条小道、每片瓦砾、每棵古老的枫树中去找回那不能泯灭的历史断章，然而，眼前却只有一张张熟悉又陌生的面孔，让我想起从前的从前，想起一首沉重的古歌，左右顾盼，闻得远处有童谣被这山间的风吹得飘飘洒洒，融化在高高的远山上，化为几片绯红的云彩，在那些牧牛而回的身影旁，心怀一种困惑，我的脚步在傍晚的夕晖里又迈回了归途。小丹江哦，我在心中一遍遍翻阅你美丽而神秘的篇章。

怀着一种说不清楚的心情，我不久便去了老丹江。那是初春的时节，山里桃花、李花笑迎春风，嫩叶初绽，一片芳香。是古歌的牵引么，抑或是那许多的传说和某种情感的驱逐，我的欲望像那丹江河不停的流水，把我的思绪拉得悠长悠长。从雷山县城出去约3公里，经固鲁苗寨，涉过丹江河，沿一条小溪往山里走去，道路曲折而上，两旁灌木葱葱，转几个山弯，翻过一个山坳，老丹江就在山腰上悬挂，有古树迎风摇曳，早晨的雾淡淡地飘在木楼间，远处的梯田里有顽童戏牛，田间穿苗族服装的妇女挑着水走在弯弯的田埂上，上山的汉子，身影在山道上渐渐消失，只听得狗的吠声忽高忽低，让人感觉是身在山中，行在苗寨里。老丹江在清朝前就有了街市，一条街道直通南北，街旁木楼瓦舍、茶楼酒肆一应俱全。苗族民众每逢辰戊日，便来这里来赶集，交易有无。清雍正七年（1729）清廷在雷公山麓建制县级行政机构，史称“丹江厅”，当时的厅城就建于老丹江，可以说老丹江是雷山县的古城遗址，也是雷山在历史上纳入国家统一管理的开始。史书《乾隆通志》记载：清咸丰五年（1855），在雷山、台江等地爆发了张秀眉、杨大六为首的苗族农民起义，起义军攻破丹江厅后，以此为根据地，坚守抗清 17 年，至清同治十一年（1872），清兵攻占老丹江，张秀眉、杨大六兵败离城，丹江厅城毁于战火，于清光绪二年迁到今天的雷山县城，今天我们把雷山县城叫做“丹江”，这是沿袭原来的起始地老丹江即“丹江厅”城而得名。于是，在我们的眼前就有了雷公山下的“小丹江”、“老丹江”、“丹江”这样的地名。而如今的雷山丹江县城是有着中国苗族文化中心、中国十大最好玩的地方、中国最美丽的小城等美誉的县城。不信你站在高高的马家屯山顶上放眼雷山丹江县城，看城在水中，树在城中，山水、城阁、道路、树木、游人、车辆融为一幅美丽的现代“清明上河图”，哦，画在人眼前，人在画中走，山水与县城相映，美曲与飞歌同鸣。哦，我的小丹江，我的老丹江，我的丹江，我的故乡，我静静守望这片不能舍去的家园，用我低沉而悠长的声音为你歌唱，直到生命的句号落在我的脚下。

羊排芦笙会

——摄影手记之一

吴兴权

就在日落之前，就在晚霞映红天边的时候。

我一次次走进羊排苗寨，去聆听远古的回音，去窥探逝去的昨天，从一声声轰鸣中分辨来自灵魂深处的召唤，从每一个音符里细读这千古断章！

生活在这片朴实的厚土，饮雷公山清水，润我欲歌的嗓喉，眺群山峻岭，放声频频高歌，顾祖先迁徙的背影，寻找那远去的风情，巍巍雷公山哦，西边有您不朽的传说，东边奏着今天的歌谣，如烟往事，是一幅谁也拂不去的千古绝唱，于昨天曾经金碧辉煌，在今天依旧九州回荡，飘飘扬扬，如天籁在天堂撞响。我一遍遍翻阅您，想从您脚下挖掘一粒闪烁的乌金，想从您沉重的脚步中拾拣一个民族的真谛，那种蕴涵在人海歌舞中的底蕴是什么？我感到茫然和无措，只任凭我的双脚跨进这片熟悉又陌生的世界，融化在这场迷人醉人的芦笙会中，让灵魂与肉体回归生命的归宿。

羊排，一个依山傍水的山寨，距雷山县城两公里，坐落在雷公山下，是去雷公山和西江千户苗寨的必经之路，上有翠绿的千亩茶场，下是大片大片的良田，寨中古树伸枝招展，风景迷人。雷山县的西江、丹江等9个乡镇的苗族群众至今仍沿用“周代纪年法”，他们每年农历十月的第一个“兔日”开始过苗年，一直过到“牛日”。羊排，苗语的含意就是“山坡上的村寨”。羊排芦笙会主要在每年的苗年节里进行，来自乌秀、陶尧、鸡勇、中寨、排嘎等周边苗族村寨的苗族同胞聚会在这里，老老少少，男男女女，身穿苗族盛装，上千余人如潮水一般涌到羊排苗寨的芦笙场上。每当落霞映红山寨的时候，芦笙场上正是高潮之时。寨上有古树苍翠，吊脚楼层层相依，凭栏上悬挂着金黄的玉米和红彤彤的辣椒，一簇簇一串串点缀着这苗岭山寨；古老的石级斑斑驳驳，支撑着岁月的脊梁，又仿佛在诉说一个永久的主题，让你注视它时有一种沉重的思绪萦绕眉前，怎么也无法释解。此时，我立在芦笙场旁，耳旁笙歌不息，芒筒芦笙吼鸣高昂，有高排芦笙的悠长，有跳舞脚步的声声叩响，有耀眼炫目的银角塑成一片迷人的风影，如螺旋般涌动的芦笙盛会渐渐升华为一种撼动人心的历史画面，在笙声中永恒，在笙声里凝固了……

芦笙是苗家的灵魂，苗语称为杆，有高排芦笙、芒筒芦笙（当地苗语称敢懂）、大芦笙（当地苗语称敢折）。芦笙舞是以芦笙伴奏的舞蹈。楚国著名爱国诗人屈原在《招魂》篇中写道：“芋琴狂会，鸣鼓些。”芦笙舞这一典雅遗风为苗族世代相承沿袭下来，延续至今。这里的芦笙会是当地苗族同胞多年来自发形成的，是原汁原味、最古朴最原始的苗族盛会，不信你走进去感受一番，定有扣动心弦的感触。那苗族老人肃穆俨然的面孔是在凭吊祖先的灵魂么？青年人艳丽的绣服或曳动的银饰在展示历史悲壮的画廊，那一声声沉重的脚步在踩响生命的序曲，无数次的回头顾盼是在呼唤远古的祖先，我们从哪里来？我们将到哪里去？我们是谁？一个个悬挂在笙管上的问号摇曳着千年的话题。在我眼前，只有风依旧，歌如潮，舞如海，逝去的辉煌已化为吊脚楼旁苍劲的古树，我沉默无语，且去触摸它的根须，觅一份来自心灵深处的蔚藉。

山寨前那大块小块的耕田在拼凑山寨昨天的动人故事，那高高低低的谷草垛在塑一尊尊不老的雕像，弯弯曲曲的田埂编织明天的梦想，芦笙会旁，落日的余晖里，是谁在我举起的相机前凝成一尊不动的剪影……

在乔港看苗族葬礼

吴兴权

秋天的季节，天开始凉了。

早晨 8 点，我与玉贵、志勇和由湖南远道而来的潘年英教授一起驱车从雷山县城前往乔港苗寨。

早就听说大塘、桃江一带短裙苗族的丧葬别有特色。昨天晚上，大家聚集在一起，本想到长批苗寨去拍摄秋天的吊脚楼，玉贵提起乔港苗寨的李支书曾多次来电话邀请去他们山寨，于是马上电话联系，电话中李支书说他们山寨中有一位老人过世，现在正忙着，你们前来怕没有时间为你们当向导。听到这样的消息，潘年英说："前年，我和沛亮在雷山县望丰乡的乌的村巧遇一位老人过世，那种场景真是难得看见，能遇到这样的机会不错，去看看。"于是就决定到乔港苗寨。

车在盘山公路上行走了 30 分钟，过排嘎、莲花、掌坳、大塘，绕了几个大弯，从排里坳往左岔路口而下，就到了长批苗寨。

"到了，赶快赶往乔港苗寨。"玉贵一下车就催促着。

志勇抬手遥指对面山上的苗寨说："那就是乔港。"

"乔港苗寨的李支书来电话催促了。"玉贵再次催促。

因乔港不通车，我们把车停在长批苗寨，然后步行前往乔港。乔港，一个深居山湾的山寨，有 128 户人家，3000 多口人，百分之九十是苗族，且为短裙苗族，以农耕为主，地属雷山县大塘乡。此时，天上飘着些小雨，却没有淋湿衣裳，只有几分凉意挂在脸上。踩着高高低低的小道，走过弯弯曲曲的田埂，跨过摇摇摆摆的三板木桥，一路上遇到从山上归来的苗族同胞，肩挑东西擦肩而过，留下几声问候；有顽皮的山娃奔跑而来，又如山雀散去，撒下一串串笑声。待走到乔港苗寨时已经是 10 点多了，刚跨进山寨就听到唢呐的吹奏声远远飘来，我急忙加快脚步。

“快来呀，马上杀牯子牛了。”主人家在向我招手。

“来了、来了，你们久等了。”我高声应答。

步入房内，见到七八个年轻人正围着过世的老人一边吹奏着芦笙一边起舞，芦笙高扬，脚步沉重，舞姿粗犷，“呜啦、呜啦”的笙鸣回荡在房屋内；老巫师蹲在平放在地上的老人旁祈语喃喃，手持三炷香频频举起；另有几位年长者围着几盘菜在默默对饮。

房屋外，牯子牛拉出来了。这是一头宽角斗牛，体格健壮，腰圆胸宽，长尾垂直，脊线通畅，角纹清晰，是一头好牛，主人家说买这头牯子牛花了 6800 元。据了解，当地的习俗是：谁家里有声望的男人过世，都必须宰杀牯子牛（水牛）祭奠，表示后人对他的尊重。

此时，杀牛仪式开始了。人们首先给牯子牛戴上白纸剪成的祭品，又在尾巴上系上麻线，然后牵往山寨中的水井边饮上一口清洁的水，便拉到宰杀场里。宰杀牛场地上立着一根如人腿粗的木桩，与木桩相连的还有两根小木桩，大木桩上端有一小孔。突然，耳旁响起“砰、砰、砰”的铁炮声，人们齐声“吁、吁”的高呼，开始宰杀牯子牛了。人们首先把牛的双角用竹篾编成的角套套住，而后从大木桩上的小孔中穿过，固定在大小木桩上，这样，牛就没有多少活动余地了，牛头就固定在大木桩上，只有身体能左右摆动。旁边十几个苗族汉子各自手拿一根大如腿粗的木棍等待着；这时一个汉子把捆绑在约5尺长木棍上的刀锉放在牛的上颈部，另一名汉子举起一根扁平的木棒用力砸向刀锉，狠狠地砸了五下，牛左右摆了几下便在最后的一砸中轰然倒下，于是，手拿大木棍的十几个苗族汉子马上拥上用大木棍压住牛的身体，一名苗族汉子手持宰牛刀跨上去，挥刀而下，血喷涌到盆里。牛头被提去祭奠，牛肉便成了我们的美餐。中午，远道而来的客人，有的挑着酒、有的抬着猪、还有的牵着羊，男男女女，老老少少，身穿苗族服装，五个一组，十个一群，走过田埂，走进山寨，鞭炮声不断，笙声不休。于是，杀猪的、宰羊的忙个不停。

午饭后，已经是15点多了，几声铁炮声响，便开始发丧、引丧。抬棺木出门，要用一只公鸡绑在棺木上"带路"，巫师则用三尺白布裹身，手持长刀在前面"引魂"上路，还有几个苗族妇女手提牛鼻、羊脚、猪蹄等跟着，表示为死者赶家畜。几声铁炮声响后，拉棺的在前，抬棺的在后，20多人抬拥着棺木向山上而去，后面是成群结队的男女老少，一路笙声，一路鞭炮，但见树木摇曳，人隐竹林，闻得笙声飘飞，不知是走向天堂，还是身入仙境，远远的只听见哭声、笙声、唢呐声，在山间久久不息……

掌坳的激情

杨应光

我不知道你是否有这种感受，如果你常年置身于一种文化里，按照常人的理念，就会忽视这种文化，或者可以说麻木了。但一旦这种文化充满激情地张扬起来时，你仍然会被震撼，仍然会被感动得泪水沾巾。你也许没有，但我有。当雷山县掌坳村的人们跳起铜鼓舞的时候，我总是抑制不住自己内心的激动而泪水涟涟。我一直无法给自己一个一看掌坳村人跳铜鼓舞就会泪水涟涟的解释。

掌坳村是大塘乡的一个村，距县城 8 公里，全村 150 多户，480 余人，只有吴氏和杨氏两姓。村后是连绵起伏，巍峨相接的莽莽群山，远看似一条猛虎睡卧于众山之中，此山因形似卧虎，故名卧虎山。掌坳苗寨建在一个山坳尾部的陡峭山崖上，四周被郁郁葱葱的绿树和一大片楠竹掩映着。山崖下是蜿蜒而过的清澈透见底的巴拉河。这是一个美丽的苗寨。

在雷山，一提到铜鼓，人们自然就会想到“铜鼓舞的发源地”——掌坳村。

20 世纪 70 年代，掌坳村被《人民日报》载文誉为“铜鼓舞发源地”。我一直对“铜鼓舞的发源地”的说法持保留态度。为什么说是“发源地”而不是“传承地”呢？铜鼓舞，苗族称之为“究略高”，是我国南方少数民族一种有代表性的、源远流长的舞蹈。据考古发现，早在春秋末期，铜鼓就出现在乐舞场面之中了。而苗族是在进入封建社会的初期才开始接触铜鼓的，相对而言，苗族只是在继承和发扬铜鼓音乐文化方面有着重要的贡献而已。至今，掌坳村还保存着较完整的演奏形式和舞蹈形式。但我倒认可把其称为“铜鼓舞的传承地”的说法。再则，按村上人们的说法，原本村里祖先用的是木鼓，到后来才改用铜鼓的。所以，我认为把“发源地”改为“传承地”较为合适。

掌坳人的生活水平，按照乡里2008年的统计，人均1940余元，比全乡人均高20多元，在我们这个贫困县里算是较富裕的村寨了。当然，这离小康生活还是有一定距离的。但掌坳人极少烦恼，因为他们懂得知足。我们知道，只要是人，有思想，就会有烦恼。手头的钱不多，身上的衣服洗了一遍又一遍，肉也不是想吃就吃，在外读书的孩子催钱的电话一个接着一个，或者家里人身体不好需要照顾，等等，外面人有的烦恼掌坳人全有，外面人没有的烦恼掌坳人也有。但他们懂得释放，他们总在酒足饭饱之余，吹吹笙，敲敲鼓，跳跳舞，无忧无虑的沉浸在一种意境里。特别是过年过节，酒意写在每个人的脸上，醉红醉红的显得神采飞扬。一些酒意，已经使人扑朔迷离了，加上有节奏而旷达的铜鼓鼓点，敲打得人的心旌摇动，继而脚也痒痒，手也痒痒，人便随着鼓声动起来。舞者围成圈，踏着铿锵有力的鼓声，时里时外，且进且退地舞蹈着。

雷山县境内的苗族村寨，过年过节多以跳芦笙舞为主，跳铜鼓舞为辅，而以跳铜鼓舞为主的仅掌坳一寨。而掌坳村的舞步也与县境内其他苗族村寨的舞步别有洞天，其舞步有10余种50多个动作，豪放激越、刚柔相济、跳转结合，舞蹈幅度大、难度高，时而如蜻蜓点水、时而如猛虎下山，舞姿优美，独具风格。至高潮时，还击掌呼号、喊出“嗨哧哧”之声以助兴。来到掌坳村铜鼓场，看掌坳村的村民跳舞，在外围看上几分钟，或者十多分钟，不要别人拉你，你自会融入到舞的海洋中去。

如今，掌坳村成了旅游景点，只要有客人，跳铜鼓舞便成了他们必须有的节目。他们没有去深究文化与旅游相依相存的关系，他们跳铜鼓舞的初衷很简单，就是让游客能高兴。游客高兴，他们就觉得幸福。

幸福=效用/欲望。这是1970年诺贝儿经济学奖获得者保罗·萨缪尔森给出的关于幸福的经典恒等式，后来人们认为只要是有效用的欲望就是幸福。而掌坳村的人没有太多的愿望，在他们的人生哲学里，是这样想的：一个人需要多少钱，只要衣可遮体，食可果腹而已；一个人需要多少土地，仅仅只是一座坟墓而已。

原来，这些让我感动不已的掌坳铜鼓舞，凝聚了他们对生活的感悟、宽容和激情，以及积极向上的生活态度。

有人说，幸福，是有质的区别的，比如坐宝马车的和坐牛车的，幸福就不同。这个问题我也想了很久，直到有一天，看见一对生活状况不怎么样的农村夫妇，他们在一个小店里吃饭，炒了一盘小炒，肉不多。他们相互给对方夹肉，生怕对方吃少了。他们的眼睛，充满了爱恋。他们的相互关爱的，震撼了我，让我常常想起，什么才是幸福的质量呢？或许，坐在宝马车里的人不用担心那丁点的肉，但他们有相互关爱时那种眼睛里充满着爱恋的幸福吗？

很多人一辈子刻意追求幸福，把幸福的获得想得很复杂。而掌坳村人把幸福想得很简单，对他们而言，活着，就是幸福。

竹林深处的人家

——新寨

吴兴权

我在雷山生活了40多年，居然没有到过新寨，而此次缘于摄影，我走进了竹林深处的人家——新寨。

时值盛夏，我们几位摄友聚在一起商谈周六外出采风之事，幸得龚夫子提议，我们驱车前往大塘乡的新寨苗寨。听说去新寨，我有些茫然地问龚夫子和大塘乡李书记："新寨"是不是"新联"，他们说不是，去看看就知道了。因为20多年前我曾到新联村发展烤烟生产，就知道那里有几位种烟大户，且近两年自己也到新联、排所山寨做过卷烟零售户摸底调查，曾驾车错入排所苗寨，也曾车陷新联而烦恼叹气，因此对这两个苗寨我印象中极深，唯有这距离新联山寨不到1公里的邻寨——新寨，我却闻所未闻。从雷山县城出发，行20公里，一条入村公路弯曲伸向山中……

早晨的浓雾还在山谷里飞升，几声鸟啼掠过耳旁，山野的清香阵阵扑面，远山忽高忽低，公路蜿蜒前伸。从岔路口进去行约10分钟，转过山坳，一个竹林掩映的山乡苗寨跃于眼前：大片大片的竹林扑面而来，棵棵青竹如大腿般粗，竹林下是厚厚的竹叶，早晨的几缕霞光透射进竹林里，如彩帛飘飞，又似万剑穿天，唯有青竹的轻摇和山风的回响告诉你这里是一个"世外桃源”。我迈进山寨，寨里吊脚楼旁几位中学生模样的小姑娘向我问道：“你们来拍电视吗?”“给我照几张照片好么?”“我带你们去找好地方拍照。”我连连点头应道：“好，好，好！我先转转、看看，等你们穿上苗族盛装，我就给你们每人照几张”。几位小姑娘呼啦如山雀般散去。我在山寨里一边行走，一边寻找景点，忽然身后“轰——”一声，我吓了一跳。回首，牛圈栏杆上伸出一个瞪着大眼的牯牛头，呀！好一头斗牛，宽角、大鼻、豹子头，小耳、圆臂、犀牛腰。人在寨中走，身在竹海行，吊脚楼如海中的岛屿，在竹海里忽隐忽现，远处的楼栏上有绣花的少女依栏刺绣，身影被竹梢掩来拂去，似蒲松龄笔下的狐仙美女，又如仙境弄舞的嫦娥在舒袖轻歌；楼脚下，几位白须老人微笑着招呼：“照吧！等一下到家里来吃饭。”“先到家中喝口水再照嘛”。我听着，心里热乎乎的，颈头更足了，身如游鱼，又一次次钻入竹海。

新寨不大，50多户人家，皆为苗族，以农耕为主，寨中有百年谷仓，石块拼凑的步道，还有热情好客的苗族村民。山寨隐在竹林中，有弯曲山路伸出竹林。与当地村民交谈得知寨中的竹子天然的自生自灭，每年都有客商到这里来采购一次，每次都拉出去好些，村民也增加了收入。远处是大块小块的稻田，曲曲折折的田坎上行走着肩挑担子的苗族村民，我在竹林里如游鱼般穿梭，窥林间嫩笋破土，林间闻山歌缭绕。忽然，我的眼前涌来七八个身穿苗族盛装的小姑娘，笑眯眯地看着我们几个手执相机、摄像机的外来客人。于是，在丛丛竹林里，在曲折的林荫小道，在泉水叮咚的水井旁，我们留下了一幅又一幅美丽动人的画面。

下午5时许，我们被寨中的村民拉入家中，桌上早就摆上了香味诱人的酸汤鱼，还有那原生态的豆腐、青豆、魔芋、土豆、腊肉、折耳根，谗死人哦！举起大碗米酒，耳边又响起婉转悦耳的敬酒歌、飞歌，左边来一圈，右边又来一圈，醉了，不知是因酒而醉，还是因新寨的景色而醉，反正我是醉了。黄昏，我们走出山寨，回首，村民集在山坳上手端酒碗高歌欢送，寨中那尊百年谷仓特别显眼，仿佛在诉说山寨逝去的历史，又好似为今天的村民注释明天的命运，呵，新寨！

苗　　乡

佚　名

生于巍峨里，长在雄风下，雷公山脚下的人哪，有天生的豪气，早已习惯了“开门见山，出村过岭”的生活。所以我对苗岭山乡有着一种不解之缘。

苗乡最美的季节应该是春天了，粉红的桃花，刚吐芽的杨柳，还有低飞的燕子，苗乡的春天便在桃红柳绿中姗姗而来。野外草柔柔，三月风细细。手牵一根长线放飞那充满生机的风筝，随这放飞的还有动听的吴侬软语，踏春的歌声随处可闻，信手一拈便是一串优美的音符。柔软的春风中，谁家廊檐下燕儿正呢喃细语？又是哪儿的评弹正奏出如此激越的丝弦之声？此情此景，不由让人感叹这样的春天才像春天，也让人觉得春的苗乡更苗乡。伴着一声夏雷隆隆响过后，苗乡那缠绵的雨季便又如约而至了。苗乡的春最美丽，苗乡的雨最迷人。细雨蒙蒙，如丝飘落。古老的风雨桥漂在水上，水面一片烟。远远望去桥头上站着一位苗家少年，回首遥望手举雨伞站在桥头痴痴凝望的白衣少女。她的头发搭在肩头，有一缕被调皮的夏雨打湿，沾在了脸庞。一阵轻风吹过，雨伞轻斜，裙袂轻舞。他们便这样长久凝望着对方。那目光像水一样清澈，像雨一样绵长。丝雨蒙蒙，雨伞轻张，一网天地情，不由让人想起两千年前在荷花烟雨断桥畔白素贞的千年苦等，那令人遗憾的是她要等的许仙是人而不是仙，他对爱太不坚贞了，连大度的江南也容不下他。所以香港作家里碧华在其著作《青蛇》中，许仙被小青一剑穿心，随着淹没金山寺的大水一同流去。所以人在苗乡，就不能让自己玷污了苗乡。

秋风轻拂田野里劳作少女们额前的秀发，灵巧的身子在花草间穿梭，灵巧的小手掰下一片又一片白菜的青叶，一阵苗歌飘出，直把雾重烟轻的苗乡装饰得玲珑剔透。歌声中归棹轻拍着秋水，西方天边燃烧的晚霞，映红了大山，也映红了少女们清透的脸，好一个苗乡的秋！

随着片片雪花的飘落，苗乡的冬天终于到来了。这儿的冬天没有北方的朔风怒号，更没有塞北的“风吹满地石乱走”，有的只是点点雪珠轻溅在行人脸上，然后淘气地直钻人的衣里、领里。雪住天晴，苗乡山寨全铺上了一层银白。在太阳照射下，全是耀眼的白。大街小巷也跑满了欢笑的孩子，苗乡的冬天是属于苗乡的，冬天的河道橹声仍“嘎嘎”不断，这是在外的游子归家了。炊烟袅袅中金马西坠，一轮明月在东方升起，冬天的苗乡夜晚更是静谧，古老的院落伏在月色里，显示着苗家的历史。勤劳了一天的苗乡终于在万户捣衣声中沉沉睡去。

这便是我们的苗乡，这便是我们现实中雷公山脚的苗乡，不知何时你才能来亲近一下苗乡的春，拥抱一下苗乡的柳。我们雷山人民期盼着你到来的那一天！

冷竹山探奇

张希成

冷竹山，地处雷公山西南，是雷公山自然保护区重点核心区之一，是森林植被保存最为完好的原始古林区，以其原始古林、野生禽兽之多，水源之好，药材之多闻名遐迩，更是自然科学考察、森林旅游不可多得的胜地。

要上冷竹山，几条路径可达。其中一条路径是直往上爬，过岩寨、桃梁两个短裙苗寨，再翻过一个山坳，行约七八公里，就到达浩瀚无边、广袤连天的冷竹山原始林区。面积为 7.38 万亩的冷竹山，要在最高山梁处往下看，形如一只天成的大撮箕峡谷，口向西南。冷竹山，奇在有三层层次分明的立体绿带，第一层全是混生冷竹，从山沟下直往山顶，全是密密匝匝的冷竹。笔者曾在中腰地段数了数，在一平方米小范围内，滋生最密集的达百余棵，稀生的也有二三十棵，可想冷竹林之多，于是冠名“冷竹山”。曾有人联系伐竹出售作精纸材料，但为了保护生态，都婉言谢绝。第二层都是间杂灌木林，这一绿叶层，刚好是第三层的中腰部，自然有度，层次分明。最上一层绿叶带，全是有着一抱或几抱粗的原始古林，是冷竹山的主体林带，且大多是常绿乔木，因生物的多样性备受有关专家注重。自然生长的珍稀树种十齿花、钟萼木、翠柏、红花木莲以及白辛树、杜鹃、玉兰、红豆杉、岩杉、山尖杉、水青树等也都傲立其间。密林深处，滋生着木质的、草质的各种药材。如野生天麻、竹荪、黄连、八角莲、杜仲、绞股蓝、厚朴、竹节人参、大小血藤、蛇孤、蛇莲等，有数百种之多。药用或食用真菌那就更多了。溪涧之水，从竹根、古木和沾满苔藓的岩缝中汩汩淌来。酷夏入山，如是口渴了，喝一口，凉透心扉，舒心之极。溪间，浅水处漫游着一种叫尾斑瘰螈的小生灵，如有兴趣，翻开水里任何一石（大小直径在三四十厘米的岩石）至少能见到三五条之多，这小生灵是古生物群的孑遗物种，还是专治疑难杂症的一种水生小动物药材。四川某地医学研究部门曾于 1987 年 6 月，派专家到此地考察并取走样本用作实验。林中溪沟里，不时看到石蚌和娃娃鱼。密林深处，经常出没着林麝、黑熊、大灵猫、斑灵狸、穿山甲和野猪以及多群猕猴等。尤其国家二类保护动物白鹇，更是常见的野禽。密林中的天然山塘，是野鸭、鸳鸯游闲与栖息之处。

由于森林郁蔽，山阴地湿，浓雾时常缭绕深处林木，其树干及枝丫，都生长着长长的绿色苔藓，须长尺许，短的也 10 余厘米，于枝丫下垂吊，有如披着绿绢，绚丽多彩。要说冷竹山的清新空气，那就更醉人了。密林树梢，跳跃觅食的小鸟。数量多，有一目击十鸟之说。这里，真不失为鸟的王国，鸟的天堂。鸟语与山溪潺潺以及山风组成的大自然的天籁之音，使人心旷神怡，流连忘返。

多彩而神秘的冷竹山，各季自有色彩。春的淡绿，那就是一首诗，如是金秋到来遍山红叶，犹如丛丛红火，简直是一幅美丽的画卷。朋友，你有幸到冷竹山一游，入山乐趣将会伴着你，必使你陶醉于山里。冷竹山的美好，给我留下了深刻的印象。朋友，倘若你步入山里探奇，那撩人之美必使你一饱眼福，终生难忘。

我的工作岗位在雷公山

张前江

绿色明珠雷公山，它奉献给人们的说也说不尽，这是我们赖以生存的基地，保护它，自然是山里人的责任。我时常以“力堵小漏，免溃大堤”这一俗言勉励自己坚守岗位，即使把自己的青春献上也无怨无悔！

我从职于雷公山半山腰处，已整整十一个春秋了。当大地复苏，春天到来，雷公山上百花争妍，花香鸟语，每每看到这，作为绿色卫士一员的我，心里涌起无比的激动，欣然与同事一起坦然融入位于高山间的岗位上，几多豪迈，亦几多欣慰。

每当严冬到来，高山上一片白色世界，寒风刺骨，山下的人们在围着炉火取暖之时，我们不因寒冷而撒手，仍坚守岗位，实在不敢偷闲。午夜，深山静悄悄，一旦路上惊吊盘，无论多晚，都得出门探窥一番。夜深人静，不时听到山野的怪叫声和一些野兽的嚎吠，一时打破了山的寂静，真有点毛骨悚然……

我们的岗位，是“神圣”的，它虽比不上军营岗哨那么严明，可也不能有一丝的疏忽大意，更不能缺阵弃岗。对过往车辆，尤其出林站的车辆，我们都要仔细排查，绝不放过一辆车，经常是整晚睡不上觉。可只要大山能常青、绿色能常在，我们的奉献就是值得的！

工作中，时常遇到无证违法者，有的施展一再说情或托人说情，但我们总是执法从严，虽亦有过被人恐吓，但有人民的支持，有局、站领导和同志们的支持，尤其有法的支持，我们无所畏惧，这是工作职责使然。尤其身在雷公山，与雷公山山水相伴，怡然舒心，我视作高尚的岗位，虽是高山的艰苦环境，心头亦乐陶陶。

大山人的情怀

张艳莉

历时八个春秋，经历了无数个日日夜夜，我永远也忘不了，在我工作的第一天，我终于来到了我所热爱和向往的地方——雷公山，成为这片大山的守护者！

从职于保护区工作，或时游大山，或在办公室，都是在绿丛秀锦中度过，每每此时，我都自豪地说：“我是山里人。”我，生于大山，长在大山，工作还是在大山，从职于雷公山保护区工作已有八年。人生的这段美好历程，是在绿色里成长，也是在领导与同志们的关怀下成长。我人生的青春年华在这绿色中度过。

春天，万物复苏，鸟语花香，或于绿丛中休闲散步，或于办公室工作，每时每刻，都能体味绿的清幽，因为，在仅距我办公室几米之遥，就是绿色植物园。身在绿围中，给了我足够的精神，尽管工作忙碌，也感到由衷的愉快。

有时与朋友进山，观山阅水，所悟到大山的灵性，全是大自然赋予，一再唤醒了对生活和工作的自信。每当面对响水岩瀑布，视若银瀑天上来，落于百尺崖下，瀑声如雷，若逢斜日，彩虹横空，美景如画，怡然舒心极了。大自然赋予的，不仅仅是一种享受，还有对人生的自信。

身临其境，不论赏景抑或引目于奇石秀木，无不都是天工雕琢、自然天成的青山秀山，这些美，是我们绿色卫士辛劳付出的成果。

“功在当代，利在千秋”之说不假，作为绿色卫士一员的我，在领导与同志们的关怀下，和同志们一起，努力工作，将这美丽的雷公山建设得更加美好，将中国西部的这颗绿色明珠打扮得更加绚丽、更加璀璨！

我骄傲！我自豪！我是“大山人”！

心系绿园

——七里冲

杨　广

在我内心深处，有一个美丽而充满生机的绿园——七里冲。它位于雷公山主峰南麓，是一个神奇迷人的好去处。曾几次想去一睹七里冲的风光景色，享受一下生命回归自然的快意，都未如愿。如今，在朋友再三的甜言蜜语下，终于带着希望的心绪，心手相牵一起走进绿园。

偏偏天公不作美，下起雨来。但春雨贵如油，这是大自然赋予春天的礼物。不错，无数生命的新绿在沿途悄然蔓延。从迪气北行，无数的水车在嘎吱嘎吱地转动，割划着岁月的沧桑和历史的年轮。翻过一山蹚过又一水，在前呼后拥中领略美不胜收的风景，仿佛走进了陶渊明笔下的世外桃源。那山前后无际，那景左右无边，那潺潺的山泉水永无尽头。在点点滴滴的烟雨中，一切鲜活的生命都被洗涤得十分洁净，嫩绿的叶子在雨中不断跳动飞舞着，那翠色好像也跟着雨水一起下滴。枯藤老树，青蔓垂枝，在雨里静默着，繁花点缀其间。寻声而上，见峡谷飞瀑，冲天飞鸣。岩下小潭，星棋罗布。怪石嶙峋，千姿百态。雨中登上七里冲丝丝寒意掠过，别有一番滋味。让你忘乎所以，忘记疲劳。如果不是路过，你会认为这里被人们遗忘了几千年。如果不是下雨，你一定会把那一幕幕景色用笔勾画出来，或者用相机把它拍摄下来，可惜，此刻却只能饱于眼福。

在一系列小路迂回后，下午时分，天放晴了，我们终于闯入了绿园。那里方圆 300 米，中部略宽。在中部拐弯处，极目前后，夕阳西下，一条乳白的薄雾轻盈缥缈浮于峡谷，绵延长达七八里，又如玉带缠绕于山腰，配上红红绿绿的花伞，慷慨的散发出一片片金光，可谓玉带添花，妙不可言。几户人家在雾霭中如仙境楼阁一般，几位仙人闲坐亭台长廊之中，一道风景长廊画卷映入眼帘。一条小溪于青山峡谷中时而慢悠悠时而急湍湍地流淌，诉说着这里千万年的历史。溪边盛开着姹紫嫣红的山花，有名字的没名字的，点缀在绿草丛中，惹眼的新绿，使鸟儿时儿飞起又忍不住落下，流连忘返，花香鸟语，竞相峥嵘。草滩上镶嵌着一池清亮的湖水，熏风如酒，美景如画。在湖畔，或细步徜徉，或盘腿静坐，让思绪飘飞或悠然垂钓，或小憩于沟边尽情地说笑，其乐无穷。绿园主人，忙在其中。闻着清淡的畅喉酒和天麻酒，沁人心脾，痛饮一杯，更让你宾至如归。西风拂过，我醉了，醉于绿的海洋，醉于花的世界，醉于云的海洋，醉于主人的浓意，醉在不眠中。暮霭降临，天高云淡，月朗风清。草地上，燃起了一堆篝火，更映出了七里冲的西湖胜景，节奏分明的芦笙响起，矫健的舞步如雄鹰展翅，轻盈的动作如流水般柔和，其乐融融，悠扬的歌声载着浓郁、淳朴的民族风情，在绿园上空回荡，浸入心田，那种感觉更与何人说。

风情这边独好

吴呈金

绚丽多姿的舞蹈，哪里有？历史悠久的文化，何处寻？风情这边独好。

深秋时节，云淡天高，枯黄的树叶随着秋风纷纷扬扬地飘落，公路两旁的梧桐树叶将要落尽，只有雷公山下那杨梅树林，似乎十分耐寒，绿叶依旧，郁郁葱葱。

这天，阳光明媚，我和我的朋友随着旅游车，来到贵州省东南部的雷山县城。这里，山清水秀，水波粼粼，是个理想的旅游胜地。当晚，我们就住在华都宾馆。

第二天一大早，从远处隐隐约约传来芦笙声、铜鼓声。我翻身下床，穿好衣服，迫不及待地向宾馆的服务员打听：原来，今天是雷山县一年一度的苗年文化周的第一天。我洗漱完毕，急急忙忙地往大十字方向赶去。一条写有“雷公山国家森林公园欢迎您”的横幅，映入眼帘。一幅“苗族文化中心——雷山欢迎您”的条幅，十分扎眼。街道两旁的商品，琳琅满目，令人目不暇接。在民族商品一条街里，你可看到，这里的人们你来我往，争相购买苗年文化周开幕式用的各种服饰。你瞧，一位50岁上下的老太太，正给她漂亮的姑娘购买银帽、银雀。这天早上，在导游小姐的引导下，我们游览了雷山街上的大小民族商店，买了上千元的“土特产”。11点钟，我们心满意足地回到宾馆。

中午时分，天气异常晴朗，天空中那几朵白云，似乎也在等待着什么。苗年文化周开幕式就要举行，游行队伍都在华都宾馆门前出发。一朋友不知从外面何处带来的消息说。中午1：50分，芦笙阵阵，铜鼓声声，彩旗飘飘，人山人海，浩浩荡荡的游行队伍停留在公路中央。一声“游行现在开始！”的号令响起，游行开始了。你看，走在会徽后的第一支队伍是该县方祥乡代表队。一群壮汉有节奏地吹奏着高排芦笙，一群年轻漂亮的姑娘穿着节日盛装，翩翩起舞。紧接着的是丹江小学代表队，男孩子口吹金芦笙，女孩子手举“糯米”粑，个个露出可爱的笑脸。排在第五位的是雷山民中代表队，小伙子们吹着欢快芦笙，小姑娘们舞动着手中的花伞，显得分外妖娆。排在第六位的是铜鼓舞发源地——大塘乡掌坳代表队，随着鼓点，一群年轻力壮的小伙子跳起了“骑马迎客”舞，一群天真活泼的小孩子学着大人样，跳着舞着，显得十分可爱。一群年轻漂亮的姑娘，看上去，十分有魅力。其他代表队，也各自表演着精彩的舞蹈。走在最后的是雷山二中代表队，16名英俊潇洒的小伙子，身穿土布花边短衣，头戴斗笠，吹着高排芦笙，十分有个性，200余名身穿节日盛装的少女，随着有节奏的芦笙曲，翩翩起舞，每到一处，无不响起阵阵掌声。街道两旁，观众左拥右挤，密密匝匝，把游行队伍围得水泄不通。看！摄像记者，有的蹲下身子，抢拍镜头。瞧！游客中，有的踮起脚尖，目不转睛地看着热闹。

下午3点钟，游行队伍整齐有序地走进主会场。不久，大型歌舞《欢聚雷公山》就开演了。

在主席台上，放眼望去，你可看见对面鼓台中央摆放着象征苗族的硕大铜鼓、银角。大铜鼓、大银角的两旁整整齐齐地摆放着54面木鼓和13面铜鼓。与之对应的主席台上，有三个大水车模型，中间大“水车”上写有“2004年贵州雷山苗年文化周”的字样，熠熠生辉，左右两旁的小“水车”上挂有一串串黄玉米、一串串红辣椒……

当大会主席宣布2004年中国雷山苗年文化周大型苗族歌舞表演开始时，12名彪悍的苗族汉子，手握长长的火把，迈着刚劲的脚步，矫健的步伐，快步走向铜鼓，一一点燃香炷。40名威武雄装的苗族后生、跳着难度极高的苗族佩带鼓舞。他们的舞蹈，有时像蜻蜓点水，有时像猛虎下山，刚柔相济，独具风格。随后，400名身穿节日便装的苗族少男少女，缅怀祖先，跳起了古朴、粗犷、奔放的苗族祭祀舞。舞蹈随着古朴、粗犷、奔放的祭祀乐章，热烈奔放，铿锵激昂。那场面，时而像江河奔流，时而像万马奔腾，时而宛若巍峨群山，延绵起伏。少男少女们的嘴里不时地高喊："嘿！嘿！嘿！嘿！嘿嘿！""吓！吓吓！吓！吓吓！"的欢呼声。那欢呼声似乎表现苗族人民获得一个又一个的丰收年！似乎表露快步迈回家园的欢乐喜悦的心情！似乎跳出了苗家人民对党的无限崇敬、对家乡的无限热爱！

看毕《魂系尤公》，又看《远古音律》。

在悠扬、古老的苗族古歌声中，100名老年妇女身穿苗族便装，手捧刺绣花带，走向鼓台的台阶，精心刺绣各自的花带。100名妇女走向舞台中央，端坐在纺车旁，轻歌曼舞。在舞蹈中，她们时而嬉戏，时而攀谈，时而纺纱，一幅古老典雅的苗族妇女刺绣纺纱图展现在众人面前。那场面，纯真迷人！真实再现了苗族人民勤劳、智慧的生活景象！

"第三场《笙声情缘》。"主持人话音刚落，一曲高亢激昂的"Gix jangl hlat"（讨花带）芦笙曲引来了近百名强悍的苗族芦笙手，他们吹着芦笙，跳起了刚劲、奔放的舞蹈。随着那优美动听的芦笙曲，200名手捧金芦笙、身穿节日便装的苗族小伙和200名手持精致的花带、身穿节日盛装的苗族小姑娘，他们一对对、一双双来到舞台上。小伙子们吹起了"Gix jangl hlat"（讨花带）的芦笙曲向姑娘们倾诉爱慕之情。姑娘们个个含情脉脉、羞羞答答，轻歌曼舞地表演“讨花带”舞。表演中，在小伙子们再三的求讨，姑娘们才不得不把自己那精美的花带系在小伙子的芦笙上。“哇！系上了！系上了！”一位60岁上下的苗族妇女动情地喊叫起来。讨花带舞结束后，随着悠扬柔美的音乐，400名苗族姑娘，身穿艳丽的节日盛装，手拿花伞，缓缓地向舞台中央舞动。美丽的姑娘，华贵的服饰。鲜艳夺目的花伞，婀娜多姿的舞姿，光彩照人的容颜。在表演中，有时像仙女下凡，有时如嫦娥奔月，极尽变幻。五彩缤纷的世界，银装素裹的场面，展现了苗族少女那纯净、美好的心灵！给人以美的享受。此时此刻，舞台入口处又传来了磅礴宏伟、风格独特的音乐。鼓声、笙声、飞歌声交织在一起。随着音乐，小伙子们来了！壮汉们来了！小姑娘们来了！少儿们来了！中年妇女们来了！老年妇女们来了！他们，有的手捧金芦笙，有的手提纺纱机，欢呼雀跃，纷纷涌进舞台中央，悠扬动听的乐曲，刚劲柔美的舞姿，让你眼花缭乱。铜鼓声！木鼓声！芦笙声！飞歌声！响彻大地，壮观的场面，令人目不暇接。整个广场展现了这里的人民在党的领导下，安居乐业，团结奋进，努力拼搏，奔向小康的壮美景象！

下午5：30分，开幕式结束，我们才依依不舍地返回雷山华都宾馆。

时至今日，那绚丽多姿的舞蹈，那历史悠久的文化，还浮现在我眼前。唉！何时才能有机会再次目睹那壮丽的场面呢？

风情，这边独好！

雷公山看日出

李正龙

每当捧读巴金先生早年的《海上日出》，都对他笔下“日出”情有独钟。看“日出”的愿望越来越强烈，一直寻找机会实现我看“日出”的梦想，哪怕不是在海上。

机会终于来了——“五一”节黄金周到了。我与朋友一起，在5月1日午夜3：55分驱车向雷公山山顶飞奔而去。

一路上，只有挂在蓝天下因羞涩而把半边脸遮住的月亮，飘悠悠地陪伴着我们前行；一阵阵带着浓浓花香味的暖风扑面而来，足够让你沉醉和心意迷乱的！树林里不时传来一两声不知名的野兽嚎叫声，令你感到既害怕，又刺激！

由于路况的原因，在黎明4：58分我们距雷公山山顶还有4公里。要看到日出的整个过程，必须赶在5：30分以前到达山顶，我们不由地加快了前进速度。正在前进中，我们顺着车灯灯光，发现前面约50米处有一只大野猪带着二只小野猪横穿公路，急匆匆地朝公路下边的树丛里钻进去；又见一只棕色的野兔朝着我们车子急速跑来。小侯急忙打转方向让道，野兔才幸免于难。

5：46分，我们到达雷公山的山顶。山顶上风很大，虽然我们都穿着厚厚的衣服，但大家还是觉得很冷。我的双手由于环境温度变化过快，一时不适应而出现皮肤红胀的过敏现象。

5：50分，东边地平线处呈现暗红色的线状厚云层。由于光线的折射原因，以线状厚云层为直径，在光亮的半圆区域里，颜色逐渐由深变浅，最外层为淡蓝色。天地间除此区域有光亮外，周围则是一片灰暗。随着时间的推移，厚云层的颜色逐渐变浅、变亮，光亮的范围也渐渐扩大。

约6分钟后，暗红色的厚云层与山峦交接处露出金红色的亮点来，但不刺眼。渐渐的，亮点慢慢地爬上来，变得又圆又大，发出柔和的金色光芒；周围的云彩仿佛受到感染似的也变得红彤彤。连我们也沾光了，大家从头到脚也是红彤彤的。此时，鸟儿在鲜嫩的绿枝上活蹦乱跳，悦耳动听的欢呼争鸣声由远及近，由孤鸣变成合唱，一派生机！天地之间已分明了。

随着时间一点一点地流逝，亮点慢慢地变成了红彤彤的大圆盘。周围的云彩以大圆盘为圆心，颜色由鲜亮的橘红色渐渐过渡为灰蓝色、浅蓝色。现在可看见雷公山向四面八方无限延伸而去的莽莽山川了。这些莽莽山川在第一束金光照耀下，显得那样的宁静！让人的心灵为之震撼！因为它们是那样的浑厚、宽大！

6：30分后，红彤彤的大圆盘以不让人发觉的超慢速度，发出了由弱到强的耀眼的光芒，它本身也由红色渐渐变成了刺眼的白色；其周围的乌云也渐渐淡去，恢复为轻飘飘的白云；天，是那么的纯蓝。又是新一天的早晨了……

雷公山的早晨，是那样的纯净、安详；那里是鸟儿的天堂，是野生兽类的王国。当您踏进雷公山，迎接您的是这里的主人——鸟儿和野生兽类。它们随时欢迎您的到来！

春到雷公山

唐光新

这是一个细雨过后，空气清新的早晨。一觉醒来，推窗远眺忽见春不知何时已从枯枝上、荒原里绿莹莹漫出来。神情为之一振，心中顿生游兴，即刻呼来几位要好的文墨朋友——游雷公山去！

雷公山，坐落在雷山县境内，这座远近闻名的苗岭主峰，她没有黄山摩天劈地的山峰令人神往，亦没有庐山万丈飞瀑撼人心魄，沿途散落地开着朵朵紫色的小花，这小花纤细柔弱，令人不禁心生怜爱。然而，仔细地读她，又不由地惊叹她坚韧的内涵，这是一朵不屈于贫瘠，不甘于沉寂的生命之花呵。同行的小姑娘雀跃着采摘朵朵野花集成一束攥于手中。回首望时，纯洁的少女和淡雅的小花与肃穆的群山浑然一体，凝集成一道优美的风景。攀至山顶，环视四周，澄明的天宇以慈爱之手给山峰罩上了一层乳白的轻纱，山巅的宁静给人一种遗世独立，飘飘欲仙的感觉；鸟瞰山下，黄的油菜花，白的梨花，粉的桃花错落有致地开着，尽情地渲染着春的气息。

下得山来，一条细银练似的小溪豁然于眼前。走近前去，掬之清爽温和，观之清澈见底，各种小生物已在其中自由自在地摆动肢体，真是一个“万类霜天竞自由”的世界！立于溪旁，我不禁痴痴地想，这细小的水流是如何越过千沟万壑走人这群山之间？又将如何披荆斩棘地前行……

随溪水前行，两旁姿态纷呈的石头，令人误以为走入了柳宗元笔下“钴母潭记”的小丘。其石或“嵌然相累而下，若牛马之饮于溪”；或“冲然角列而上，若熊罴之登于山”；更有平展宽阔如床者，引人不由驻足小憩。虽则众石形态各异却有着洁净如濯、不着纤尘的共同特点，卧于其上，耳边没有车马的喧嚣，眼前没有缭绕的飞尘，“恍然中，似已被春风插上了双翅飘飘于山中春色了”。

夜宿雷公山

杨 婧

说是雷山人，却在而立之年后，在2004年隆冬的一个下午，与几位远道而来的在师范读书时的同学一起上了雷公山。

海拔2178米的雷公山，为苗岭主峰，雷山县因此得名。上山之前，朋友们让我先介绍一下雷公山。其实，我自己对雷公山的了解甚少，有关的知识都是从人们的传说中，或者政府网站的旅游专栏里阅读到的。我不好说自己不了解，就说，先上去，知道了就没有味道了。

天公作美，给了我们一个暖暖的艳阳天。刚进入雷公山风景区，我们立刻就被满山的翠绿吸引住了！那莽莽的群山，层林尽染，远远望去，那么奔放、那么寂静，真是美极了！

雷公山是自然地貌保持得较好的地区，森林覆盖率达83%，1390种动植物中，被国家列为濒危、珍稀动植物的有20种，其中国家一级保护植物被誉为“万木之王”的秃杉在这里连片生长，堪称绿色“聚宝盆”。联合国专家曾向世界宣布：雷公山是当今人类保存得最完好的一块未受污染的生态、文化净土，是人们追求返璞归真、重返大自然的理想王国，是世界十大森林旅游地区之一。

虽是隆冬时节，远望山景，不同的树木依然呈现出不同的色彩：火红、金黄、碧绿、褐黄，各种各样的颜色仿佛大自然用那神奇的彩笔，在大山的幕布上涂上的重重油彩！近处，那千年小古树，高不过头，矮只及腰，全身苔藓毛茸茸的像一个驼背的小老头。虽然岁月的年轮在它的额头镌刻着历史的沧桑，但它依然挺立在初冬的风里，那么傲然，那么不羁，那么洒脱！

哦，雷公山，给人多少欢乐，多少思索，多少遐想……

雷公山真静呀！站在山顶，望着天上的流云，倾听着大自然梦幻般的私语，任一抹冬阳暖洋洋地照在脸上，任缕缕带有暖意的冬风轻拂面庞！在这样的时候、这样的地方，我们任感情的潮水肆意流淌，任奔放的思绪随风飘荡！我们感受着冬阳的温暖，感受着大自然带给我们的喜悦，感受着生活的温馨，感受着生命的隽永……

我们决定，在雷公山顶住一宿，以实现多年来看云海、日出的夙愿。

是夜，却怎么也睡不着。想起白天在山顶看到的天井，据说那是抗清英雄张秀眉的马蹄踏出来的，而且常年也不枯干。山风刚烈，吹得山顶呼呼作响，犹如一头猛兽在吼叫。我似乎听到张秀眉、杨大六振臂高呼的声音，以及猎猎的旗声和金戈铁马的声音。在肃穆的同时，我忽然领悟到雷公山的森林为什么那样的翠，那是英雄的精神凝聚成的！

雷公山，母亲的山，英雄的山！你的胸怀，养育了雷山儿女；你的气魄，鼓舞了雷山儿女！

一夜无梦。

第二天早早起床，大家呼应着出去看日出。然而，当我推看窗子往外看时，我立刻被眼前的景象惊呆了！

“忽如一夜春风来，千树万树梨花开”，什么时候下起了大雪呢？我的心立刻怦然而动，兴奋不已！这雪，对于在山顶上工作的人而言，已经习以为常。可是对于我们，却算得上是一生的奇迹。这是命运吧，让我们在山之巅峰——赏雪。

推开门，我们兴奋地扑进大自然的怀抱。一片片飞舞的雪花像纷飞的柳絮，洋洋洒洒，飘飘落落，落在我的肩上，吻在我的额上。我从来没有在这么高的山上看雪，从来没有看见过这样大的雪片，此时此刻，心绪与雪片一起飞舞，情感与雪花一起放飞……

低头俯望，茫茫郁郁的群山，在纷飞的雪中蒙上一层朦胧的轻纱，山舞银蛇，原驰蜡象！云凝峰峦间，即雾即雨，即霜即雪，即露即风，像雾像雨又像风，何其洒脱，何其缥缈，何其飘逸，何其俊秀，何其巍峨！这岂不是人生的另一种境界！

“四百里纵横，雾锁云吞。出头敢说众山惊，五岳移来休比峙，空负虚名。”我突然感觉到当年罗雨峰老诗人的气魄。单是这一点，还不用说雷公山周围的民风民情如何浓厚，苗族文化底蕴如何深厚，你便会体会到雷公山为什么会与四川九寨沟、湖北神农架等一起被列为中国10大旅游景区了！

“须晴日，看银装素裹，分外妖娆！”我们没有看到日出，但却得到了大自然意外的赐予，得到了意外的惊喜。

雪不算太大，给车胎安上铁链，我们小心翼翼地下了山。

雷公山，你给了我太多的惊喜，你给了我太深记忆，你给了我太多的感悟！我爱你，雷公山！

情系雷公山

李格林

雷公山是一座秀丽的山、英雄的山。

曾听人说，到过黔东南而没去雷公山等于没到黔东南，此话听起来似乎有夸大之意，但身临其境后就会体会到此话的真实内涵。

土生土长在雷公山脚下的我，不只一次在雷公山脚下的幽深小径行进往返，并从中领略到了大自然风光的无限神韵。然而登上雷公山顶，却是我多年的夙愿，只听人说登上雷公山山顶是如何如何的心胸开阔罢了。

今年假期，终于如愿以偿地实现了自己的夙愿——登上了雷公山顶。

到了选定的日子，我们一行五人高兴地在方祥乡平祥村吃了早餐就踏上了旅途。边走边谈，很快就来到了雷公山南麓。极目远眺，群山叠翠，林木葱茏，连绵起伏的黛青山脊，显得那般幽暗，被一层薄薄的云雾缭绕着。直穿云霄的电视转播塔，巨人似的稳稳矗立于白云之中，像是准备点火开始运行的多级火箭，真令人感慨万千。

在河谷歇息并做好登山的准备，然后就开始向上攀登了。抬头看时，只见一条陡而险的崎岖山路在原始密林中向上曲折延伸。走在羊肠小道上，处处可闻小径两旁野草的幽香，还不时见到争奇斗艳的各种野花。累了，背靠山树，小憩随看，一棵棵古树虬枝，千姿百态，挺拔翠绿，间杂有一些丛生矮小的灌木，以及垂悬的藤蔓……在密林深处攀登，显得格外幽雅、清新，鸟儿在枝上跳跃、歌唱，鸣声婉转悦耳，令人陶醉。此时，坐在古树下歇息，凉爽的山风掠过，芳馨沁人心脾。空气是那样洁净、清爽、芬芳，是那种让你远离尘俗的洁净，是那种让你有飘然欲飞感觉的清爽，是那种让你神清目明的芬芳。此时此景，使我真正感觉到，正置身于纯粹的自然之中了，所有的烦恼尽消散于心底，尘世间一些阴暗心理也在一刹那间得到净化。由于雷公山森林资源丰富，加之已晋升为国家自然保护区，猕猴、林麝、穿山甲、锦鸡等珍稀动物得以在树下栖息并大量繁衍，它们欢畅、悠然地生活着，把这原始大森林衬托得生机盎然，给雷公山原始森林和古老的苗寨增添了活力。密林中泉水潺潺，林涛阵阵，无不使人感到心旷神怡。爬到半山腰，人的呼吸变粗，然而想到自己就要登临从未见过的境界，驱使我那酸痛的双脚又向山顶不断迈进。

不错，登高而望远。此时心中自然产生“会当凌绝顶，一览众山小”的感慨。站在山巅，极目四望，只见方圆百十里千百座山峰层层叠叠，无穷无尽地向远处伸展，而脚下所有的苗岭群山、良田沃土，尽收眼底。俯视脚下，满眼新绿。远眺那一座座在绿荫掩映之中的美丽苗寨，那一片片鳞次栉比的苗岭梯田，还有那满坡满岭的茶园、蜿蜒曲折的盘山公路……山山岭岭，如诗如画。看着这些，不禁引起我无尽的遐想：因为雷公山的高耸、丰厚和宽大，成就了她成为黔东南乃至贵州省的名山，成就了她也是一座英雄的山。100多年前声名赫赫的苗族抗清英雄领袖张秀眉、杨大六，就以雷公山为主要阵地，坚贞不屈地演绎了悲壮而可歌可泣的民族抗清英雄史。如今，这部英雄史，仍在苗族人民中间广为传颂。回望山顶，一幢幢青砖瓦房，令人眼花瞭乱。

户外密如蜘蛛网的高压线，凌空飞架。特别是矗立于白云之中的电视转播塔，高达百米，巍峨耸立于主峰山顶，真令人望而生畏。看着这现代化的建设，无不使人想到科学的进步和祖国的腾飞，我感叹不已。同时，也默默地称赞在这海拔2000多米高山上艰苦创业的工作人员，为了千家万户的幸福，他们任劳任怨、勤勤恳恳地工作着，如同这久经风霜的电视转播塔，度过了多少个漫漫的长夜。

西部大开发的号角吹响后，开发“两山”这一振奋人心的消息一下子传遍了雷公山脚下的苗乡侗寨。从此，更多的目光开始移向这森林覆盖率高达82.7%的雷公山。近年来，雷山县委、县人民政府积极采取措施，加大了对雷公山森林资源的保护和旅游设施建设。而雷公山自然保护区管理局，更是加强了对区内群众的宣传，努力使群众形成热爱大自然的共识，积极帮助区内群众推广节柴灶和良种良法，引导群众发展茶叶、魔芋、天麻等植物种植，做到合理利用和保护资源。此外，还加强科研工作，为进一步促进区内珍稀动植物的发展，加强对天然林的保护。尤其更喜人的是，一幅《雷公山自然保护区旅游开发总体规划》的蓝图已经绘就。针对区内的自然景观和古老的苗族风情，各级政府和有关单位不断加强了对雷公山旅游设施的建设。如今，县城至雷公山的柏油路已铺成使用，旅游步道、凉亭、宾馆、娱乐设施等已初见雏形，雷公山至雷公坪的旅游公路也在积极的酝酿之中，我想明天的雷公山将更美好，越来越多的中外游客将不远万里，迢迢而来，满意而去。

《雷公山之歌》已经唱响。有着绚丽自然风光和浓郁民族风情的雷公山，在改革年代里正在走向开放。土生土长在雷公山脚下的人，谁不为这壮丽的山河而感到骄傲、自豪！

啊，雷公山，秀丽而英雄的山，你真不愧是苗岭主峰、云贵高原上一颗璀璨的明珠！

山

杨昌洲

苗岭主峰雷公山被列为国家森林公园，这不仅对雷山乃至贵州无疑都是一件大喜事。也许是职业的缘故，我在很早以前就对它就有所认识，关于它的传说，也略知一二，但真正意义上的了解，还是在它被列为国家森林公园后。

雷公山纵横 400 里，是苗岭的主峰，海拔 2178 米。它雄奇高险，巍峨恢弘，如同一头静卧的雄狮横跨湘桂边境。古有民谣："上有骷髅山，下有八宝山，离天三尺三，人过要低头，马过要下鞍。"中国人民的伟大领袖毛泽东同志长征途中，在马背上信手拈来这首民谣，化作他的诗十六字令《山》：

山
快马加鞭未下鞍
惊回首
离天三尺三……

毛泽东的这首词把雷公山的高大、奇险刻画得淋漓尽致、神秘莫测，给世人留下了无尽的遐想……

也许是历史的巧合，因为雷公山的高古清秀而赢得唐代诗人孟郊"苗岭天下秀，贵在黔东青"的美誉。苗岭主峰耸峙在千山万壑之间，云蒸霞蔚，波谲云诡，壮美雄浑。龙盘怪树，大叶杜鹃，泼墨玉兰，亘古植被，千年古林，在这里构成了原始野岭的奇趣，蓬勃的冷竹与连绵的林箐郁郁葱葱。流泉素练，三潭绝响，百丈悬崖鸟迹罕至，洪荒天地尽在画中。雷公山日出、佛光、云海早已蜚声海外，响水岩瀑布、乌茫瀑布，如同一道道白练悬挂在苍莽林海间。撒落在深山林箐的数百座苗寨，长期封闭，其风俗一直承袭着远古浓烈的清醇与厚重。作为苗族历史上五次大迁徙后的主要集居地和苗族文化的中心——西江千户苗寨，已成为文明社会原始故园的恋地；陶渊明神往的世外桃源；春秋的编钟，如今以铜鼓传韵；唐宋服饰在这里依然焕发出雍容华贵、古色古香的风采；浓缩民俗精典的雷山上郎德吊脚楼民居，迎宾礼俗，名播海外，原始的遗风古俗在这里依然闪烁着璀璨的光环。

雷公山闯入现代史，便是张秀眉、杨大六领导的历时 18 年的苗民反清起义。反清抗暴的古战场就在这山里的雷公坪，著名的十里“八卦阵”至今尚存。当年“张秀眉台前点将，杨大六从戎操戈，一十八年清廷震撼，数万英灵血战南山”的悲壮情景，仿佛就在眼前。无独有偶，1951 年秋，著名的“雷公山合围”也在这里打响，英勇的中国人民解放军 186 师歼灭了盘踞在雷公山上的土匪 7000 余人，实现了贵州全境的解放。雷公山，这颗镶嵌在苗岭之巅的明珠，它不仅见证了苗族人民的历史，同时作为苗族的脊梁与魂的象征，默默地化解这个民族过去的血泪与辛酸，终究给这方人带来了吉祥，带来福祉，也许这就是山的灵运、山的生机……

对于雷公山和雷公山国家森林公园的评价，值得称颂和要说的话很多，限于篇幅，我只能这样说，山不在高，有仙则灵，好一块人间宝地，好一方桃源胜境……

杜鹃扮靓雷公山

李振华　莫　屈

5月的雷公山是热情的，因为雷公山杜鹃绽放了。正是那满岭满坡的艳红，山活了，水秀了，远远近近的游客携伴前来。

我们怀着激情，拥着梦想，带着企盼，迎着初夏的清风和淡淡的阳光，走进雷公山腹地的苗族村落。一路兴奋，一路欢畅，心旌荡漾，情思如潮。看山势的雄伟，赏古木虬枝，听鸟语轻歌，或在洁净的巨石上静坐小憩，或俯身幽溪洗脸濯脚，或在山寨桥边思古，或在村姑的刺绣摊边流连，或漫步山庄田园，只要你一抬眼，那嫣红灿烂的杜鹃就跃进眼帘，热忱、朴实、真诚的杜鹃似乎永远陪伴在你身边。从雷山县城的浅草斜坡到雷公山主峰2000多米高的灌木丛，从英雄杨大六故乡郎德苗寨到世界上最大的西江千户苗寨，处处是迷人的艳色，闭上眼，那一团团炽烈的火焰就燃烧在你的心田。这是苗岭主峰雷公山特有的杜鹃，是苗乡山寨最为诱人的景观，一簇连着一簇，一片连着一片，一坡依着一坡。放眼四望，远山近岭一派鲜艳，仿若一团团醉人的野火，沿着游客的眼界自由浪漫温柔地燃烧，燃烧出一片花海，燃烧出一湾纯情，燃烧出一溪的酒，燃烧出一地的诗。面对这秀美的花，摄影家的相机快门按个不停；诗人的歌吟掷地有声；画家信步驻足野径，倾墨舞笔地忙着写生。走进农家，靓丽的苗族姑娘敬上杯杯美酒啊。苗家姑娘个个艳如杜鹃，能歌善舞，一句祝词，一首酒歌，一杯米酒，连同那一串串动人的欢笑，迎上前，敬上酒，客人们能不喝么？最易于感动的作家诗人们能不喝么？不喝酒对得起那热情的姑娘、热情的杜鹃么？于是，山寨热闹起来，大山活泛起来。客人们激情涌出了嗓子，虽不会唱苗歌，现编三五句词儿，循着姑娘们的曲调，乱唱一气，博得的不是一片热烈的掌声，却招惹来一杯杯香醇浓烈的米酒……这就是雷公山杜鹃一样热情的礼俗，这就是杜鹃一样大方、美丽、诚挚的苗族姑娘。

古老的雷山因绚烂的杜鹃而秀丽，秀丽的雷山因有这样的民族村寨而增色，杜鹃扮靓了苗岭，苗岭孕育了那样撼人心魄的杜鹃。杜鹃年年开，游客岁岁来，一千年如此，一万年一定也如此。如果你有情，难道还不去雷公山赏杜鹃？

雷公山之旅

刘学敏

游过雷公山和风情苗寨，留给我们一种浓浓的思恋之情，像春天一幅美丽的油画，怎么也抹不掉她那绚丽的色彩。

4 月 10 日至 13 日，我参加了省、黔东南苗族侗族自治州百名艺术家“拥抱雷公山”采风团，在雷山县各风景名胜进行了四天的采风活动。这次大型活动是由黔东南苗族侗族自治州文联与雷山县政府、县旅游公司共同组办的。还特邀省文联副主席、省美协主席、著名油画家李昂先生和省电视台及省城各位艺术家参加这次活动。这次采风活动的总领队是州文联主席、作家杨正豪先生。4 月 10 日下午，百名艺术家们乘上三辆大巴，前往著名风景区响水岩瀑布。尽管天下着毛毛细雨，但景区的风光使他们忘记了细雨的浸湿，而为山色绚丽所倾倒。摄影家们不断按动快门，画家们不断勾勒线条，作家和书法家们情不自禁吟出一首首真情的小诗。

响水岩风景区是 2000 年开发的，面积仅 3 平方公里，是一条长长峡谷山湾，有 3 级各 50 米高的瀑布倾泻而下，气势宏伟，蔚为壮观。风景区树木参天，浓荫华盖，溪水淙淙穿林越崖，顺奇藤怪树一路叮咚欢歌流淌。景区内有休闲山庄一座，环境幽静，空气新鲜，每年来山庄避暑休闲的中外游客络绎不绝。

4 月 11 日早上 9 点，我们乘大巴盘旋在云雾缭绕的雷公山旅游公路上，从车窗往外望，远山的云海雾河尽收眼底。行不久，车停在雷公山半山腰上，导游告诉大家，从公路里面的步行道进山。于是，百名艺术家们一长串进入步行道上。包袱最重的要数摄影家了，他们大包小包的摄影器材，足有50斤重；画家只拿一支笔和写生架，显得轻松些；只有作家和书法家们轻装上阵，他们的采风工具仅是一双犀利眼睛和一个收藏记忆的大脑。

导游告诉大家，今天上午游览的景区叫“情人谷”。艺术家们一听到“情人谷”三字，都“啊”的一声，因这名字太有诗意了。“情人谷”是雷山县继响水岩景区后又一力作，她位居雷公山腹地，是一处绝好的天然原始森林峡谷，因谷中有一片古树一对对生长，树高叶茂，形似情人相会，故得名“情人谷”也。

往前走，奇异古怪的风景不断出现，这使摄影和绘画的艺术家们逐渐落在后面。因为他们要拍摄、写生，要捕捉每个镜头和景点，绝不放过这个千载难逢的机会。越往里走，那风景可说是“此景只应雷山有，人间能得几处寻”。那溪瀑成串，形态各异，溪水透明如水晶玻璃，美得十分诱人。原始树种青苔悬挂，藤蔓交织，鹧鸪清啼，水草嫩绿如染，空气清爽。顺溪蜿蜒而上，步行道在横藤弯树中穿越，水雾滋润头发，空气洗涤肺腑，清新凉爽笼罩着整个峡谷，“一尘不染”这个词在这里长驻不衰，一处世外绝妙佳景。足足走了3个小时，才走出迷人的景区，到达雷公山矿泉水厂。旅游公司人员早已把车开到那里等待，还运来了盒饭供大家用中餐。

吃过中午饭，休息片刻，三辆大巴继续向雷公山顶进发。

雷公山海拔2178.8米，站在山顶眺望，满目皆云霞，一览众山低。来到山顶时，阳光灿烂，东风猎猎，树枝摇曳。大家下了车，各自找准方位，观赏风景。

雷公山是贵州苗岭主峰，1982年6月被省人民政府批准为省级自然保护区，2001年被国务院批准升级为国家级自然保护区。雷公山面积4.73万公顷，地跨雷山、台江、剑河、榕江四县，处于长江水系与珠江水系极为明显的分水岭高地，是清水江、都柳江流域水量补给和调节的源泉。雷公山素有“连天之高，雷电之源”之称，生物资源丰富，珍稀树种较多。1985年，省内外102名专家、学者和科技人员，对雷公山自然保护区进行多学科考察，综合考察表明，雷公山是许多古生物的“避难场所”，生物种类2000种，濒危、珍稀植物20种，药用植物462种；动物132科518种，国家保护动物23种。它是我国中亚热带极为珍贵的物种基因库。

雷公山地理纬度较低，云量多，阴雨天多，日照少，全年太阳总辐射为6342.5－3726.3兆焦耳/平方米，是中亚热带季风山地湿润气候区，为各种生物繁衍提供良好的生态环境，是得天独厚的旅游宝地。

在山顶处，立有一碑，碑文为原贵州省省长王朝文所题：“苗岭主峰雷公山”。碑旁有一水塘，四季不干，水量永远保持一种水平。这么高的山顶上也有水冒出来，这现象太奇了。

山顶的气候独特，风呼呼地吹，云起云飞，一时阴，一时晴，变幻无常。从瞭望台望去，一片箭竹林像庄稼地里的小米一样，青黄青黄的；挂满青苔、长满寄生草的古树林中，一棵棵怒放的玉兰花、杜鹃花，万绿丛中一点红，风景更加美丽多姿。艺术家们情不自禁地对广袤辽阔的林莽喊出：雷公山，你太美了……

4月12日上午，采风团来到享誉中外的西江千户苗寨。西江仅有700年历史。这里的苗族子孙属于蚩尤后代的一个支系，他们的祖先曾生活在黄河、长江下游，在几千年前，“涿鹿大战”战败后，往南迁徙，西江的苗族祖先够耶、够卯率领部族来到方孃别勒（雷公山）的白水河定居下来，从此，远离纷争、战乱之苦的苗族繁衍生息，拓荒造田，壮大发展成了千户苗寨。

西江之所以成为央视和各省新闻媒体的聚焦点，主要因为，西江苗族正统，历史悠久，民族文化根基古老，至今仍保持着深厚的民族气息。西江的银饰制造工艺、雕刻工艺、刺绣工艺等永远保持苗族传统的底蕴。西江的鼓藏节、苗年节、吃新节热闹不凡，吸引中外游客蜂拥而至。

4 月 13 日上午，采风团去了“中国民间艺术之乡”郎德上寨。它是反清抗暴英雄杨大六的故里，苗族风情浓郁。1996 年 11 月，又被文化部命名为“中国民间艺术之乡”。早在 1986 年，省政府、文化厅就确定该寨为苗族历史文化、文物保护单位，许多中央领导曾到这里来访问。在这里，艺术家们采集到不少关于苗族风情民族文化的重要材料。

4 月 13 日下午 1 点，我们又到了芦笙之乡——南猛村。它距县城 11 公里，就在一条小河边的山顶上。当我们到小学校时，早有三十几位苗族青年吹芦笙跳苗舞迎接大家的到来。进寨门时，每人还喝了拦门酒。

通往南猛村的公路，是澳大利亚政府资助款项修建的。这个村吹芦笙出了名，在 1957 年国庆节前，南猛村芦笙队参加了莫斯科国际青年联欢会。从此，南猛村芦笙扬名至今。这几十年来，该村芦笙队文艺演出从没间断过，他们到过北京长城脚下，到过内蒙古草原，到过河南、广州等地，给外省人留下了美丽的印象。

看了南猛村青年表演的芦笙舞蹈后，百名文艺家们鼓掌欢迎。他们那原汁原味的艺术表演，是正规舞台上难得见到的……

这次采风活动，艺术家们感受很深，收获很大。雷公山绿色的山水，苗寨的风情文化，给了他们车载斗量的宝贵素材，同时留给他们无穷无尽的想象。

马家屯游记

刘学敏

马家屯是雷山县城风景名胜区，海拔1000米，坐落在城边那潺潺流淌的丹江河边上，是雷山人民群众游览休闲的好去处，尤其是老人们散步、斗鸟、对弈谈心的一块“世外桃源”。马家屯原来是一片古木参天的原始森林，因大跃进、人民公社毁林开荒才变成一座光秃秃的山峰。十一届三中全会以后，雷山人民为美化自己的家乡、提议重新绿化马家屯，使丹江山水重现光彩。1986年7月12日，丹江镇政府为落实群众提议，恢复马家屯的生态旧貌，特立石碑，立下封山育林护林公约，开辟马家屯为雷山风景区，不准任何人进山砍伐竹木桑柳，不准随意打兽射鸟。如今这里已是林木成荫，翠绿欲滴，百鸟鸣唱，花香缭绕，风景优美的地方。

从环城路闲庭信步过去，到了马家屯山脚下，就听到树林的叶片被微风吹拂发出沙沙沙的响声，还有那叽叽喳喳的鸟唱歌声。在弯弯曲曲的水泥梯级中拾级攀藤而上，不一会儿，就到了那扑朔迷离的斗鸟坪。斗鸟坪占地200平方米，四周藤蔓树枝缠绕，绿叶掩映。在这里，已经举行过10次以上盛大的斗鸟大赛，吸引了多个国家和地区的养鸟爱好者前来观赏斗鸟或购买鸟王，从而使苗乡的斗鸟赛掀起一浪高潮。每天清晨，三三两两的养鸟者提着鸟笼，吹着口哨或哼着小曲来到斗鸟坪，他们来遛鸟，呼吸新鲜空气，锻炼身体。逢赶集时，有邻县或本县三乡六寨的上百笼鸟汇集这里媲美相斗，这一派闲情逸致，使苗乡充满了安适祥和的太平盛世景象。

从树林藤蔓中往上攀越，就到了“飞来佛”亭。“飞来佛”亭依山而建，其势险要挺拔雄劲且峥嵘，赤柱黄瓦绛色尖顶，亭柱上刻有苍劲飘逸的对联：

极目横望阳光遍岭千峰翠，

俯首纵观碧水穿城两岸春。

据说很早以前，有个菩萨漂游四海，发现马家屯风水好，就来这里显灵，给雷山苗族人民送子添孙。从那时起，这里就香火不断。为了使马家屯风景更添游览价值，雷山人集资修建了“飞来佛”亭。罗雨峰先生曾在民国34年，为“飞来佛”亭作《调寄·浪淘沙》一首，后人把词刻在石碑上供人观赏：

问佛何飞来，陡坎悬崖，天然生就洞门开。一点长明灯不断，端坐莲台。

或见世风衰，特降尘埃。如来本是慈悲怀，指示众生徇大道，才有高哉。

在山崖苍松翠柏中，还矗立一座鸟瞰全城的“建设亭”。因为它是民众捐款修建的，故曰建设亭。八角亭亭柱上那副对联颇受游览者们赞赏，每个人游到这里时，都禁不住念道：

春佛醉柳秋染银饰建依山亭亭议千年事，

夏捧甘泉冬献瑞雪设临江酒酒斟万里云。

再沿着陡峭的山脊小路爬上去，就气喘吁吁地到达马家屯山顶。山顶上野草茂盛，梧桐青松杨梅等树杂乱丛生。山顶有一座铁塔直插云霄，一朵如莲花开放的卫星天线仰天朝西。站在山顶上，四下眺望，雷山城日新月异历历在目，炉榕公路贯穿东西，慈溪大道似箭欲发，环城路傍江蜿蜒，民族广场如莲开放，东升屋宇橘红染天，建筑群落如雨后春笋，丹江河水如蛇舞动，龙头山如龙卧江；美女晒羞山与老虎城对峙相望，教厂坝与羊肠堡一马平川；东望莲花苗寨，西及排乐山水；苗山秀岭美不胜收，使君浮想联翩……

兴奋至哉！捡把干柴，烧烤鸡鸭野味，把酒临风，宠辱皆忘。改革开放，雷山政通人和，百废俱兴。美哉，雷山城，美哉，马家屯山！

漫步雷山桥

刘学敏

在黔东南苗族侗族自治州16个县市中，桥梁最多的要数雷山县城了。一座小小的雷山县城内，竟架设交通桥梁11座之多，这不得不使人感到惊叹。由于受雷山县城地理环境因素的影响，桥梁还有不断增多的可能。

当你进入郎荡河口时，雷山第一座钢筋水泥浇铸的平桥便展现在你眼前。这是2005年9月完工的雷山环城路第一桥。

第二座桥是慈溪大道旁的风雨桥。桥下筑有一道橡胶坝，一塘湖水绿莹莹，风雨桥倒影水中，甚是美妙。这座桥为两层结构，下桥拱为水泥钢筋浇铸，上桥楼为木质结构，桥柱林立，共有106根；还有桥廊、桥座、桥亭、桥室、桥厅。在夏天，人们可以在桥厅上乘凉品饮，一边观赏民族广场的风景，一边静听丹江河水哗哗流淌如歌的声音。风雨桥不但可以过人，还通小车。桥下绿水碧波，桥顶青瓦遮日；近看桥柱林立，翘檐斗拱；远看琼阁玉宇，像寺院僧房。

第三座桥叫马颈坳水泥桥，横跨河上，梁粗拱壮，这座拱桥是在县城规划前建的，布局有点拥挤，与风雨桥遥遥对望，相距70米，就在民族广场路口。

第四座水泥平桥，长60米，宽1.5米，这是一座老掉牙的小桥，是专供二中学生出入学校的要道。据考证，这座小桥已

25岁了。

第五座桥是教厂坝大桥，桥长85米，宽20米。这座桥是为开发教厂坝新区而建的。它是前往华都宾馆、县医院、西江千户苗寨、响水岩、雷公山必经的咽喉之桥……还有县委桥、丹江二桥、马郎桥、环城南桥、鸡勇桥、龙头加油站桥。游完这11座桥，会给你留下很深的水乡桥印象。

桥是雷山苗乡建筑中不可缺少的重要元素，也是一道道美丽独特的乡村风景。她们祖上传下来说，人类是从另一个世界过桥而来到人间的；人死了后，又从桥上走回阴间去。桥在人们生活中是很重要的，所以，苗族人民十分爱桥。桥，能使两岸的人们往来减少迂回、减少无谓的折磨。所以苗乡处处架有各式各样的桥，以表示不忘桥把人们带来阳间又领回阴间去的功德。

在雷山县某苗寨，只有100多户，竟架有各种风格的桥45座，其中石拱桥9座，木桥36座，最长的一座板凳桥长达36米，最短的一座桥仅0.4米长，这是目前世界上最短的“袖珍桥”了。

苗乡常见的一种桥叫“保爷桥”，长的有四五米长，1米左右宽；短的有1米或几十厘米长，30厘米宽，大都用杉木或石板架设，方便人们跨沟过坎的。无论石桥或木桥，用料均以“三”为吉利，即三块石板或三根圆木，总之，要单数不要双数。

保爷桥建构简单，它是苗家的风俗桥，据苗族寨老说，谁家儿女病了或不听话，就去架一座桥拜祭“保爷”，让千人踏万人踩，修阴功以保佑孩子性命。当桥架成后，首先让孩子先过，然后才让别人走过。农历二月二祭扫“保爷桥”，叫“热桥”，摆上香纸、香烛、鸡鸭鱼肉和糯米饭及熟鸡蛋，叫孩子在桥头呼唤“保爷，保爷，快来喝酒吃肉呀！请保佑我平安长命”。然后跪下向“保爷”磕头。供祭完毕，亲朋好友在桥边席地而坐，听阳雀歌唱，看青山绿水慢流，一边野餐，一边喝酒唱歌。

苗乡还有一种桥叫“马郎桥”。这种桥通常有十几米长，两三米宽，设计比较好，有水泥钢筋浇铸的拱架，两边有木栏杆，设有一排排的美人靠座，上盖青瓦，别致美观。

“马郎桥”是专供男女青年们在夜里谈情说爱的地方。“马郎”的名字源于苗族“有方”二字，“有方”即谈情说爱的意思，摇马郎就是从“有方”二字翻译过来的汉语。县、乡政府为了使苗族青年们有摇马郎唱飞歌的地方，都在各地建筑“马郎桥”。每逢吃新节、苗年节或平时有喜庆的日子，三乡五寨的青年小伙和姑娘们便聚会到桥上吹芦笙、吹木叶、唱情歌，有时伴着星星月亮摇马郎到天亮，才依依不舍地离去。

走过雷山的桥，游完雷山的山水，听完雷山桥的传说，会使你回味无穷。

荡舟固鲁湖

刘学敏

美丽的固鲁湖，这个风景迷人的地方，那湖区哗哗流淌的水声，那林中叽喳的鸟声，时常拨动我那平静的心弦，总想有一日，亲眼目睹她那秀丽的风光。

7 月的一个双休日，天很蓝，太阳也很热情。我们一行去游览向往已久的固鲁湖。

固鲁湖是雷山固鲁苗族村自己兴建的一座人工湖泊。原先仅是 2000 平方米的水碾河坝而已，后来苗族村民们为了美化自己的家乡，用勤劳的双手建造了一个足有 50 万平方米的湖泊，还订下村规民约：不许砍伐湖两岸的草木，不许打鸟捉兽，每年还补栽许多洋竹垂柳。使今日的湖区增添了不少自然风光。林中有雀鸟来栖，水中有鱼儿筑巢。远近的各县市游客，常联袂前来垂钓、度假、观光。

来到固鲁湖，抬眼望去，只见湖光山色格外清爽悦目，船舟星星点点，飘散在如烟如镜的湖面上。这一切不禁触动我们痒痒的荡舟心。从陡峭曲折的沙坡道走到湖岸边，早有艄公撑来长长的绿色竹筏子，把我们一拨一拨地运过去。到了对岸，我们脱下鞋袜，光着脚丫，踩进温凉温凉的浅水里，立即感到好轻松好舒服哟。

买了票，租了三只船，便三人一舟，五人一舨坐进船里，个个激动得飞出一串串欢声笑语，挥动船桨，把船划进碧绿如染的湖心，汇入来往的船群里。可是，划船对我们来说，就像重新接触一门新工作，很不适应。你左划，我右划，你向前划，我向后划，总是不协调，劲使不到一处，划得冒出汗来，船不但不向前，反而往边上靠去。有的划得在湖心团团乱转，有的划得差点儿翻了船。一个个笑得前仰后合，乐不可支。不过，划了不久，便摸索出规律来，自然就很顺畅了。

我们一边划船，一边饱览固鲁湖区的山色风景。只听堤下水声潺潺，湖岸密林鸟声啁叽；青丝垂柳，万杆翠竹，在微风下轻轻摇摆，水面涟漪阵阵，波光粼粼，风静处水清澈见底，可见鱼儿在碧绿水中游弋。

这里距凯里市仅40公里，利用双休时间来游玩的人很多。只见湖岸边一堆堆男人，一个个小娃，穿着裤衩，裸着身子晒太阳，似乎在与热辣辣的太阳对唱。一把把太阳伞插满湖岸边，酷似一朵朵特大的红蘑菇。伞下有卖西瓜的，有卖矿泉水的，游客在喝酸奶，在嗑瓜子，在抽烟，在嬉笑，一派夏日里自由自在的风景。在翠竹矮松下的茅屋里，还偶尔飘出情侣的丝丝细语……

当我们依依不舍离开固鲁湖时，情不自禁地说：美丽的固鲁湖，再见！

春游响水岩

刘学敏

响水岩瀑布风景区，深藏在贵州雷山县雷公山自然保护区内。她头顶翡翠的雷公山，怀揣神秘瑰宝，从原始森林中走来；她脚踏白岩、乌秀、陶尧等风情苗寨，以独有的自然美的情调魅力，给黔东南这块苗疆富土增添了无限光彩。这个优美的自然风景点，天生丽质难自弃，养在深闺人未识。由于旅游价值极佳，县供电局筹资700万元，开发了这个“回头一笑百媚生，天下风景无颜色”的旅游景点。名声随着多情的广告传遍四方，好奇的游客们踩着云雾山道，纷至沓来。

5月3日，借着“五一”节长假的机会，我们征稽处的职工，驱车前往向往已久的响水岩，一饱深山林区那旖旎醉人的风光。

中午，吃过一餐香喷喷的苗乡酸汤菜后，我们便沿着那弯弯曲曲的13公里林区山道，来到响水岩度假山庄。只见这里流水潺潺鸣玉佩，涧泉滴滴奏瑶琴；山前崖峰峭壁，山后花木葱茏。山庄空气格外清爽，随着微微的春风吹拂过来，还闻到一丝丝浓浓的花的幽香。那亭台楼阁水榭长廊，小桥酒吧网球场，都在绿色植物的包围之中。那绿叶野花，雀鸟啁叽，流水叮咚，草木竹叶沙沙，给这座深山度假山庄蒙上了一层朦胧的宁静色彩，使我们仿佛置身于世外桃源。这里不仅是新辟的旅游点，还修建了一座落差1000米高的水电站，名叫响水岩电站。水电站于1988年建成，装机容量1280千瓦。国家电网还未进入雷山县前，这座小水电站就是全县的照明电源，她的功劳早已记入了县志史册。

……进入风景区园门，每人买了一张15元的游览门票。然后一路踩着石级小道，顺着清凉透亮、叮咚作响的小溪前行。这小溪发源于雷公山原始森林，水质天然、纯净而无污染，用不着加工处理，就是上等绝佳的矿泉水。风景区山路并不难走，起伏跌宕，富有闲庭诗意。一路红花与日争妍，翠竹共青天斗碧。路边有一座小亭，专供游客歇脚或浏览奇峰异景。我们边走边抬头看，岭上鸣啼娇韵美，崖前古松威仪雄。偶见松鼠跳跃于松枝上嬉戏，潺潺溪水中，偶有白袍鱼在游弋。左顾右盼，见那满岭绝壁处的凉伞树、马利光、黄金条等杂木，长得奇形怪状郁郁葱葱。在路旁有一块足有50吨重的岩石上，竟奇迹般长着一棵粗壮的滑皮朗树，它的根须盘根错节，强有力地生在石头缝隙中，把石头箍得似铁桶一样的紧，它的养料全靠自身落叶和青苔供给。大家看后，嘘唏赞叹这棵树的生命力是这般强大，不由产生自问：人若在绝境中，是否也能有这般强大的生存能力？

路上游客很多，来来往往，在狭窄坎坷山道上互让穿行。约走了3公里多，就忽然听到哗哗哗的瀑布水声，顺着微风吹来，还夹带着湿漉漉的水雾。当走到瀑布潭边时，只见一派白虹起，千寻雪浪飞，山风吹不逝，太阳照还依，潺缓名瀑布，真是挂帘帷。我们大家抬头望那流泻的银练，触景生情，有人禁不住吟诵出“飞流直下三千尺，疑是银河落九天”的诗句。只见游客们在这里不停按动快门，摄下美丽风景；有情人对对，背向银练，留下纪念小照。有的唱歌，有的大声吼叫，有的拍击冰凉的潭水异常兴奋，有的望着从悬崖倾泻而下的银瀑，不禁赞叹大自然的鬼斧神工。

响水岩大山海拔1600米，其瀑布高约150米，呈四级梯形。

相传上古时代，响水岩瀑布本是一川清流，在森林中流淌，只因雷公与苗族始祖发生极大矛盾，经常在雷公山顶发生大战。有一天，够耶去西天看佛祖讲经去了。够耶养的一条巨蟒在雷公坪悄悄跑下山，去苗寨残害生灵。雷公圆睁慧眼，见够耶的巨蟒在吃人，他怒气冲天杀下山来，因雷公生气脚步重，四大步就把响水岩一川清流踩成四级瀑布。从此，这里就成了响水岩壮丽景观。

我们一步步登上150米高的四级瀑布去游览，只见瀑布从狭窄崖涧喷射而出，水势力不可挡，如天河开闸，忽坠入了深潭，溅起玉珠颗颗，飘出白雾茫茫。太阳斜射时，七彩虹桥横挂瀑涧，多姿多彩。那银练如苗女纺纱，千丝万缕；如玉龙吐水，蔚为壮观。远听瀑声如熊咆龙吟，近看使人胆战心惊；抬头望瀑如从天而泻，低头看瀑练如银龙下海探宝。真是鹿鸣鸟啼青崖涧，栗深林兮惊游客；云青青兮欲雨，水淡淡兮生烟。

看不够的响水岩大山，游不完的响水岩瀑布，响水岩的山水真是美。对长期生活在喧闹城市，工作繁忙得喘不过气来的人们，到响水岩风景区来游览放松一下，那真是妙不可言的。

古厅城遗址游记

张世荣　李玉文　唐千武

9月，一个阳光灿烂的日子，我们前往位于雷山县城西北面的丹江厅古城遗址游览。

上午9点，我们从雷山县城出发，经固鲁，过教厂，车子沿着蜿蜒的乡村公路盘山而上。约15分钟左右，就来到了海拔1325米的古城遗址所在地——老丹江。寨里杨德华老人热情接待了我们，并带着我们游览了丹江厅古城遗址。

据史料记载，清雍正初年，清廷为了扩大疆域，命云贵川三省总督鄂尔泰在黔东南增设“丹江、清江、台拱、八寨、都江、古州”苗疆六厅，以加强对“化外之地”的统治。于是，丹江厅于雍正七年（1729）十二月设立。厅城址位于距现在雷山县城北面11.5公里的一座山顶上，苗名叫“也益”。雍正九年（1731）建土城，雍正十一年（1733）改建石城。厅城周长625丈，高1.4丈，城东南西北各有四座城门，东门称布德门，西门称宣威门，南门称抚远门，北门称向化门。

从雍正王朝到咸丰王朝，延续120多年历史的丹江厅城，人丁兴旺，市场繁华。杨德华老人介绍说，当时厅城已经发展到城内有1000多户，城外有800户，人口共有6000多人。方圆百里的人们都到这里赶集，进行物品交换。厅城内有一条主街横贯南北，还有一条非常繁华的饮食街，称为“卖饭场”。厅城中设有文官衙门和武官衙门，两座衙门遥遥相对，文武官衙的背后还有一条傍山而建，横贯东西，约500米长的街市，称为“半边街”。在厅城背后的山梁顶上，建有一座烽火台。距烽火台不远的西南山梁上，建有两座炮台，炮口分别对着西北方向的凯里路口和东北方向的西江路口。烽火台右侧下方是一块平地，称为“营盘”，是当年驻兵的营地。距厅城1公里的地方，是厅城驻军的练兵场地，称为“教场”。我们跟随杨德华老人爬上也益山顶的烽火台，站在这里，厅城四周尽收眼底，整个地形东南缓平，西北悬陡。往东可远眺烟雾迷蒙、时隐时现的苗岭主峰雷公山。雷公山山脉群峰耸峙，如腾龙而下，与也益山连为一体。也益山东面不远处，有一座南北朝向的山峰，如一道天然屏障，横卧在雷公山与也益山之间，称为东山屏。南面群山环绕，称之为南屏。西靠也益山，北倚北建。弯弯曲曲、奔腾不息的巴拉河从大塘方向而来，流经雷山县城，从也益山麓西南面向凯里方向流去。当年的文官衙门、武官衙门、半边街、卖饭场、营盘、教场、街道以及屋基均已不复存在，现已是层层梯田或块块菜地了。

中午，我们在杨德华老人家吃“农家乐”。酒足饭饱之后，他带着我们来到当年厅城使用过的水井边，水井原貌依在，只是现在人们已经不再使用了，而在原水井的下方另建一口新水井。杨德华老人说，过去也益山植被完好，古树参天，厅城内有两口水井，泉水甘甜，四季长流，足够官兵饮用。然后他又带我们来到离位于寨子西北约1公里的一座山梁上观看古椰碑。石碑不高也不大，下半部分深埋在地下，石碑十分牢固。石碑两面刻有无法辨认的符号，不知是什么年代的，有待考古学家探究。

在同寨老交谈中得知，清朝时期，苗族人民同其他民族一样，受尽了封建统治者的残酷压迫和剥削，政治上被歧视、被奴役，经济上受到苛捐杂税的盘剥，苗族人民民不聊生，怨声载道，长期生活在水深火热之中。咸丰五年（1855）春，在太平天国起义的影响下，黔东南地区爆发了张秀眉、杨大六为首的苗族农民大起义，杨大六率领义军围攻丹江厅城。时任通判的严锡珍、参将乌尔滚诛蜷缩城内，终日挂免战牌，不敢应战。最终丹江厅城于当年九月十三日寅时被义军攻破。通判严锡珍、参将乌尔滚诛、守备许维富、卫千总周开广被杀死于城中，清军死伤数以千计。至清同治十一年（1872）春，张秀眉、杨大六兵败被俘，清军又重新攻占丹江厅城。因为丹江厅城雄踞雷公山麓，扼守通往凯里、西江和榕江的要道，易守难攻被称之为“黔东第一厅”。由于厅城毁于战火，光绪二年迁丹江厅城到肇泰堡，即今雷山县城，其名仍称丹江，而原厅城址便称叫老丹江。厅城搬迁以后，荒城常有盗贼出入，打劫行人。于是，厅城官衙便派丁兵驻守荒城，维持治安。现在，老丹江共有吴、杨、孟、谢、刘、许六姓，22 户，115 人，是丹江镇教厂村的一个村民组。村民们互敬互爱，团结和睦，生活蒸蒸日上。

太阳偏西的时候，我们告别了杨德华老人，前往松林汛。松林汛位于老丹江东面约 1.5 公里的山坳上。这里松林、灌木林成片，遮天蔽日；坟墓连片，阴森可怕。它既是被杀清军的葬身地，也是义军牺牲的墓地。因为年代久远，坟墓无人料理而变成了土堆，有的坟墓上已长出了粗大的松树。一条小路从坟地中间穿过，山鼠不时在路上穿来走去，松鼠不时从这棵树跳到那棵树，发出怪怪的叫声，令人心惊胆战。

当我们走出松林汛，回头望去，老丹江安静地站在对面山中，民房连成一片，错落有致，冒着袅袅炊烟。当年，它是战火纷纷，杀声震地的战场；如今，它是团结和睦，幸福安康的乐园。它有着悠久的历史，既记录了雷山县的建制史，也记录了张秀眉、杨大六领导的苗族义军抗清 18 年的战争史。雷山县人民政府于 1985 年 2 月 16 日将老丹江列为县级文物保护单位，现在已修通了公路。它与附近的苗寨连成一片，是乡村旅游中了解雷山历史，观赏民族风情，享受苗寨农家乐的好去处。

巴拉河情话

杨少辉

在旧版地图上，巴拉河犹如一条绿色的飘带缠绕在雷公山的山腰。她宛若苗家姑娘一路轻歌曼舞地走来，来到了凯里市的挂丁。

我曾在巴拉河边上的雷山县城工作了六年。在那些日子里，经常与同事一起骑着自行车，来到郊外的巴拉河边游泳。特别是在金秋静谧的夜晚，坐在巴拉河边听江水低吟浅唱，闻田野稻谷飘香，看黑黝黝的山坳上圆月冉冉升起，那个景致真叫我终身难忘。正如电大时教美学的老教授说的，时间可以产生美，距离也可以产生美。调离雷山后，那条清亮的巴拉河便时常闯进我的梦乡，让我思乡的梦如六月的瓜藤在一个劲地疯长。

巴拉河飘逸而清秀。八十里巴拉河，清得见底，蓝得透心；沿河两岸，林木苍翠，青山如黛，偶见白鹭栖于林间；几许木楼，飞檐翘角地掩映于绿荫之中。从凯里沿河畔前往雷山，一路宛如在画上走梦中游，令人心旷神怡。

盛夏的巴拉河是欢乐的节日。三五成群的小城人纷纷涌入河中，或在岸边垂钓，或穿条裤衩光着身子在河里捉虾摸鱼。当然，竹篓里会少不了有半斤八两的收获。回到家来，把鱼虾炸好后，便呼朋唤友聚到一起，猜拳打马，好热闹的。尽管鱼没几条肉没几块，但他们追求的是一种乐趣一种气氛。

巴拉河是一条流淌着爱的河流。每到稻花飘香的时节，方圆百里的苗家小伙姑娘都要涌入雷山县城周围的苗寨过吃新节。于是，巴拉河畔人如潮涌声如蝉鸣。那苗族情歌，如诉如泣，如呼如唤；唱的人如痴如醉，听的人心慌意乱。巴拉河成了一条浓情蜜意的河。

住在巴拉河边上的人朴实而厚道。谁家有红白喜事，绝不像城里人那样，不管相识程度如何，都要帖子满天飞。而巴拉河畔，谁家有个“风吹草动”，大家都不约而同地去帮忙、去贺喜。过后，主人才给送礼的亲朋好友补发帖子。用当地人的话说，先送礼后发帖，这样主客都称心。那情那景，着实叫看透红尘的城里人眼红。

巴拉河人说话别有一番特色。他们问你去哪里，不是说“你去哪里”而是说“你去哪堂”；中午见了熟识的，要问你“吃饭了没有”。其实，我想他那句话不过相当于城里人见面时的“你好”罢了。但那关切之语，却多了一份关爱，让人心里暖融融的。

工作之余，我常抽身去巴拉河边上的小城走亲访友。每次回到小城，她都会出人意料地给我一次次的惊喜。你瞧，过去穿城而过的炉榕公路，稍不小心就会被溅得满身泥水，而眼前已变成宽阔整洁的柏油路。那各种活动频繁的羊场坝、南门坝，时下一座座富有苗族民居特色的商品房已错落有致地倒映在巴拉河河上。被誉为县城江边上一个“菜篮子”的犀牛塘坝，则建起了一个宽广的民族文化广场。日渐干涸的巴拉河，现已修起了橡胶坝，使河水变得波光潋滟，风姿绰约，美景如诗如画。走近巴拉河，我才真正发现，碧绿的河水以及河边上不断长高的小城，其实她们都像一个18岁的妙龄少女一样，越变越美了。

我回到小城，同学朋友知道了，准会吆三喝四地把昔日的朋友唤来，而后将我拉进苗疆酒楼。进了酒楼大门，沿着用杉木板铺就的楼梯拾级而上，走进冠以“雷公山”美名的饭厅。此时，身穿斜襟绣花衣的苗家姑娘在轻轻地吟唱苗族情歌，美妙歌声在屋宇里飘荡。尽管我这个土生土长的苗家后生不会唱，但在“雷公山”厅听苗歌，才觉得自己已融入充满浓浓苗族文化的氛围里，才觉得自己真正回到了苗乡、回到了养育自己的这方土地，回到了魂牵梦绕的家乡。

出得门来，又被好友们拽进酒吧喝茶。巴拉河源头的雷公山区所产的茶叶，浊龙井却胜似龙井。身着苗族服饰的服务员轻盈地走到我的面前，将一小匙银灰色的云雾茶放入杯里，沏上开水后端给了我。望着手中的茶杯：嘿！杯中的茶叶舒展起她那嫩黄的叶片，宛如孔雀开屏，美丽极了。杯中的水呢，仿佛置了块碧玉。袅袅清香飘来，芳香沁鼻，令人垂涎。轻轻啜上一口，滋味鲜爽，浓香饶舌，回味无穷。一杯茶在手，边品香茗，边叙家常，浓情蜜意尽在其中。

家乡人还会像巴拉河一样滔滔不绝地向我提起荣获部优产品称号的银球茶，以及茶叶给农民致富、财政增收、生态改善带来的一系列变化。据说，县里还将在县城周围的荒山荒土上全部栽上茶树，让茶树簇拥雷山县城，成为河边上的一个美女子，在巴拉河上留下撩人的倩影。

月明星稀，我曾爬上高耸险峻的马家屯顶，俯瞰脚下的巴拉河，只见河水流光溢彩、浮光跃金、悄无声息地向北流去；河两边一盏盏橘红色的霓虹灯仿佛是一颗颗璀璨的明珠，串连成一条金光闪闪的项链，挂在雷山县城的身上。此刻，雷山县城似乎已成了苗年里身着银饰的少女雍容华贵、光彩夺目、魅力四射。

其实，巴拉河流经的雷山县旅游资源极为丰富。境内，有“全国第一大苗寨”西江千户苗寨，还有穿“中国第一短裙”的乔港；有“露天博物馆”之称的郎德，还有“苗岭第一高峰”雷公山……巴拉河像一根绿色的丝带，将河两岸的“露天博物馆”郎德、“文明卫生村”猫猫河、“芦笙村”排卡、“铜鼓村”掌坳等一大批民族风情旅游景点连缀在一起。青山绿水，人杰地灵，苗家土风，因而雷山被中央电视台评为“2004年中国十大最好玩的地方”之一。如今，小城正在着力实施旅游兴县战略。说实话，旅游兴县有点言重了，但实施旅游带动全县经济社会的全面发展，那是毫无疑问的。

在我的心底里，巴拉河是一幅青绿山水画，巴拉河是一首荡气回肠的苗歌，巴拉河是一种难以割舍的情结。作为一个从巴拉河边走出来的雷山人，我期望巴拉河犹如一个美女子，落落大方地走上时代的T型台，一展迷人的风采，不仅让雷山人记住她的芳名，还要让外地人认识她亲近她呵护她，使巴拉河成为一条流金淌银的河流。

夏游雷公坪

侯天江

对于雷公坪，我情有独钟，过去曾春天去过，秋天去过，冬天也去过，唯独夏天没去过。今年夏天，省城的两位热爱大自然、喜欢探索奇观的老同学阿里和阿元，专程来雷山，要我带他俩去雷公坪，勾起我要去雷公坪赏观夏景的渴望。第二天天蒙蒙亮，我们就迫不及待地起来，匆忙洗漱后赶到车站。乘车从雷山出发，到了方祥乡吃过午饭后，我们兴致勃勃地踏上了前往雷公坪的征途。

这天，太阳出奇的火辣，中午一点半的时候，刚到半山坡，我们就都汗水淋淋了，找一个阴凉处坐了下来，回头遥望雷公山顶，却被侧面的景色惊呆了，从高处往下俯瞰，乌芒瀑布一泻千里，仿佛天女散花，阿里拿着相机直按快门，阿元一边摄像一边感叹说："是有生以来看到的最高的瀑布"，这更激起了他俩对雷公坪的神往。

爬1800多米的高山，按常规要走两个多少小时，我们这次精神焕发，不到两个小时就到达了。越过一段瓶颈似的小山坳后，山势豁然开朗，眼界大开，进入我们眼帘的是一个高原小坪地，坪内似有一张大青毡，巧铺在地，随着微风而轻轻飘逸，柔和可爱，青绿迷人。坪的周围山脉环绕、山峰层峦叠嶂，像是排排卫兵，密布的原始森林，像这些士兵手握神枪在把守雷公坪。

茂盛的树叶像撑天的大伞，置身于这些大伞下，光线阴暗得像黄昏降临，好在零星的阳光从叶子隙缝中投射下来，如似一块块银元，暗示我们这还是下午。一阵微风吹来，树叶在欢呼雀跃，一丝丝凉意把刚才的酷暑惊散了。众山脚下，两条清澈见底、群鱼漫游的潺潺流水，像是二龙戏珠，又像玉带环腰，漫漫悠悠地流向台江的南官方向。坪内茂草丛生，各种野花，有的含苞待开、有的张口怒放，艳丽夺目，点缀在坪内茂草丛中；树只有人高，形态各异，像是专人修剪的，有如孔雀开屏、大鹏展翅、倒挂灯笼，加上日落西照，如此簇簇盆景，又像一幅幅绝妙的风景画，风光无限。山鸟声、知了声交相辉映，山显得灵气十足。

森林改变了这里原本的许多面目，西南面和东北面的半斜坡上的兵营旧址、旧屋基尚依稀可见，而军用井、铁器加工铺、九十九根木登、“苗文碑”等旧迹已无影无踪，只有点将台还嵬然耸立。站在点将台上，全坝尽收眼底，顿觉自己高大了许多，而环顾巍峨的群山，又觉自己渺小极了。

天黑，我们在点将台下搭起小帐篷，在帐篷外烧堆篝火。天然山泉冰凉甘甜，在城里，干粮是上不了桌的，在这里干粮格外有滋有味，我带来的干酸菜更是可口。雷公坪的夜别有一番情趣，植物在调理自己的呼吸，静静地休养，许多动物在巢穴里或栖息或盘算明天的生活，而有些动物却趁黑出来了。地下的蚯蚓声、地上的蟋蟀声交织在一起吱吱不断，如瑟声、琵琶声，远处各种蟾蛙高歌猛唱，此起彼伏，像是有节奏的舞曲，加上明月高挂，满天星星闪闪烁烁，如舞池里的霓虹灯，我们仿佛置身于天然的大舞池，直到深夜才沉静下来。夜幕下，苍穹在悄悄而亲切地抚摸这位沉睡的大地美人。

围着篝火，客人要我讲讲有关雷公坪的故事，我从关于雷公坪的神话故事讲起，一直说到现代中共地下党员李长青，“黔东事变”领导人陈逊斋、侯教之等在这里进行过革命活动的历史故事。这些深居雷公山麓的苗族儿女，以雷公坪为依托，多次与封建反动统治者进行顽强斗争，为了自由，他们义无反顾，死而后已，争取了这片生活空间。雷公坪曾经沧海桑田，历经风风雨雨，曾经金戈铁马，战火硝烟弥漫，伤痕累累，然而，她以仁慈宽厚的胸怀包容这一切，不思委曲，不计得失。然后又讲述了坪坝周围有狗熊、山羊、野猪、五步蛇、竹叶青、鸳鸯、红腹锦鸡、红嘴鹤、娃娃鱼、水獭等国家级保护动物，以及秃杉、红木、竹节人参、天麻、杜仲等珍稀植物和名贵药材，讲了雷公坪下面的“黑水塘”，塘里的水看上去是黑色而捧上来却清亮的变幻莫测的奇观，还讲了雷公坪一年四季不同气候下的不同景致。他俩睡意全无，直到天快亮我们才合上了睡眼。

清晨，大地从沉睡中醒来，坪上、山腰缭绕着一层层薄雾，朦朦胧胧，依稀的山与树，给人以猜不透的感觉。八九点钟时，太阳高高兴兴出来了，凑巧雷公坪上空挥过一层蟹状乌云，大脸一黑，下了一阵不大不小的雨，我们抬头一看，西北方向的天空划了一道美丽的弧线，原来是一道彩虹，似乎一头巨龙正向雷公坪山脉喷彩。草木经雨水一洗，面貌焕然一新，像是沐浴后的少女，亭亭玉立，婀娜多姿，山更绿了，这时鸟把歌谣唱起来，山又恢复了活力。

雨停后，我们吃了早点，收拾东西返程。自从雷山到方祥乡的公路通车后，这条从方祥乡通往西江的便道极少有人走了，许多路段已变成了林地，找不到路基。几经周折又到了一片小坪地，他俩怀疑走错了路，直到见了天然人工湖，是小雷公坪，我才确认没有弄错。在这里，我们又有了意外收获，由于雨后，竹叶青蛇在树叶上出没了，路上见了好几条，它们抬头怒视，认为我们占领了它们的领地，这时一只红腹锦鸡忽然从我们头上飞过，非常不耐烦我们打乱了它的宁静生活，而湖上的两对鸳鸯正悠闲戏水，全然不顾我们的到来，它们同样也不欢迎我们这些域外人。

一路上，他俩带来的照相机和摄像机出尽了风头，只遗憾没有带足胶卷、胶片和电池，恨不得把所有景色拍摄下来，对于此行，他们感慨万端，是受益匪浅。而我对雷公坪又有了新的感悟：雷公山由省级自然保护区，升为国家级自然保护区，现为国家森林公园，身在其中的雷公坪装饰更翠绿了，精神更饱满了，难怪联合国专家感叹："雷公山是人类保护得最好的一块世外桃源"，雷公坪自然功不可没。然而近年地球上的厄尔尼诺现象与反厄尔尼诺现象频繁，世界各地包括中国的地质灾害不断呈上升趋势，这些都是人类对大自然的大量破坏和贪婪索取的结果。回头来看，身为长江洞庭湖水系清水江源头和广西西江水系都柳江源头的雷公山雷公坪，不仅为周围的生态环境调节身披重担，而且是全人类的共同财产，是人类最后的家园，是人类心灵的归宿与寄托，雷公山雷公坪任重而道远，我们要做的事还有很多。

故乡的春天

刘学敏

横躺在群山怀抱中的家乡变了模样：山是绿绿的山，河是清纯透亮的河，街已不是昔日那条破旧狭窄的小街，虽然是初春，家乡已有一股暖融融的气息。在家乡过春节期间，耳闻目睹她的变化，给我这个远在他乡的游子震动很大。我想，这些变化都是改革开放给农村带来的勃勃生机吧！

我的家乡在珠江水系的源头，原先仅是个乡所在地，处在四县交界处，交通闭塞落后。改革春风吹来后，实行联产承包责任制，生活一天天好起来。交通厅拨巨资修通了五条通县公路，于是，来往车辆多起来，做生意的人也密集起来了。为适应市场经济发展，县政府把原来的乡改成大镇，后又被列为全国100个集镇建设来发展。如今30个村已有25个通了公路，小镇民族经济日益昌盛繁荣，什么歌舞厅、发廊、餐馆、商店样样有，一派小香港热闹景象。

侄儿当兵退伍后，被选为镇所在地的村长。他给我讲了农村许多发展新鲜事，还介绍了村里的变化。他说他们村380户都安上了电灯，家家通了自来水，30%人家沿街摆摊做生意，15%人家安上电话，户户有电视机；每年种出的粮食吃都吃不完；全村拥有汽车、农用车、拖拉机、摩托车120辆。过去想都不敢想的事，今天进了农户人家。侄儿说翻身不忘毛主席，致富不忘邓小平，农村的富裕全靠党中央的政策带来的。

侄儿和他年轻贤惠的妻子自办一个养鸡场和一个豆腐加工厂，今年春节他们家腊肉挂满厨房，米酒酿了一大缸，火红的春联醒目，日子过得火红，不愧是农村致富带头人。特别使人惊讶的是，小时和我一起放牛割草的朋友杨阿富，如今已成了酒店老板。在小时我们都穷得叮当响，冬天穿的裤子都能看见屁股，想不到他今天沾了改革开放的光，发财致富了，穿着打扮与城里老板没有两样，西装革履领带飘飘，酒店里电器化一应俱全，食宿玩乐一条龙服务。去年他携妻儿去香港旅游了一次，在家乡传为佳话。正月初七那天，我在铜鼓坪跳铜鼓舞时，遇上了从前的女友阿月，她的模样比我还年轻，听侄儿说她丈夫驾驶自家的中巴车搞运输，家里存款最少有 20 万元。从前由于种种原因，我们没走到一起，有情人终不成眷属。而今天，祝愿老朋友更富裕更年轻吧！

从前划一根火柴可照亮一条街的小村子，今天已有 2 公里长的柏油路穿村而过。在我记忆里，家乡是一条狭窄的小街，拥挤得连太阳光都照不进去，下雨天屋檐水滴到大门口，出门踩的是烂稀泥，一幅萧索的景象。如今黑油油的公路给家乡增添了一派城市风光。过去所有的住房都是土墙房子，想也想不到今天大街两边各式各样的砖瓦房拔地耸天好气派。从前少年“捉猫猫、打游击战”玩乐的那座木桥和那宽宽的晒谷坪，如今已成了一个商贸市场。还有一座民族中学在清静优雅的河畔矗立……

家乡的一切变化，都逃不过营盘坡顶那棵饱经沧桑古老枫树的眼睛。我站在古枫下，仰望苍苍无叶枫枝，想起孩提时爬树掏鸟蛋，在树下草丛中烧马蜂、打泥巴仗的顽皮事。往事如烟，沧桑巨变，抚今追昔，浮想联翩，有过多少往事仿佛就在昨天。站在古枫下，鸟瞰全镇风景：绿的果园，绿绿的油菜、麦子，如一块块明镜的养鱼塘，那乡企工厂冒出袅袅青烟，山坡上蠕动的羊群，酷似一幅多姿多彩的画；沿河而居的小镇，犹如一条卧江小龙，伸爪欲飞；镇郊小村柳枝发芽，野樱花初绽，如点点冰花挂树；有两朵特大白花开放——卫星天线，点缀山村更加姣妍。这时，远远还传来鸡鸣犬吠羊叫、汽车、打米机的轰鸣声，这些新时代山村的交响乐，仿佛就是春天拥着一束山花，向家乡走来的脚步声。

愿春天永驻家乡。

苗寨之秋

刘学敏

一日，在县政府工作的瑕当来征稽所找我，邀约我在周六去他家乡下帮打谷子，我欣然答应了。

周六早上 7 点，应邀的六人，打一辆“面的”，直奔城郊 20 里外的嘎么村。瑕当妈早已做好了早饭，亲热地招呼我们吃早饭。大家在瑕当家堂屋围成一大圈，吃着香喷喷的新米饭、嫩南瓜炒牛肉、酸汤菜、火烧嫩辣椒拌茄子，味道特别香，饭也特别爽口。吃完，大家前前后后抬起谷箩，扛起谷桶，提着镰刀，向屋背后的梯田走去。一边走，一边观赏着秋天的乡风村韵。那一层层梯田泛着金黄色的谷穗，一片片丰收景象尽收眼底。阵阵微风吹来，一股股新稻飘出的芬芳直扑鼻孔。只见满山满岭的树叶杂草红黄红黄的，别有一番秋意美景。山那边不时传来叮叮咚咚的泉水声，山脚下的小河清澈见底，倒映出起伏的山峰。天空蓝蓝的，很深邃，很明净，偶有几朵棉花状的云朵缓缓从天空飘移过。离家三里远，别是一乡风。来到山村看一看，感到一切很新鲜，很舒坦。

对面山坡那片绿油油的桔果园，瑕当说那是他爹种植的果树；山坳上那片茶园是村支书家栽的……瑕当说农村没有什么工业可发展，唯有靠山吃山，发展果林畜牧养殖。这些年党的政策好，村民相信科学技术，收益不错，前年集资修通了 8 公里的接乡公路，现在运什么都很方便。

边走边看边说，一会儿就到了瑕当家的稻田。大家开始割谷脱粒，颗颗谷粒壮实饱满，不久便装满了几箩筐。瑕当爹捧起一捧谷子看看，闻闻，丰收的笑容挂满了脸上。他说还是相信科学种田好，这几年他种杂交水稻，亩产千多斤，吃都吃不完，年年有陈谷子。

瑕当的大妹和妻子还邀来同村的 8 个姑娘、妇女，专门负责割谷子，我们男人专门负责脱粒捆草，你追我赶，说说笑笑，一点不觉得累。当把所有的谷箩装满后，大家一起送谷子回家，又回来接着打，直把秋天的太阳送下山岗，我们才把瑕当家稻谷打完，一共 35 挑。

瑕当妈已把饭菜摆上长桌，有鸡肉炒辣子，鲤鱼煮广菜，火烧嫩辣椒，闻到这些山村香味，口水直流。我们男女十七八人，同桌吃饭，每人前面都斟满了一碗糯米酒，瑕当爹殷情劝酒，瑕当妈热情劝菜，苗家主人如此好客，我们也放开了喝。酒下肚后，男男女女话多起来，热热闹闹，一派丰衣足食的生活景象。

这时瑕当妻子端起酒碗站起来，脸红得像晚秋的苹果，为大家唱起敬酒歌，于是，大家静下来听她唱："哥哥你们从城里来，不怕累，帮我家打谷，没有什么招待你们，酸汤下酒莫嫌弃。"歌声未落，女人们早把酒碗送到我们男人嘴边。

接着，又一位俊俏的苗家妹子也端起酒碗唱起来："哥哥你们是干部，妹妹我们是农民；你们不嫌我们苗家寨，说明对我们乡下妹妹也有爱；回家若是睡不着，赶紧叫你妈请媒来。"她唱罢，满屋的人笑得前仰后合。于是，心甘情愿让她们灌酒。

瑕当爹接着也大声唱起歌来："八月打谷谷桶响哟，金黄谷子塞满仓哟，科学种田吃饱饭哟，翻身不忘共产党。秋天天空少有云哟，田里鱼肥谷穗沉哟，如今农民日子好哟，致富不忘邓小平。"

酒足饭饱后，已是晚上10点。我们坐在堂屋“美人靠”上，一边嗑着瑕当妈炒的葵花籽，一边欣赏着山村月下沉静的夜景。这时，几位苗家妹子为我们唱起了动听婉转的苗族飞歌，那歌声悠悠扬扬飘落在静静的山寨夜空。

林园初春情

张希成

县城南门坝局机关的四亩植物园，因集葱茏的珍木与奇花，尤其久聚数百野鸟，原本无名小园，于今也名声在外。眼下的这块植物园，有人喻是大山一角——亦然是原始林的一个微缩园，难怪有如此高的昭示力，接踵而至的人们，于喜绿而来，观雀而达。人们以近绿愉悦、近绿而乐，更是以入绿丛而居为荣。

春天，园中一厢绿丛，阵阵春风，送出阵阵清香，周围数百尺以外之游人都有幸享受。林园的树，常年呈绿，整园绿丛已与楼房的四层楼齐高，少数速长树早就高过六层楼高。与我五层楼的居室齐高的数棵玉兰树，一蓬蓬白花、红花，在我窗前艳放。

园中健美的树无处不是，尤为突兀健长的五棵大雪松，胸径都超过40厘米。其墨绿针叶覆盖了大半林园，其树干高大挺拔，直指苍穹。几株如伞状树冠的桂花树以及高大的樟木、广玉兰等，撑枝茂叶，始终以绿逞强着。被称活化石的秃杉以及数棵柏木之冠的塔柏、圆柏和龙柏，也以高大圆壮而显美。唯有紫薇、紫荆、红叶枫等，当处在入春之初的今天，都已满枝叶芽与花蕾相映。还有那珍稀的红豆杉、红檀木与旁立木相争空间，甚是可爱。目下林园画作，都在告知人们：这是大山——雷公山初春已经到来！

羽色各异的山雀丽鸟，多得不计其数。有久栖息于园中的，也有从城郊山坡飞来的，也有从雷公山大林中直飞而来的。雀之多，这是绿化的吸引，更是人与自然和谐的吸引。雀之多，雀趣也多。我的很多朋友常到屋来临窗望雀。尽管有童叟树下频繁活动嬉戏，群鸟照例翻飞嬉戏，人亦随园乐此不倦了。

“近山识鸟音”。不同羽鸟，则叫声不同。羽色可多，有黄色的，有赤色的，有全墨色的，也有红绿相间的，最多的是头黑身灰的，苗语叫“弄潮”的，这些小生灵，漂亮之谜，难解呢！

保护区管理局机关这一人工植物园，浸透了当初建保护区“元老”们的汗水。已二十个春秋的时光，迄今绿树成荫，返给人们诸多的回报。人们于园下乘凉蔽荫，更在于因绿而空气清新宜人。局里办公楼的职员们，因置身于绿丛间及鸟语花香的环境里，总是怡然、舒心，一身愉悦与轻松呐……

绿的感悟

张希成

绿，有大自然给予之说。绿给人们愉悦、勃发向上之感。就大自然之绿，往往与生命源联在一起，因大山之绿，给了几多生灵之生命；大自然之绿，给了个活脱脱的有生命的世界！

我居室窗棂下，平展有四亩面积的植物园，都是近20年的人工林。其园，集了雷公山的珍稀植物种，可说是大山珍奇植物的微缩园。其园之绿，给了小县城美的点缀，自然特景，美化了苗疆一隅。每天清晨推窗，眼下一园之绿，再举目，一山连着一山的绿，直至雷公山峰顶。身在绿丛，自感清新、怡人，一身轻松愉悦。有趣的是，从窗边，可垂手触园之绿，总感触到一种源源不断的生命信息。不是吗，园中整日里，都有悦耳的鸟语蝉鸣，天籁之音，声声入耳，有一种置身于极乐世界之感。

每到天黑，园之绿也随夜幕隐去。时辰已推至午夜了，几只山莺不以夜深而息，时而吟曲，显得声沉而动听，岂不是为园周入寝的人们轻奏着催眠曲么？有那么一个中旬春夜，我从绿景美梦中醒来，顺一缕枕前月光望去，隐约见到窗前那棵高高的白玉兰树梢上栖息着一对灰白色苍鹭，枝叶亦随风摇曳着，那双候鸟好不悠然自得！此刻此景，给人的感慨是，绿在洒满月光的世界里更有一番韵味。人都有触景生情之感，绿园里，激起我一串串美的憧憬。绝美的境地，唯有居绿者能享受，读懂绿韵，只有身临绿丛中！

绿与生命有缘。每次赏景，不由联想起小时在老家的老宅边亲手植下仅大小如手拇指粗的那棵杨梅树，如今它已长高长大，终年呈绿欲滴，年年给人们奉上丰盛而又可口的果实，给田间劳作的人们以乘凉、避雨，给予人们的可多可多了。可谁知道，它却伴我共度了半个世纪。有村老直言，誉称树是主人（我）生命的一部分，然也不失涵义……

有时携妻室儿女从县城回老家与房侄过年过节时，一家人都会与杨梅树亲密一回。每当我依树抚枝，或捧着一串串密匝匝的绿叶时，总想起且深深怀念着一直对树精心培育、守护，与树共度春秋的父亲。有时父亲到县城与儿孙住些日时，也要托侄儿看守大树。是的，没有父亲付出的心血，杨梅树不致速长到如此挺拔。然而这壮美的大作，算是父亲留给他儿孙的一份遗物，与树一并遗留的，还有一部珍贵的但经久用已斑驳陈旧的古“四书”以及父亲生前的一些遗作，其中：

宅前喜竖玉树，斯在慰安贫翁。
人处夕阳归路，唯盼树生繁茂。
自古植树造福，赋语人树共度。

父亲以树赋语，以绿寄语，寄托情怀与教诲，可想长辈何等用心！几句赠语，旨盼后代人兮树兮相携，且也慰藉父亲得以九泉之下安息！

好在我近40年的工作中有最后一半的工作，竟与绿有缘，方能得以安居于绿丛中。绿园坦然清幽，这是笔者与同事一起辛勤劳作之成果。绿园的奉献至多，当是返给主人的一种回报。无私的绿景，给予了我生存自信，但愿生命之绿与时光同在、相携久远！

山雾的诠释

张希成

秋天的雷公山，气象万千，说透了，是山雾的演化，于是乎，山也成了一座活山。漫伴山间，雾也；漫驾天庭间，云也。这是人们共知的自然现象。

在一个亦晴亦雨的秋天，我涉足于雷公山高岭上，举目远眺，白雾障目，山没了影子。不多时，云推雾涌，眼前竟现青黛一幅。刹那间，又有云雾翻涌，不远处惊现另一雾形奇观，那就是瀑布雾。眼前的雾状多美啊！我欲再欣赏时，远处的云端现出一排排的吊脚高楼，其轮廓在雾中时隐时现，俨然在山岭上建了个好大的苗寨，这景，岂不是企盼已久的海市蜃楼？忽然，雾又在变幻，渐渐地把“山口”撕裂，又一下把这个高山“苗寨”吞噬了去，现出硕大又带有点残雾的青山，残雾继又被分割成若干碎块，青黛的山飘拂着朵朵白雾，古林有“白花”点缀，图形各异的自然界，本身就是一首意味无穷的诗。只在叹惜，“美景”不常，那色、那景因山风与空气的时时骤变而随之形成，仅存在十几分钟或更短的时间便悄然殆尽。然而，却留下了几分高山的神秘。

又是雨后一日，我又登山赏景，落宿于雷公山顶，意在“不入高山，岂得入目绝景”。当夜星光灿烂，山顶上的人，也许是近山识气象吧，说，明日雾海会很好看的，翌日，我早早起床，脑间“揣”着昨夜的多彩梦境，出门探望，眼前的千山万壑被雾海罩住，10米之距不识物象。太阳出来了，雾也渐渐散去。这景这情，也别具一番风趣呀！

照山上人说，这么个好晴日，今日太阳落山时雾必定会很好看。为了打发下午的时光，我悄然入山，觅寻芳草，攥着小把高山茇骨茶以及中药独脚楼莲归来，山友乐不可支。

日头偏西时，高山的雾，说来就来，一下满目雾障，渐渐地恢复了早晨那浓浓的雾象，可不多时，似有山神作孽，竟把好端端的大山白雾剪成一块一块，棉花球状的雾渐渐平升，刚好罩住我时，天色骤变，我心一下绷紧了许多，这预示啥呢？走山说雾，无非是天的靓色陡生？不多时，太阳已斜西边，仍是光芒绚烂。人在云雾中，只觉雾蒙蒙，有似云舟驾驭，行游于龙殿天宫一般。

迷茫如梦，我眼前约三五丈处，一张淡淡圆状似的雾网，罩住一个人形影子在晃动，我恍然明白，这就是神秘的佛光显现！当地有俗言称，倘若遇是佛光，这是幸运，近年内必有好运。俗说归俗说，已是“耳顺”之年者，还盼个什么好运？要是人生倒退十年或二十年，当然也是巴不得这好运呀。

迎来了绝色彩景，我兴奋顿起。特景作秀，令人神往，怡然舒心，心境也随之升腾，与昂然的雾趣充斥在高高的山巅。

去年深秋的一日，有朋自远方来，邀我上山“猎奇”，我当仁不让以主人身份做向导。我俩索性步行，攀爬到雷公山顶，一路看到高山雾凇与依山翻飞的各形雾景，可说当日天色、山色、雾趣给主人赏了脸。眼前奇丽的画图接踵而来，尤其我目下的南面原始古林，大山下的各条沟壑，雾漫填充，几条山岭排列有序地凸现出来，在游动的白色山雾中，几条长长的山岭有如群龙舞动，一幅生动的“蛟龙驾苗岭”的构图形成，气派不凡，我手上尼康相机的快门也随着“咔嚓”、“咔嚓”作响。在白雾的驾驭中，“龙”的躯体时隐时现，有如过年过节时舞龙的热闹场面。眼前长有绿色长须的高山古木以及山腰展翅翱翔的白鹤、山莺，无不显现高山原本的古林特色，一再印证了山岚绝秀。巍峨的雷公山，不愧是雄奇的苗岭主峰！如不是潜龙之山的灵气呈现和山雾的自身诠释，真也不知晓雷公山何以这般美丽与神秘？

秋　韵

张希成

迷人的秋韵伴着人们，渐入深秋，步入累累秋实的收割季节。

每个初秋的清晨，我总习惯地拉开窗帘，如逢晴日之晨，目下的丹江河畔田园和河两岸平整而又壮美的新建筑群以及街边垂柳都笼罩着一条乳白色的雾带，那飞翔的白鹤群、晨出劳作的人们及屋下潺潺欢歌的丹江河，与窗下四亩植物园所呈现出来的初秋旋律，构成了一幅初秋画图，园林中的黄叶已星罗棋布于深绿色的丛叶里，唯有常绿乔木除外。秋风摇曳，园中的串串果子也随风频频点头，告示着它入秋的真诚，与群木展示，只作奉献却是与世无争。植物园闹秋的小鸟整日叫鸣不断，可似乎也随季节变调，春天是那样的高亢狂喧，可秋天放歌却是单调而又那么的深沉，只多了一分入秋的欢跃……

秋初的话题，是村童们喜捧一片片黄叶，品尝一个个甜蜜的秋果；是苗家的年轻人看到他们自个成熟的季节，有在黄昏时节于田间追逐嬉戏，有在撒满黄叶的梧桐、枫香树旁把情歌奏启；唯有个别老年人徘徊在路头……是秋，却是一番不寻常的趣话；老人们的话题中，一些人总是乐中带有几分苦涩。哎呀，应当挺起胸，直接面对吧！人生是美好的，尤其在当今国泰民安的时代，坦然对待人生之旅，人生之秋，也是一道触动心境的“人生秋韵”啊！

秋韵是多彩的，是美好的，神圣的人生之秋，哪怕逢荆棘坎途，总还是闪光的季节。

游山偶拾

张希成

有如梦境般的马家屯一游，这是启迪心序之游，目睹小城世事，不由脑间开阔许多。

马家屯距雷山县城很近，位于城北，海拔 1000 米，巍峨雄奇，独霸城北之首。10 年前我曾无数次攀爬，只当是消遣中一游。最使我感慨至深的还是今春与妻的一次游山，人走绿色山峦，游山偶拾，引以兴趣。秀色无限的马家屯，有如苗家姑娘的温情，真不失为点缀县城的光亮点！

马家屯，传说清时曾建有菩萨庙，有“飞来佛”给人供奉，热闹异常，其庙宇今已是残垣殆尽。马家屯，是隔河临城的近山，近看远看，像是驾至的卧龙，头落城边，尾翘至雷公山巅。从城中一眼望去，山势陡峭峻险，一山挺拔，如同依山巨笋。如逢天晴，在马家屯山顶还可幸运地遥看巍巍的雷公山顶铁塔。马家屯呈一长型平台，前些年架设了一座用于发射通讯信号的铁塔，自古天成的山，还总是跳动着时代的“脉搏”。

马家屯此地，据传古时林木葱茏，可就遗憾于几经“残风”荡及，大多林木也随“风”飞失，山腰山顶上的林木曾一度呈稀疏矮小状，那时停立在山顶任何地方，都将小城全貌尽收眼底。后来马家屯的绿化引起了重视，历经 20 余年的光景，迄今又再恢复了葱茏，山顶那翘首的山松不少胸径在 20 厘米以上，常绿乔木更是傲立山顶，全山绿丛覆盖，只在少数地方能看到沿河的全城容貌。

坐山扮山，是当代人的意识。又一代贤达募集，于七年前在山腰处重建两座凉亭，并在下座凉亭右侧建了一栋二层砖木结构的楼房，凉亭与小楼供人休闲，两座凉亭琉璃红柱，玲珑华丽，亭中有文人提笔赋诗，作画写意，别具韵味。绿荫中凸现的山亭呈现着靓丽的风景点，于是人迹络绎不绝。由于山腰修了水泥曲径，登山游乐者于青幽之中，好不昭然舒心哇……

凉亭有上座、下座之分，尤以下亭的环亭处是斜山碧景衬及，如逢淅沥小雨或雾漫日时，红亭若隐若现，有如空中琼楼檐廓，气派不凡，且多了几分神秘。这里，成天是鸟迷的聚集地，尽管方圆不足百尺，每天灌木丛中悬笼不下三五十，多则百余笼，要是逢年过节在此举办斗雀会，准是悬笼上千，真是鸟笼展示的乐土。这里不仅是鸟的乐园，又是比试斗雀之地，更是城乡老翁休闲与健身的乐园。过去，雷山旧县城规模小，而今，县城丹江河两岸，高楼林立，教厂坝和羊常坝，现辟为开发新区，河堤加固，新建的教厂坝大桥和响楼开发区风雨桥有似彩虹凌空。以十字街为中心的旧城改造遍及小城南北东西，新建的东升商贸城、商住楼一幢幢拔地而起，替代了过去矮小、陈旧的建筑群；尤其原本空旷的两坝，排排苗家建筑风格的机关单位、公寓、私楼、新商业街、新县卫生院等，错落有致，排列有序。绿荫覆盖的道路中，有条杨梅树列排的绿化带，要是累累挂果期，人们也会望梅止渴，在不经意中，让人感叹于小城间的绿色韵味。最令人感慨的是，原是个个山包的废土上，开辟修建了一个号称县级最大的民族广场（苗族芦笙广场）和一个星级宾馆，每每成就的画页，总在绿山绿水的影映之中。

最令雷山人骄傲的，是贯穿县城南北的丹江河，有似一条绿锦带坦然地把县城缠绕，它常年潺潺淌流，四季清澈如镜。由于源于雷公山深山，无工业污染，富含对人体有益的多种元素，终年干净卫生，是县城居民及城郊农民优质的饮用水源。不少中外来宾，都为县城丹江河水质的高品位而啧啧称赞。

10年前，一个不堪回首的小城镇，须臾之间，被一座新兴的雷公山区新城替代了。县城整体规划时，县委、县政府把脉于教育为先，把在旧城区的雷山民族中学搬迁到县城南面的上游河岸处，既显宽敞清幽，又具育才宝地，为培养人才而先拔头筹。中学广场面积达1500平方米，居全州县城中学广场之首，曾用作2003年11月全州中学生田径运动会的主办场地。

攀登马家屯，身在山顶，目览广阔的县城，心潮随县城面颜的艳丽而涌动。每个时期攀登马家屯，自然是感受不同。这次恰逢“耳顺”之年的一次攀登，别有意义。在探窥县城成就的世事，引发深层思考，岂不是改革开放之功！

游罢收了视野，该下山回家了。可县城的新面貌与登山涉绿的多彩印象，如同荧屏现映，却深深地扎在脑海里……

秃杉随笔

张希成

行车在雷公山腹地的乡村山路上，再步行一程，几拐曲径，就涉足大山深处了，终于在峡谷两边的斜坡上，寻到了珍世瑰宝。目下那突兀雄姿的棵棵秃杉，于山巅挺拔，于溪边鹤立，傲视群雄，这一奇景使我顿生幻觉，有如置身仙境，蓦地感慨万千。

这第三纪古热带植物区系的孑遗种，幸存的活化石，国家一级保护树种，得以有幸目睹，疑窦方解，真是一饱眼福啊！

呈显在眼帘的树冠，像是一朵朵绿云，恰似一泓泓翠蓝翠蓝的海子，所组成的绿色山环，有如巨型蓝宝石镶嵌在浩瀚的古林中，独具秀色。如逢晨雾驾驭，绿海中有如蛟龙蠕动，深闺显得更加神秘又更加的迷人了。

那修长而粗壮的一棵棵秃杉树，像是一伙巨人高擎着一把把绿色巨伞，雄姿勃发，把群山点缀；那弧形弯曲向四处伸去的长长枝丫，像是欲飞展翅的绿雁，亦像一只只巨大的手臂，相连着，把山山岭岭覆盖。郁蔽的树下，蹿动着飞禽走兽，悠然自得。秃杉的根须扎得深，一丈、二丈、五丈、十丈，像一把长长的爪子紧紧扎于地皮底下，或石缝间。那般的根深蒂固，不是三年两载，而是几十年几百年，以活化石溯源，已是几万年、几亿年的光景。树之坚挺，依依傲立山间，任其风吹雨打，或是沉甸甸的大雪压枝，总是岿然不动，岂不是象征秃杉生长地的苗家人之性格么！苗家人，在旧时代，世世代代曾抵御外来侵犯，消除荼毒生灵，以求生存。现今国泰民安，乐居故土的人们，勤耕劳作，建设家园的同时，呵护着大山的珍稀秃杉群，使其经历多少时代的变迁，还依旧傲然雄立于世间。

最能灼人目光的，堪称那棕红色的一棵棵秃杉树干，干躯通直挺拔，有如一根根擎天柱，欲将蓝天撑着，也似将大宇宙中的地球提携着。那茂密的枝丫，俨若一团团补天的琼浆，一旦天宇有一点破损，女娲便可取琼浆补天弥合。一丛丛绿景，如逢大风吹拂飞翻，有似大海的涌动潮汐，色彩斑斓，壮丽不已。

秃杉生存的山岭下，常年淌流着一条条清溪，潺潺的欢歌总伴着天际的绿云呼啸。那深深的溪边池塘倒映着一幅幅典雅、乐趣的原始画图，还清晰地倒映着苗寨吊脚楼群与苗家人的劳作往返图。绝艳的山、清美的水与壮丽的天然秃杉林浑然一体，因神工雕琢而美丽。秃杉林下的清泉边，不时有路过的劳作者在洗涤一天的尘埃，或捧上一口喝下，几多解渴，又会欣然舒心几多。尤其一个个亭亭玉立的村姑于泉下梳洗，有如羞花闭月之貌，而后打起传统的S型古发髻来，好似群仙下凡，哪怕她们因多时的劳作而色襟已褪，可山里村姑特有的美态，必使你赏心悦目。

此时耳际林涛在吼，泉流有声，思绪随波逐流，万般感慨：苗乡的秃杉及秃杉林啊，连同故土的风采，我深深的爱你！

晨练撩笔

张希成

春天，万物复苏，是锻炼身体的好时机。

健康，是社会需要，也是每个家庭的需要。“耳顺”之年，我退休了，乐得与老伴每日坚持晨练。其实，锻炼是一种无形的情感交流，把身心融入生机勃勃的春天，融入万物茂盛的大自然，是何等惬意。

生命在于运动。每日拂晓前，我与妻顺着公路一路小跑。途中，周围的景色及河对岸的苗寨都被我一一甩在了身后。偶遇晨练老友，索性就一路攀谈一路小跑而去，也别具趣味。

我们边跑边留意路上的景致。一路上，远山如黛，近草萋萋，满目葱茏。山上绽开的蔷薇如映山花，丛丛粉红，簇簇紫白，芬芳宜人。春鸟悦鸣，溪流潺潺，一幅水木清华的图景。我们在两溪交汇的一片沙滩上停了下来。每天都在这里进行体操锻炼，舒展身肢。

静静的沙滩上，芳草菁菁，小溪环流，清澈如镜。不远处，农夫新辟的几块夹杂着黄、白小花的菜地，更是青翠可爱。溪边垂柳，传来阵阵蛙鸣，几多河鱼悠然摆尾。步入沙洲绿地，舒展肢体一番，而后，蹲伏溪边，用溪水反复搓洗脸面，清凉中面部血液循环加快，临走时，还不忘掬一捧溪水饮下，犹如啜蜜，好不畅快。走在这明媚的春光里，我的手足不时地甩动，如蹦跳的顽童。伴着潺潺西流的丹江河，踏青而归，惬意极了。

运动后的我们，身心愉快，血脉畅通；甩动后的肢体，刚柔兼具。清新空气尚未吸过瘾，不觉已到家了。时钟刚好指在八点半，我们还意犹未尽呢。

年年岁岁，我用晨练送走了凛冽的冬天，又迎来了一个个生机勃勃的春日。每日晨练后，我胃口极佳，每餐粗细不究，荤素勿论，照样几碗进肚。之后不到半日，又是饥肠辘辘。我原先患有高血压，如今汞柱降了许多，眩晕全无，胸痰消失，睡眠更好，精神爽快。坚持晨练，必会受益无穷。

晨练途中，路边那高达几十丈的断壁裸崖上，长着棵棵青翠夺目的青松、杉木、栎木等杂木，其须根都长在既无土层，又无腐质物养分的石缝中，可树干直径已有20公分粗，小的也有手指般粗，枝繁叶茂。尽管生存环境恶劣，可树木生存欲顽强，令人叹服。树且如此，更何况人呢。大自然的微妙真是其乐无穷。

一年之计在于春，一日之计在于晨。大自然赋予的生命是珍贵的，愿天赐人类健康人生，似春天般，地久天长！

留在春天的诗音

张希成

春天是一首诗，诗韵属于生机盎然的春天。今春一个明丽的早晨，我逸闲于窗前丛丛绚丽的春花与绿柳翠竹间的石凳上，置身于诗画一般的美景里，饱吮着浓浓的清新。忽然，一曲悠悠的鸟语飘来，我洗耳静听，也许此景引发的情结缘故，一件往事——当年父亲“咏春”的情景涌上脑际，浓浓的怀念与敬仰之情油然而生。

14 年前的一个春天，那是一个星期日的早晨，天空一片湛蓝。我陪同父亲兴致勃勃地赏春，不知是逢春欣喜抑或是身临佳景灵感悟然的缘故，与父喜谈家常，说得最多的还是“日子”。父亲除了诉说解放前曾穷极逃荒求生，在饥寒交迫中艰难度日的往事，更多的是盛赞当今“一辈子逢上这次太平盛事，百姓不愁吃穿的日子实实在在的到来了。”我侧视到，父亲嘴上在说，眉宇间也透出丝丝喜悦。兴奋时，老人忽然站起，慢踱小步，一手拎着墨色烟杆，借题助兴，喻春吟诗，即刻诵开了：

欣逢朝晖沐浴暖，
已尽寒冽春风来。
碧山绿水靓丽境，
即龄耄耋也乐陶。

一字一句，朗朗明晰，温馨悦耳，内涵丰富，表达了一位苗家老人的胸怀。我静静聆听，感慨不已，既拘谨于老人面前的吟著诗文，却又心潮激荡，于是拙词当歌，不由脱口而出：

赋语当春逢日丽，
只叹旧历不甘味。
今朝父喻拨声心，
旨当春分咏出来。

父子咏春诗句，伴着庭园下的潺潺溪流，伴着身旁拂动的垂柳及树梢的鸟语莺啼，伴着冉冉的春阳升腾，久久回荡在早春丹江河畔的上空……

父亲一生，历经沧桑，曾经力所能及地奉献社会，做过有益社会的事宜。父亲曾在老家雷山县西江镇黄里村创办公学与私塾教育，且是村之始办，情势热烈。多少受启蒙的故土学子，一再出村深造成了国家机关工作骨干和国家建设栋梁。父亲在家乡办学数年后，又于解放前夕，为生活所迫，身在异乡，留迹于邻县——台江县孝弟乡别虾村（特贫困山村），并在此地创办过私塾教育。独生子的我，于孩提时随父颠沛，时过半个世纪，迄今忆起这事，还历历泛在脑间。时历几十年的光景，一些曾受父亲启蒙又外出一再深造成才的学子，曾陆续拜访了他们的启蒙先生。1989 年 6 月的一天，我家里来了一位客人，兼办公事的同时，专访了他童年时代的启蒙先生，这位客人就是当时司职于省城贵阳的省轻工厅厅长杨启云同志。在与父亲亲切的交谈中，坦言他本人童年在故土公学时的启蒙先生就是他面前的这位老前辈，其本人现在的名字也确系父亲于他童年入校时所取，临别出门时还解囊报谢。面对知礼的学生拜会，父亲不胜感慨，除了言谢，过后还作诗表达，赋语感怀。

有弟子投桃报李，老人感到了最大的满足。父亲即使到了风烛残年，也还常常挥毫作诗，抒发今朝生活甜蜜与昔日苦楚的感慨，可时光不饶人，自那以后数年，亦自那于春园下吟诗之举过后的没几年，父亲老来体衰，身有疾患，终救治不愈，不久辞世，享年 83 岁。老人走了，可留下“咏春”的诗，有如镌刻着一个时代的音符。老人的子孙将《咏春》等系列诗作如宝珍藏，也愿其像一曲永不消逝的弦音留在人间。

春潮涌动

张希成

春潮涌动，这是早春的信息。春天，是一个生命的旺盛季节。春天，也是遐想连连的季节。

春节刚过，我从节日的酒海与荤腻的“桎梏”中解脱出来。每天清晨，我照例轻轻推开自家窗棂，映入眼帘的，处机关植物园已是嫣红姹紫、草长莺飞，是一幅蓬勃生机的图画。园中几棵玉兰树知春最早，将报春的一丛丛纯白花朵献给大地，献给庄重而美好的春天；五棵抢眼的雪松直冲云天，现已超高于处机关的四层建筑物，有鹤立高傲的壮美；那些紫薇、乌柏、木莲等落叶木不服那高傲的旁友却用萌发浅绿色嫩叶先报早春；常绿树种女贞、合木、广玉兰、棕榈与樟木等更是绿姿焕发，甘当园中配角。园中绿景托出的鲜花点缀春天，美在自然。人们常说，无绿不是春，无花不当春。园下，真是一幅初春完美无缺的画卷。

每天天刚拂晓，令人眷恋的绿屏又掀开了一个快乐的清晨，是园下传出了阵阵悦耳的鸟声。推窗目击，跳跃着的群鸟，在绿丛中，全园骚动，有如连绳牵挪，亦似绿海汐潮，真是鸟的天堂、鸟的乐园。细瞧绿林动雀中，大的有如画眉，小的有如足拇趾；其颜色各异，有纯墨色的、金色的、黄色的、紫色的，也有两色三色相间的。其数量与种类之多，是园中未曾有过，准是绿色诱导的吧。要问，它们何处来？园主人趣答：“这是雷公山其中的百雀涌进”。道理也很简单，凡临近大山之地，哪里有绿园，就是它们栖息与生存的选择。园中，偶尔也见苍鹭、白鹤飞至，安然树梢。园林百鸟，有的在欢跳，也有的悠然欢歌，也有的在树梢高空处双双比翼翻飞。群雀儿，总是整日不倦，戏绿而欢，倘若世人也全都悠然的生存着多好哇！春天来了，人们又融入了春日，沐浴着春风，过着在和煦阳光下的美好日子，从一个侧面，也是反映国泰民安的企盼已实实在在的到来。

我住房前四亩面积大的处机关植物园，由于人与野生飞禽和谐相处，晨练的老翁们与嬉戏的孩童们在园内躁动不已，可小鸟在特殊而又安全的环境里，悠然自得，仍还是跳跃不息，欢歌不休。小生灵的奏曲与植物园坎下潺潺东流的丹江河，组成初春的旋律，一再触动我内心的深处，当即感悟到，浓浓的春天来了，随着也遐想连连……

植物园正面就是我的居所，住处景点风光秀，在小城来说，因傍着有林有水的环境，算是一流的佳境了。无绿不称美，无河不称秀，且有几分道理。这是个宁静的环境，是老人休闲不可多得的去处。我居住处的楼层与植物园树梢正好平行，因而总是直接面对园内每个季节所表现于树木中的敏感信息。那葱绿的树叶，与我窗前不到两米之距。要说园林赐惠，我是幸运享有者，因为每日直接沐浴在绿色中，同时又置身时刻洗肺健身的环境里。显然，我和相濡以沫的老伴及小辈们一起享受每一个春天和乐陶陶于人生的春光里。

这极佳的居住环境，亦是自己辛勤劳动的一个回报。15 年前曾与同事一道，当人春时节挥锄植树，以后，曾又参与抚育与修枝。如今，树大园绿，我能享受到如此清新空气、环境幽静的机关植物园，不也乐在其中呵！退休后，也有漂泊几载，“归根”后，每天园下散步不少，有时于园中晨练，尽情享受大自然赋予高品位的“绿味”补给。我生活劳作日程是：除了下乡采访，隐居于可爱的“陋室”里读书看报、看电视、撰稿，随着一篇篇稿子见诸于报刊，从心底里得到安慰，那种怡然欣喜，不亚于喜好养鸟者提笼斗雀时的获胜喜悦。所不同的是我劳心“爬格”所得的喜悦，自然多了一份刚迈入“耳顺”之年特殊的自我安抚。在享受春光的同时，心头不觉中抹去了当年许多的烦恼与不快之事，忘记它，本是一方良药。回首人生历程，我不枉来世，首先是清白一生，还额外地丰获多个笔耕。迄今，虽居“陋室”，但又在恬适的环境里，时常迎来文友、乡友的促膝叙旧，竟是我人生补缺的经典驿站，乐与老友一道，追逐每寸春光，让颤动的灵府融入21世纪“羊年”春潮，用美好的置春遐想，去迎接我生命中的第二个春天……

春天是美好的，涌动的春潮竟如此坦然、自如，如此的壮丽美好哇！

醉在冷竹山

张希成

山乡啥酒能醉人？
苗家米酒能醉人。
世间哪样使人醉？
原始林能使人醉。

孩提时，多次听长辈讲述冷竹山古森林的神奇，那古林神话，年复一年，30余年过去了，仍活灵活现地浮现在我的脑际。古书有述之，《贵州通志》就牛皮大箐（含冷竹山在内的雷公山）所载："林木幽深，霾雾滃郁，水寒土软，人迹罕至……"神秘之地，如今已被科学家考察证实为南国宝地。苗岭腹地雷公山原始林核心地——冷竹山，是苗岭主峰雷公山的山中之山，坐落在雷公山的西南侧，与雷公山连绵一体，两山峰顶相距10里。整个冷竹山面积为7.4万亩，是71万亩雷公山自然保护区的核心地，且是生物基因库，是南国绿色屏障中的一颗明珠。

我久仰古林，涉足多次，都选在春秋最佳季节，每次入林，映入眼帘的山色，真是各季各显奇。首次步入冷竹山，是1986年的阳春时节，那正是春暖花开的日子，在保护区护林员的陪同下，从雷山县桃江乡政府所在地梯步而上，半晌，已觉累人，汗水浸湿衣裳之时悄然进入了那浩瀚的原始林里。山的一切，像磁铁那样紧紧地把我吸引住了。

直观冷竹山，山型呈两岭分明，宛如一只大撮箕，北靠雷公山，口向西南，两条突兀岭带，由高倾低伸延。这里，高岭海拔在1913米，低洼处在1400米。山内，多是常绿阔叶林与常绿落叶林组成的常绿林海，从山谷到山顶，都间生冷竹。经实地考察，密集的冷竹地，每平方米滋生的冷竹，茂盛的有100余棵，稀的也有二三十棵。全山混生冷竹，一亘茂密。人称“冷竹山”，一点不假。

山上森林葱茏，泉水到处横流，从一抱粗之古树到小手拇指粗的冷竹，都挂满胡须，整山竟是苔藓丛林，婀娜多姿。我们步入竹林之时，虽说万里晴空，可林间很少见到一缕阳光透射，那婀娜多姿的苔藓林犹如亭亭玉立的少女，树梢顶上白、红、紫各色玉兰、杜鹃花竞相开放，这里的花絮大，花苞亦大，花色，如各色胭脂染就，像似参差玉佩，烂漫芳华，实有温馨夺目之功。在石旮旯里伸展出的一棵棵大树，有欲刺青天之势。那披满黑绿色胡须的树干有挺直的、弯曲的，姿态各异，有如根雕家的杰作列展。最显目的，还有被国家列为保护的珍稀树种，有钟萼木、鹅掌楸、红花木莲、马尾树、白辛树（均属国家二级、三级保护植物）等。

最令人赞不绝口的数林中之水，也称山中一宝。林中，无处不是叮咚流泉！潺潺的清泉从石缝里、竹根间、古木根里溢出来。那水，纯净、晶明、透亮，喝上一口，沁入心扉，这里的水竟是那么的清凉。冷竹山的水质，经专家鉴定水质极佳。对当今到处是有污染的水质来说，这里的高质纯净水，岂不是一宝呢！难怪当地传冷竹山有“神水”之说。山下村寨有病危患者，托家人上山带水回家，都想喝点冷竹清泉，以示一死方休。

在清亮的潺潺小溪里，时常看到漂游着叫斑尾瘰螈的小动物。这些四足古怪的小生物，是古生物群的孑遗物，它是考证中亚热带原始林生存的重要物证。同时这些小动物，还具有防治疑难杂症的药用价值。

在我们穿山猎奇的路上，护林员发现一棵古树下的水凼边，盘踞着两只拳头大小的长角胡子蛙。护林员告诉我，这是1985年雷公山综合考察时爬行动物学科组发现的物种，经鉴定是地球上唯一有胡须的一种角蟾。因此命名为雷公山角蟾。我们走着走着，看到一条条野兽经常出没而形成的野兽路，烂得无法行走。偶尔还看到腐殖质上小堆小堆的兽便。老练的护林员认得出，指说那是狗熊屎、苏门羚屎，这是野猪屎、林麝屎……

当地人说冷竹山集聚百样鸟。各色异样的小鸟，羽色有红、绿、黄、白、紫，也有两色或三色相间的。我认出来的有太阳鸟，但更多是我叫不出名的，它们跳跃、欢歌，奏成有趣的鸣春曲，增添了林中乐趣。

冷竹山，是中草药的一大宝库。我不是药师，绝然认不出多少药用植物来。可伴行的护林员老余，一会说这是竹节三七，一会称那是野人参，还有什么大血藤小血藤的……在一棵腐木桩下，他指着冒了尖的天麻窝，说，好东西啊！不费多少力气，把那腿粗的腐树桩拔个大半，一下抖出来十来颗胡萝卜大小的野生天麻，我喜出望外，如获至宝。要说野生真菌，那可多了，随处可看到野生香菇、木耳……在竹林中，我们还看到菌中之王——竹荪。菌之形象独特，像是少女打着一把灰白网状雨伞，穿着艳丽的灰白网状围裙。据说，这还是古人进贡的珍品之一。

我第二次入山，是同年秋天。远眺冷竹山，秋景十分迷人，巨大撮箕形的沟谷古林中，呈现一片金色世界，像是两匹巨大的红绸从沟谷平铺而上。在清清的溪涧池塘里，倒映着的金秋红叶；小溪流里，漂流着一串串红叶；树枝红叶上跳跃着一群群红羽雀；在古森林里，一串串不知名的秋果，也是朱红的。秋天的冷竹山，似乎一切都是红的，像是一面巨大的红墙，又像一团巨型的火球。此情此景，我脑际顿时闪现出咸丰年间这里曾有过的两军混战图：苗族英雄张秀眉、杨大六在冲锋陷阵，义军旌旗高扬，乘胜前进。是的，我抚摸着身边垒石为堡的古战场工事，真是触景生情，怀古之情油然而生。这古林，它是当年苗族起义军抵御清军的屏障。冷竹山，它和山下的苗族同胞一样，有过创伤，但倔强地生存着。山，经过世世代代，经受风风雨雨，又经苗族人民的全力保护，它生存得完好，肌体健壮。

环视山林，那古色古香，奇形怪状的树群，使人感到大自然同样经受着蹉跎岁月的琢炼，变得如此美丽，如此诡秘。山中众多植物和动物，相互依存地生存、繁衍、栖息了数十年以至百年、千年、数千年。目下所展示的，正是中亚热带幸存生物的实证。值得褒扬的，冷竹山不仅国宝林立，山中宝藏也星罗棋布。据地质勘探科学工作者证实，除了纯度尚高的锑矿外，还有可观的珍稀矿石带。我们这次入山，护林员就随手捡到几块晶亮的灰青色锑矿，使人信实。我心头，不由自主地赞美着这瑰宝之山。

冷竹山，带着人类的希望，悄然进入了20世纪80年代末，自1982年6月经贵州省人民政府批准建立雷公山自然保护区以来，管理机构加强了资源管理，杜绝了破坏资源的因素。而今，冷竹山森林葱茏，溪水常流，动物繁衍越来越多，濒危绝灭的物种如苏门羚、林麝、白鹇、猕猴、穿山甲等已日见渐多，有的也成群栖息林间。冷竹山，作为黔东南林海腹地，越来越显示出地球同纬度地方上所特有动植物的佼佼地。

耳闻不如一见，我几经入山，那苗岭腹地的原始森林，使人陶醉不已；在原始林里遨游，真是令人流连忘返……

我的服饰银饰

梁　慧

我是一个苗族女教师，出生在全国最大的苗寨——西江千户苗寨。当我正值豆蔻年华时，曾穿着母亲给我精心制作的盛装，佩戴着妈妈让银匠精心给我打造的银饰，在西江千户苗寨的芦笙场上，在悠扬的芦笙声中，在青年男子们的羡慕眼神和同龄女子们的嫉妒目光中，挪动细步，随着芦笙曲起舞，那真是神采飞扬、婀娜多姿。如今，我在为培育祖国的花朵中度过了十多个春秋，女人过了三十，那青春的光彩便慢慢褪去。但是，母亲当年给我制作的服装和匠人给我打造的银饰，却仍然那样艳丽夺目，那样熠熠生辉，留下了我永不褪色的青春年华。

我的这套服装银饰，也是母亲送给我的唯一嫁妆。在我们苗家，当一对夫妻有了女儿后，当妈妈的，即使怎样艰难，也要给自己的女儿做一套服装银饰，让这套服装银饰打扮着女儿在重大的热闹场合上亮相，在芦笙场上跳舞。在女儿出嫁时，让女儿穿戴着这套服装银饰到夫家去，并把它作为嫁妆送给女儿。苗族家家如此，代代相传下来。所以，在苗家的服装银饰里，世世代代传承着母亲对女儿的关爱。

我的妈妈与大多数苗家妇女一样，虽然一字不识，却是一位勤劳朴实、心灵手巧、善于描花绣朵的人。她给我制作的苗家姑娘盛装，选料得当，做工精细，款式新颖别致。她以五彩丝线，用灵巧的手一针一针地绣，在盛装的衣袖、飘带裙的每一根裙带上，精绣着苗家的图腾物——枫叶樟枝，精绣着太阳月亮、花鸟鱼虫、蜻蜓蝴蝶，样样都生动活泼、栩栩如生。而我的银饰则是父母含辛茹苦，用一分一分积攒起来的钱去换取纯银，然后请了本地著名的银匠打制而成。这一身银饰包括银角、银冠、银花、银耳环、银项圈、银压领、银项链以及缝缀在盛装上的银片、银泡、银铃等。这些银饰上也精细地雕琢着光明的日月、呈祥的龙凤、惟妙惟肖的花鸟鱼虫，真可说是飘逸俊秀，巧夺天工。每当苗年时节，当芦笙场上悠扬的芦笙曲响起，母亲便让我穿上她一针一线制作的盛装，佩戴着那精美华丽、璀璨夺目的银饰，把我带到芦笙场上。在母亲灿烂的笑容中，我随着芦笙曲的节拍，汇入苗家女跳芦笙舞的圆圈中。身着盛装银饰，人则陡然美了许多，仿佛自己就是苗家传说中美丽的仰阿莎。记得我还在十六七岁的时候，恰逢西江千户苗寨过鼓藏节。我身着这套盛装银饰，正兴致勃勃地跳芦笙舞，这时场边来了许多观光的中外客人，对着跳芦笙舞的苗族姑娘拍照，对着我拍照。散场后，几个外宾围着我，从头到脚看来看去，不时还伸着大拇指称赞，让我很不好意思。这时一个中国记者对我说："他们称赞你的服装银饰太美了！"然后这位记者告诉他们："这就是苗族的服饰银饰艺术，是苗族穿在身上的史书！"

那时我已是读初中的学生，那位记者的称赞，让我知道了苗族服装银饰的分量，一种骄傲自豪的情感在我心中油然而生。我想，正是苗家的母亲，用她们那一颗颗挚爱的心和一双双灵巧的手，把女儿装扮如花，把苗疆装扮得如此秀丽。千万母亲的爱，汇成了苗疆圣地银的世界，花的海洋，绘成了苗疆靓丽的风景，独特的风情。

啊！我的服装银饰，苗族女儿的服装银饰，传承着深沉的母爱！传承着苗族古远悠久的艺术！

苗乡韵

文金花

祖国西南的贵州省，有座海拔 2178 米的山峰——雷公山，在山脚下，居住着勤劳善良的苗族人。

不知什么时候，吊脚楼成了苗族人的居住所。靠山而建，冬暖夏凉，上面住人，下面圈养牲口。凭栏远眺，云雾环绕的山头，袅袅炊烟徐徐升起，渐渐地与那云雾汇合，变成了一头头牛羊，变成了一把大伞。为了把辛苦得来的粮食保存起来，人们根据吊脚楼特点，建成 了一座座水上粮仓。粮仓下面一股股暗流涌出，而粮仓仿佛一条条小船在平静的河面上停泊，构成了苗乡一道别致的景象。

不知什么时候，打糍粑成了人们庆贺新年的一种形式。“叭、叭、叭”从粑槽中传出，响彻了整个山村，告知山神这是一个丰收的季节，是值得庆贺的日子。“叭、叭、叭”声不断，一阵阵糯米香从粑槽里飘来，慢慢地散开，看着一粒粒的糯米逐渐地黏糊起来，已经分不清哪粒是哪粒了，打糍粑的人不得不用力扯出粑棒，高高举过头顶，重重地打在糍粑上，接着两人又揉呀揉，把欢乐和希望都揉进糍粑里。在旁观望的人都盼望着，盼望着立刻把这欢乐与希望紧紧抓住，然后迫不及待地将之融入体内，这种诱惑谁又能抗拒得了。

牛是苗族人民所珍贵的牲畜，牛角更是苗民盛酒的最好器物，每当贵客来访时，人们会取出弯弯的牛角，盛上满满的自酿香醇，把对客人们真诚祝福装进牛角里，双手捧送给客人，面对深深祝福，客人往往无法拒绝，笑呵呵地张嘴接受。待客人从寨门进入寨子里时，客人已经获得了很多祝福，唯一能在客人身上体现的，就只有笑容可掬了。面对远方的客人，女主人们穿上绣有奇花异草、珍禽异兽的衣服，表现出她们对生活的热爱。她们手拉着手围成个圈，意味着团团圆圆、平平安安，轻盈地跳起舞来，花裙上的小银饰随着芦笙的曲调“当、当、当”地欢唱着，花裙上的花带随着节拍飞舞，如同阳光下飞舞的彩蝶。

不知什么时候，人们开始用载歌载舞的形式庆祝丰收。用鼓和芦笙来祈祷来年的丰收和表达自己的幸福，每当人们收割完庄稼，便聚到一起，敲响清脆的铜鼓，“咚、哒哒，咚、哒哒”，人们愉快地舞动着，那身形似跳出水面的小鱼儿般轻盈，动作是那么的和谐，一声声“嗨、嗨、嗨”，喊出了对丰收的喜悦、对来年丰收的希望。这时，芦笙吹起“快来、快来、快来来来、快来、快来、快来、快来来来”的曲子。是呀，快来进入这欢乐的海洋吧！阿哥摆动芦笙吹着激昂的曲子，眼睛不停地搜索自己心仪的目标。终于，众里寻她千百度，蓦然回首，“那人”就在灯火阑珊处。锁定目标后，激昂曲子变成了悠扬的倾诉，述说着对阿妹的爱慕之情，当阿妹发现自己被锁定后，脸颊绯红，手持一张绣帕不停地挥动着，眼神不定地正偷望的阿哥急忙换了调，吹着“阿妹、阿妹同意了，阿哥高兴得不得了”，跳着舞向阿妹靠过来，围着阿妹倾诉内心的激动，阿妹害羞地把头低下慢慢挪动脚步，把绣帕作为定情之物挂在阿哥芦笙上，以示约定今生。

当家家户户杀猪宰鹅，香喷喷的糯米饭摆在苗族人民特有的饭桌上，浓浓的米酒盛满酒杯，香辣鱼的味道着实诱人。让客人先来尝上一口又嫩又辣的鱼肴，然后吃上一口糯米饭，享受着苗族人特有的祝酒歌，最后再饮上一大口米酒，然后由衷地说：真香，棒极了！当人们酒足饭饱之后，带着欢乐与满足在美人靠上夜聊。

这时，从寨边传来阵阵悠扬的游方歌声，又为这静寂的山村增添了些许神韵。

生命的歌舞

——观 2004 年雷山苗年节芦笙歌舞感怀

杨　淼

从历史中走来的苗族，同其他民族一样，都有自己的歌，自己的舞。近年来，在党和政府的领导与关怀下，雷山苗族人民得以向世人充分地展现自己独特的歌舞。

——题记

来了，来了，身穿苗装的苗族后生，一路芦笙嘹亮了青山绿水；身饰银装的苗家少女，踏着金秋的阳光，载歌载舞，踩欢了丰收喜悦。

来了，来了，缠头巾戴斗笠的苗族老汉，身背金色铜鼓，擂响了团聚的赞歌，身穿长裙短裙的苗家妇女，轻翩翩地舞飞了节日的旋律！

来了，来了，他们从四面八方的苗寨中走来，从青山绿水中走来，热腾腾地云集于雷山广场，乐融融地欢聚于露天舞池。他们围成了一个圆圈又一个圆圈，像月亮，像银盘，像朵朵蘑菇云，明晃晃，银闪闪，亮晶晶。

吹吧，悠扬的芦笙曲飘飞起来了；擂吧，铿锵的铜鼓声响起来了；跳吧，轻柔的舞姿旋转起来了！

看吧，他们吹得那么卖力，擂得那么的起劲，跳得那么的悠然从容，仿佛他们不是用气在吹，不是用力在擂，不是用身在跳。那芦笙声，那铜鼓声，是他们用生命奏响的乐曲，是他们的生命流淌出来的旋律；那柔美的舞姿，是他们生命的律动，在狂舞！

看吧，从他们的舞姿中，我分明看到了苗族祖先穿越洪荒岁月迁徙于长江沿岸蠕动的身影；听吧，从悠扬的芦笙声、铿锵的铜鼓声中，我分明听到了苗族祖先坚韧跋涉于黄河峡谷的足音；从婉转的箫声中，我听到了苗族祖先绵延于山林暮霭的甜言蜜语，听到了他们漫步于溪边井旁轻柔的呢喃爱语……

吹吧，擂吧，跳吧！

黑暗的尽头就是黎明；

金秋的阳光普照大地，

丰收的喜悦布满山林！

吹吧，跳吧，金灿灿的谷物堆满了老汉的额头；笙声、箫声、铜鼓声，交织、组合、融汇成了美丽的旋律高高地挂在苗家少女洁白的银角上，像一只只展翅的孔雀翱翔于蓝天白云……

看吧，舞场上，那一圈圈舞影，一个个月亮，一轮轮银盘，一朵朵蘑菇云，在旋转，在飞舞！

舞场上，不论男女老少，他们都唱着同一首歌，跳着同一曲舞。年轻的唱出了欢乐，跳出了喜悦；年老的唱出了春天，跳出了青春！有位诗人说：“生命的歌是没有年纪的，青春永驻，年久不衰。”

是呵，从亘古穿越时间而来的芦笙歌铜鼓舞，是苗族同胞世世代代用生命谱写成的生命之歌，生命之舞。生命的歌舞也是没有年纪的，青春永驻。看吧。舞场上，苗族男女老少唱出了青春的旋律，跳出了青春的活力，舞出了青春的光芒！看吧，舞场上，歌声飘飘，舞姿翩翩。满眼五彩斑斓，盈耳千歌汪洋；隐隐约约如蓬莱，缥缥缈缈似瑶台。我犹恐是梦，忽见眼前有巨幅雷山苗年节芦笙歌舞楹联，似长江之水如黄河之涛飞泻而下：

上联：笙声箫声铜鼓声，声声盈耳万事兴

下联：长裙短裙超短裙，裙裙飞舞百家乐

横批：天上人间

是呵，苗族芦笙的歌，铜鼓的舞，是青春的歌，是青春的舞！是生命的歌，是生命的舞！

雷公山下的飞歌

刘学敏

谷子收割了，辣椒红薯也进家了，果园的桔子也熟了，苗族农民们很兴奋，芦笙就吹起来了。芦笙吹起的时候，苗家就过年了。

在公路段工作的啥网约我们去他家过苗年，我们都婉言谢绝他的盛情好意，可是他说：你们讲哪样子话哟，都是兄弟，还客气什么，你们若不去我家过苗年，那就是看不起我们苗族人民。他这样一说，如跳马卧槽，把我们将住了。半晌，我们说那就去吧。于是，我们大伙买了一只鸡、两只鸭、三条香烟、四瓶酒和五斤糖，在第二天周六中午，乘一辆面的，前往岔河南猛村啥网家。

岔河南猛村原来不通公路，由于这里是有名的芦笙歌舞之乡，县政府用 16 万元澳大利亚扶贫资助款给该村修通了公路，这样方便了运输，经济也发展起来了。啥网的妻子在农村，家中还有父母弟妹，他家就住在公路对面的半山坡上，房屋是砖木结构的吊脚楼，坐南朝北风水好。屋周围有楠竹林、梨树、菊花和葡萄架，屋后那块水田，游弋着肥美的鲤鱼。一股农家气息、一派田园风光笼罩着啥网家。

下了车，我们放响一挂鞭炮。接着有两个苗族小妹从屋里跑出来帮我们提东西。当快到啥网家时，早有四五位苗族青年妇女拦住了我们，高举满杯米酒，情真意切地唱起酒歌：

果园桔子在飘香，
谷子玉米堆满仓；
不知怎样吃得完哟，
阿妈烤酒几大缸；
米酒窖得起丝丝，
专等好客才开缸；
有酒无菜莫嫌弃哟，
唱首酒歌比肉香。

歌声未落，酒杯就灌到我们嘴上来了。这种朴实真情的酒怎么不喝呢？于是“咕咚”就吞进去了。接着她们又斟酒唱起来：

一杯米酒甜不甜哟，
再喝二杯才晓得。
苗家没有哪样吃哟，
山歌下酒来敬客。

唱罢由不得你喝不喝，酒杯直往嘴上送来，接着又斟满酒唱起来：

高高固鲁山，
长长南猛河，
我们苗族始祖够耶留下美丽的传说。
过年杀猪喝米酒，
还要吹芦笙跳铜鼓，
远方来的客人与我们共同享受欢乐！

刚唱完，酒杯又送过来了，我们紧闭嘴唇，由她们把酒灌泼在地上。然后她们哈哈笑个不停，我们也乐呵呵地走进啥网家的堂屋。

莫道君来早，还有早来人。啥网家堂屋和东侧西侧的房间，早已坐满了七八十个外来客人，烧着炭火，一些在打扑克，一些在打麻将，闹哄哄的。苗家过年习俗是客人越多越好，这样才显示主人家大方和气、有人缘、有脸面。所以，这个村家家有客人，杀猪杀羊杀鸡鸭；户户祭祖庆丰收放鞭炮。一派农村富裕景象，热闹得不得了。

在还未吃年饭前，我们出门去村子里转转。只见村子打扫得干干净净，家家户户干玉米、小米、糯稻谷、干辣椒晾满门前檐下。有的人家还建起新砖房，窗上装的是海蓝色的玻璃，挂的是水红色的窗帘。只见猪牛满圈，鸭鹅满溪。山村苗寨跟改革开放前大不一样，农民走上了富裕之路。这时，在村头的小山岗上，一群身穿银装、情窦初开的苗族少女，正激情地唱着飞歌，那歌声悠扬婉转执著，随风飘进我们耳里：

山上小树长高了，
窝里小鸟会飞了，
我们也长大漂亮了。
小树长高作房梁，
小鸟会飞自垒窝，
姑娘长大找男友啊！
没得办法，没得办法哟。
姑娘长大要出嫁，
爹妈养我们这么大哟！
花钱费米真冤枉哟！
没得办法，没得办法哟！
姑娘长大要出嫁。

听了这飞歌，我们扑哧直笑。

……在啥网家吃年饭，酒肉丰盛，有说有笑，摆了十几桌，像办喜酒一样热闹。喝得半醉后，啥网爹唱起酒歌来：

高不过雷公山，
长不过丹江河，

好不过改革开放的日子，
世代穷苦的苗家人过上好生活。
日子一年比一年好，
哪朝哪代比不着。
共产党领导百业兴哟，
“三个代表”苗家乐。

于是大家站起来，把一碗米酒喝干。

吃过年夜饭后，就有苗族姑娘来请我们去看跳芦笙舞。芦笙场上那场面真热闹，十几颗耀眼的电灯挂在树梢上，几十把芦笙同时吹奏，几百个银装妇女随着芦笙曲，欢天喜地跳着。银饰叮当作响，苗族飞歌悠扬。那壮观的场面，那嘹亮的歌声把沉静多年的山村吵醒了。

这一夜，我们激动得睡不着。

雷山苗族的鼓

唐千武

鼓作为苗族的灵物圣物，是不能随便敲击的，只有在祭祀祖宗灵魂时才取出来祭供和敲击。按有些苗家的家谱来看，雷山县内一些苗族支系已延至六七十代人了，这说明，约在汉唐时代，苗族就已迁徙定居在雷公山周围了。稳定后的苗族村寨，为了维护地方社会的安定，便由各个村寨的方老、寨老、族老和鼓藏头等有名望能断事的老人推举一个榔头来“议榔”，订立乡规民约（俗称“习惯法”）让民众遵循。而鼓藏节的祭鼓祭祖，也由“议榔”来加以规定和约束。“议榔”规定：苗族每一个支系或相邻的几个支系，相隔 13 年过一次鼓藏节祭祀祖宗，其他的年份都应把鼓藏于寨边的石穴岩洞里。过鼓藏节时，一切听从“鼓藏头”安排祭祀和所有的节日活动。定居于雷公山麓的苗族民众都按照此榔规榔约，每年六月过一次吃新节，每年冬腊两月两次过苗年节，每 13 年轮回过一次鼓藏节，一直延续。鼓和鼓藏节已成为苗族人民联结血缘的纽带。

铜鼓重 29 斤，其鼓身长 26 厘米，鼓面直径为 46.5 厘米，圆体鼓面上所铸的是一幅凸起的太阳，围着太阳有 12 道凸现的光芒。连接太阳光芒的是一圈一圈的光晕，共有 9 圈，在圈中间还有一些图案相连。这 12 道太阳光芒，既代表太阳普照大地哺育生命的光辉，又表示每年有 12 个月。可是“文化大革命”中，有人硬把苗族铜鼓的12道太阳光芒与国民党的青天白日徽联系在一起来批判，他们对先有苗族铜鼓后有民国的起码知识都不知道。在祭鼓节的节庆娱乐活动中，有铜鼓的村寨都要敲击铜鼓和跳铜鼓舞。敲击铜鼓的方法是：用绳将鼓侧的两只鼓耳系好，悬挂于铜鼓场中央的挑手上枋架上，其悬挂的高低要以方便击鼓手敲打为宜。然后鼓手右手执鼓槌击鼓面，左手持小木棒击鼓腰部，鼓便有节奏地发出两种和谐的音响，有如男女合唱，敲击时还需一名助手手提一只如木桶大小的协音桶，俗称回音桶，桶口对着鼓腰口，以增强鼓点的音响，使鼓音变得雄浑悠远。不同的苗族支系，所击的鼓点节奏音韵也不尽相同，所以各地跳铜鼓舞的舞步也各异。像铜鼓舞的传承地掌坳村，现仍然保留着11种鼓点舞步，且舞姿变化较多，时而娇艳柔和优美，时而刚健雄劲，嘴里还发出“嗨喊喊、嗨喊喊”的声音，热烈奔放，别有气势。而郎德上寨、南猛、新桥等地的铜鼓舞则有舒缓自如、步履轻盈、豁达展畅的特点。总之，这些铜鼓舞姿经过久远积累和创新改进，现已形成集击鼓、跳、声音、歌于一体，独具热烈奔放、古朴、豁达、凝重的特点。在节日中铜鼓舞和芦笙舞往往同时进行，舞者中男的长衣短褂，苗族姑娘身穿节日盛装，脸眉略施粉黛，银首饰熠熠生辉，光彩夺目，神采飞扬。在低沉浑厚的铜鼓敲击声和悠扬悦耳的芦笙吹奏声中，步履轻盈，缓急有序，婀娜多姿。

木鼓如前所叙，5000多年前的祖先们是用枫木来制作的，有1丈2尺长。定居雷公山以后的苗族民众，许多支系是用楠木来作木鼓。现在只有乌流、也政、桃江岩寨和乔兑寨还有木鼓。桃江岩寨和乔兑寨的木鼓长有5尺8寸，他们除了在过鼓藏节时把鼓取出敲击外，重大节日也组织跳木鼓舞。他们过鼓藏节是子年取鼓，丑年杀猪祭鼓。他们到岩洞“请出”木鼓时，要经鼓藏头和祭师的一番祀告，然后派4个身穿节日盛装的男子，把鼓

“请”出。抬木鼓时4个人步子要整齐，左右不乱，走两步退一步，在1里多路的距离中，只要其中1人脚步错乱，4人就要退回原地重新起步。单从这一点看，苗族对鼓的尊重与严肃可不一般。在木鼓场击鼓起舞时，由击鼓者两手各拿一小节击鼓棒分别在鼓面和鼓腰相互协调地打击，使木鼓发生“咚咚咚，咚咔咚咔咚咚咔”等多种富有节奏而又浑厚、坚实的鼓点声。跳舞的人随着鼓点起舞，由慢点低潮逐渐进入快点高潮，手脚放开，五体皆动，动作变化多端，时而下蹲，时而抱双膝跳起转圈，来来回回地交叉，动作幅度大，各个部位配合得体自如，轻松均匀，层次分明。鼓是苗族人民心灵中的圣物，是苗族祖先神灵依托的灵物，它象征包括苗族始祖蚩尤在内的祖宗先人的化身，其他的物体是不能替代也是替代不了的。

苗家爬山节

张希成

每年的苗族爬山节，随着明媚春光的到来而举行。方圆百里的青年男女们身穿节日盛装，从四面八方聚集到“游方坡”（即爬山点），对唱山歌，寻知心人倾吐真情。“游方坡”上歌声飘荡，满山彩色衣饰，各色花伞手扇像一朵朵游动的彩云。人们置身于场中，就像融入醉人的乐园那样无比欢乐。

说起苗族人民的爬山节，有许许多多美好的传说。而最为世人传说的故事是：古时候，在报干福（雷山县黄里大龙坳村旧址）居住着一户只有母子二人的穷人家。名叫望坚的儿子长大成人后，便同寨上富人家的女儿梅福相爱。梅福的父亲知道了气得胡须倒竖、怒眼圆睁，于是便把梅福关起来，不让她再跟望坚见面。冬去春来，望坚照常勤快地干活，天天在地里耕耘，梅福孤零零地一人被锁在楼阁上。一天，望坚来梅福家里帮工，下地犁田。梅福想和望坚见上一面，恰在这时，她家死了一头牛，便想出了一个好主意，将褪下的牛皮披在自己身上，牛角扎在头上，看上去俨若一头水牯牛样。天麻麻亮，望坚来赶牛出工了，当他把“牛”牵到地里准备驾犁，哪知“牛”不听使唤，拔腿就跑，望坚奇怪地紧紧追赶。“牛”来到一个山坡上停住了。待望坚走近一看，哎呀！面前哪是牛，是自己的心上人梅福。他俩手拉着手，漫步在山坡上，唱了一首首发自肺腑的情歌，从清晨唱到日落，从黑夜唱到拂晓。悠扬的歌声传到寨子里，老人听了抬头望，挑水的大娘听了停住脚，纺纱的老妈听了忘纺纱，年轻人听了心飞天外……都被这对情人的恋歌所感动。梅福的父母知道后，气得脖子比碗口还粗，恨得咬牙。梅福的父亲带着一群家丁，匆匆来到山坡上，将望坚和梅福活活打死。

这对不幸的情人死了，山坡上还留下一对牛角。人无情来山有情，山一年年地长高，成了一个牛角形状的小山包，“牛角坡”因此而得名。每到暮春三月，苗族青年男女都要从各地汇集到牛角坡来“游方”，以表示对这对坚贞情侣的怀念。

初夏4月，正是雷公山大地呈绿，百花竞放，人欢鸟鸣的季节。来自毗邻凯里、丹寨、麻江和台江等县的苗族青年男女，不约而同地聚集于“牛角坡”上，进行一年一度的“游方”。他们除对歌外，还开展赛歌活动，尽情地欢度这一节日。他们的赛歌，主要是些以歌颂党歌颂社会主义、歌颂党的民族政策和歌颂新生活为主要内容的苗族飞歌、情歌、酒歌、苗族古歌、苗族叙事歌等。这些歌词内容健康，丰富多彩。笔者从熙熙攘攘的人群里挤到青年男女“游方”对歌的场地，观看那里的对歌活动，一首首动听、深情、优美的山歌，像苗寨早晚的袅袅炊烟，缭绕在青山深绿、山花烂漫的雷公山上空。

苗族吃新节及其来历

张希成

雷公山区的苗家有个规矩，开秧门后的第50天“卯日”过一次“吃新节”，这次叫“吃秧包卯”。再过50天，又过第二次“吃新节”，这次谷子开始成熟了，亦叫“吃新米卯”。这两次，都在“卯”日过，苗家都叫“吃卯”。

传说，吃新节的来历是：古时候，人间没有稻米，只有天上雷公那里有，世间人听说用天上的稻米做饭，吃起来蛮香。可世间人都过着野果充饥、猎兽取食的日子，生活很苦。那时有个名叫告隆耶的苗族祖先拿着九担世间的99种珍禽异兽到天上去换来了9升稻谷种。他视为珍宝，小心地放在房里存放，等到来年春天播种。没想到，当晚告隆耶夫人操劳家务时不小心碰翻了油灯，烧着了偏厦楼房，稻种被烧得直叫唤，最后乘着熊熊的黑烟飞回天上，到雷公那里落脚了。

告隆耶急得跺脚，直登天上要拿回稻种，可雷公不肯认这个账。告隆耶要种心切，愿意再拿九担99种珍禽异兽去换稻种，再三恳求，狠心的雷公就是不干。告隆耶是个很有计谋的人，他冥思苦想，终于想出了一条妙计。待到天上开秧门后100天，正是天上田地里稻谷成熟的时节，他想派一只金鸡到天边田地里啄个饱，然后把种子带回来。金鸡飞到天上，找到了黄澄澄的田坝，它赶快飞到田埂上，哪晓得田边有人看守，靠不了边。它只好飞回来向告隆耶说。告隆耶一计不成又生一计。他又派一只黄狗，交代它去天上的田间打几个滚，让稻种粘在毛毛上带回人间来。正是古历七月中旬的一天，黄狗奉命出发了。按主人的交代，匆匆走到田埂边，趁守田人不在时，就在田里翻了几个滚，正要往回走时，被雷公看见，叫来九个彪形壮士把守天桥，等狗靠近天桥时，壮士拦住狗，把它推入茫茫天河。天上的壮士以为天海宽，流得急，深得没底，狗只有死于天河，稻种再不会带回人间，就回去向雷公禀报领赏去了。狗虽落河，可想到主人托办的大事，就赶紧把尾巴高高地竖在水面上，费尽力气游过天河，回到人间，来到了主人身边，抖抖尾巴上粘着的稻种，告隆耶数了数，刚好有九颗稻种。

告隆耶有了稻种，喜欢得不得了，他用九层棕皮包了又包，吊在他卧室的横梁上，等到翻春时节，告隆耶赶制了春耕农具，用青㭎树做犁柱，金鸡木做牛轭，青石做犁脚，驾着水牯牛，犁东耙西，犁成了一块水汪汪的大田。种播下地后，告隆耶精心管理，那只黄狗终日伴他，一直守护在田埂边。自开秧门数到50天的时候，正好是“卯”日，秧子打苞了，告隆耶知道，这是丰收前的喜讯。他看到收成即将到手，赶紧杀鸡捉鱼下锅，又到田边扯来一根秧包，掐下三节撒在煮熟的鸡鱼上，表示喜庆丰收即将来到（现代人为了袭古，也要扯三根秧包，打开秧包，掐成数节撒在煮熟的糯米饭上）。告隆耶先在地上摆点肉食以示敬祖宗，然后与狗同食，以此酬谢并示庆贺。

从“吃秧包卯”那天数起，又过了50天，田里的稻谷刚刚成熟，谷穗金闪闪黄澄澄的。告隆耶播种的九颗稻谷，除打秧包时用去一颗外，剩下的八颗，一共收获八升稻谷。他留下种子后，取两碗舂去谷壳，将白生生的稻米煮成香喷喷的饭。告隆耶记住黄狗的功劳，便舀一大碗米饭给黄狗先吃，然后自己尝新。这天正好是“卯”日，人们说这是“熟谷卯”或者说“吃新米卯”。

后来的人们，为了纪念古人的辛劳，就在这一天举行“吃卯”节，“吃卯”过后的“辰”日、“巳”日和“午”日这三天，还举行盛大的斗牛、斗雀等活动，尤其是第二次的“吃新米卯”，为了增添节日的隆重气氛，还增加了跳芦笙舞、跳铜鼓舞等活动。人们听了节日笙歌，都从四面八方涌来。节日里，青年男女对歌赛歌，谈情说爱；老人们喝酒欢歌，斗牛、跳芦笙；儿童们的乐趣就更浓了。“吃卯”即“吃新节”，就从那时一直沿袭到现在。

苗家姑娘的秘密忙绣

张希成　刘广和

在苗家诸多情趣的民族习俗中，有一宗隐秘多情的习俗，那就是苗家姑娘的“秘密忙绣”。

坐落在雷公山脚下穿中裙（裙子长到膝盖的，当地通称中裙）的苗族姑娘，有一种传统的秘密忙绣习俗，在雷山的丰塘、甘益、公统和乌寨尤为盛行。这里的苗族姑娘，都擅长织带绣花。小姑娘从七八岁起就学大姐姐们提针学绣，到十五六岁就熟练了。绣制有两种，一种是公开的，一种是秘密的。她们平常穿的花衣、围腰、裹腿、花鞋、花带，都可在众人面前绣制。一种是不让人看，尤其不愿给父兄和寨上长者们看见的“秘密忙绣”，这是为未来婚配后添小孩而精绣的花帽、小鞋、背包面、背带等。做父兄的，心头也知自家妹子在背着忙绣，却不过问。如姑娘不慎，被父兄见了忙绣，姑娘急忙回避。可是姑娘的妈妈和大嫂见了，心头喜盈盈的，有时还当帮手哩。

姑娘的这种“秘密忙绣”，一般在自己的寝室里，或是背着父兄的地方，一般利用晚上在灯下绣制。有时一人绣，有时和邻居的几个姑娘在一起绣，一般单独绣制的多。在她们长大成人出嫁时，秘密忙绣就告完毕。

当姑娘出嫁后，在丈夫家生第一个孩子时，两亲家高兴异常，各家都准备着即将到来的“满月酒”用的佳肴美酒。婆家忙的是舂糯米、做甜酒、烤米酒，准备了鸡、鱼、蛋、肉等食物。一来给刚生产的媳妇食用，二来也准备迎客摆席，热闹一番。到吃“满月酒”的时候了，娘家这边更是忙个不休，妈妈和嫂嫂们，从衣柜中取出姑娘出嫁前所做的“秘密忙绣”，配着鸡、蛋、糯米，富裕的人家，还送去个大红衣柜，一人一挑，一路歌声笑语，步行去到亲家。

礼品队伍到亲家寨门，接客的主人就接担进家。到家门前时，又一群主妇提着米酒鱼肉在门槛边回敬给客人。迎客的歌声让整个山寨沸腾了。鞋帽背带等礼品担进屋后，搬来了长方桌，垫上一块干净的布，然后把东西一件件放到桌上，以便众人观赏。房里的主妇们一件件的品评手艺。原来一件件秘密忙绣成品——小花帽、小花鞋、花背带、花背包面，一下子成了妇女们的观赏品。小鞋子最多的七八十双，一般的三四十双，最少的也二三十双；小花帽多的三四十顶，少的一二十顶；绣花背带，多的十余条，少的得三四条；绣花背包面，多的十余面，少的两三面。

有些好奇的老汉，在赞赏声中悄悄溜到长方桌边这瞅瞅，那瞧瞧。年轻爸爸在屋角看到妻子有那么多的好礼物，暗自高兴。绣艺中的花草鱼虫、飞禽走兽，在青、蓝、深红等各色的映衬下，加上花纹配得适中醒目，真是栩栩如生，惹人喜爱。整个绣品，针法严谨，绣工精致，花纹装饰性强，色彩丰富，具有山里浓厚的民族特色。观赏毕，主人家的长者从客人送来的鸡群里，挑个最大的母鸡在大门前宰了。收走桌上礼品，佳肴美酒摆了满桌，由长者念一些祝福的话后，大家一起用餐。第二天杀猪，全族人大都入席，各家还凑集鱼、肉、美酒，满桌佳肴，桌边还有几坛米酒。经长者祝福一番之后，“满月酒”正式开始。宾主喝得半醉，民间板凳舞就此开场。酒歌、称谢歌、祝福歌、飞歌、板凳舞的响声，环绕在整个房子的上空。“满月酒”后，客人被寨子各家轮流请去作客，四五天后才返家。返家时，主妇们每人提着事先准备好的绣花带、绣花帕及三四指宽二三尺长的白布带，从房里送到寨边或较远的地方。一边唱着送客歌，一边敬酒送带，一碗酒一条带（帕），系在客人身上、脖上、腰间。越是能喝者，带（帕）就得的多，也显一种荣耀。

秘密忙绣这一勤劳的美德，成了这里苗家的习俗，一代传给一代，一直传到今天。

雷山“苗花”总是艳

张希成

雷山“苗花”总是艳，这是多少年来流传的一句赞美词。在苗疆重地——雷山，确实以世世代代出美女而闻名遐迩。

时间推进到21世纪初叶的今天，在雷山，不论你走进哪个村寨，或步入某个芦笙堂，或山间劳作处，或涉足于县城以及乡间贸易集市，三三两两的苗族美少女的风姿玉容将映入你的眼帘。她们那高挑身材与其姣好的脸庞，赢得路人称赞，回头率之高，不言而喻。

她们身上的着装，其精美非同一般。全县百分之九十的长裙苗族，她们或穿生活装（俗称便装）或穿盛装，都以朴素自然、精美绝伦著称。盛装的银角、银亚领、银项圈、银手镯、银铃、银片所组成的一身银饰及其彩带裙被称之为雷山式苗族盛装，300年前的先民就已如此，于是，一代代少女们的娇容与美丽绝伦的服饰相关联着。这是远古的服饰文化显现，一个勤劳而又善良的民族，总与清山秀水共融，特定的环境造就了女性貌美的人生基因。在雷山，广传着这么一句话：“西江姑娘，即使瞎了只眼睛，还是抹不去的天生漂亮。”话里的西江，是美女聚集的地方。出生西江名叫阿丹的姑娘，现芳龄二十，在本县工作，称得上如花之貌，其心地善良，言语轻柔，且本分而又工作踏实，赢得广泛称赞。在县境其他苗寨以及短裙苗族村寨，同样是美女林立。

在雷山，代代出美女。郎德镇也利村苗族姑娘余鸥翁，于10年前，有似春天花蕾绽放般。于1992年9月被县州选送到成都参加全国“民族之花”选秀，一举夺得银花最佳青春奖。在当年选秀现场，媒体描写道：“由彩雾氤氲的舞台阶梯姗姗走来，那银冠高耸，佩环叮当，眸流自信，笑靥如花。尤其大自然给她雕琢了一张美丽绝伦的脸蛋，细弯的眉毛，明亮的眼睛，高高的鼻梁，一颗樱桃似的小嘴，都极恰到好处地镶嵌在那鹅蛋形的脸上。她仪态万千，在美妙的旋律中，娴熟地翩翩起舞，观众席上爆起如潮的掌声……”她，代表苗族，代表贵州，雷山籍出生的美少女就这样占了一席之地，真是难能可贵。出生西江的雷山三中教师唐丽最近获得全国“民族体育之花”的荣誉，她不但貌容姣好，且是体育爱好者，又是县里的文艺骨干。美女辈出，一再证实了“雷山出美女”的这一确凿事实。

雷山的美女，往往有其美妙通爽的歌喉，她们轻柔的话音，有如春风抚耳；她们的歌声，甜美动听。出生于西江千户苗寨的姑娘——民族新秀梁芳，芳龄二十出头，在参加州里举办的“丰彩杯”迎国庆歌手大赛中，夺得二等奖（二等奖仅两个名额），又在侗乡黎平举办的全州苗族侗族民歌比赛中，她的民歌独唱一举夺得一等奖。

人美显然也是一种资本。雷山的少女往往集人美、心美、歌美为一体，在改革开放的今天，她们纷纷走出家门，有的去高校读书深造；有的去异地演出，足迹遍及祖国大江南北；也有到东南亚国家以至欧美国家，无不向中外观众展示雷山苗家人的姣好形象。在北京、深圳，在贵阳及其市郊红枫湖、安顺黄果树瀑布区文工团，在黔东南苗族侗族自治州歌舞团，都有雷山籍的美少女。出生在芦笙之乡的郎德镇南猛村的余德丽姑娘，她形象不但姣好，且又有高挑的身材，以其娴熟的芦笙吹奏及其优美的舞姿，成为广西一地区民族文工团的演出骨干。出生于西江千户苗寨的姑娘吴美桃，凭她姣好的容貌和娴熟的舞姿被州歌舞团选用，曾随团到日本，香港等国家和地区演出，仅在短短五年的演艺生涯里，曾两度获得团里先进工作者称号。雷山县组建的民族文化艺术表演团现有 10 名女队员，个个具有羞花闭月之貌。这个演出团自 1975 年成立以来，曾到国内许多名城出演，尤其到欧洲四国（荷兰、法国、比利时、俄罗斯）演出，受到外国政府及其观众的高度称赞。

大山中的美女，一代代、一批批出在雷山，绝非夸张之说。朋友，你要赏“花”吗？雷山苗年文化节可一睹为快，秋天之“花”，不逊于春花之色呢！

苗寨风雨桥

张希成

苗寨风雨桥，顾名思义，是遮风挡雨的桥，也是苗寨驱邪保寨的桥。

在雷山，由于地处崇山峻岭的苗岭腹地，沟壑纵横，所以有许多悬桥，于是人称雷山是“桥的故乡”。所架之桥，是人畜通行的工具，更是具有观赏价值的民族特色建筑。苗寨风雨桥，尤其集实用、娱乐及观赏于一体的特色风格而闻名遐迩。

雷山风雨桥，大都全木结构，桥架无一钉铆，架构大同小异，各具特色。郎德镇上的郎德风雨桥，以其桥体长、宽、高的突出风格名列全县。该桥的真实历史故事足以说明该村历史不俗，故国家将其列为全国重点文物保护单位。于是雷山的风雨桥史，也就始于不俗的寨史。该桥始建于清朝，伴随该村经历了一个半世纪。咸丰年间，上郎德村前的小河，水深流急，见浅滩可涉的河段距村稍远，不便到河对面干活，经寨老聚会议定，架设了一座便桥，这下方便了群众。

正处兵燹战乱之时，寨上青年杨大六看到本寨常有清兵窜寨骚扰，于咸丰五年（1855）农历三月十五日与张秀眉揭竿起义，杨大六决意大干一番，有时回乡，召集更多同胞，以壮大义军力量。有次他听说一批清军要侵扰本寨，杨大六思量这是来者不善，善者不来。考虑清兵来的路线是由凯里曲径上来，到下郎德寨后，抄四华里的小径必经该木桥方能进到本寨，杨大六召集一帮力气大的同伙连夜拆桥，之后清兵来到看势头不对，怯兮兮地走了。杨大六又领同伙将木桥重新架了起来。因清兵常骚扰，于是这样架了拆，拆了架，反复多次。

过了多少日子，杨大六一方面组织义军伺机杀戮清军，战功赫赫；一方面组织群众建设家园，在修建诸多吊脚楼的同时，建起寨上风雨桥，对外以展示民族力量，对内以示号召。始建风雨桥，是清代咸丰初年。建于河中独墩两柱，跨河长达9丈，分三节长木相接，用八木列排，两头木排叠加相接，因中间段有凹状又加一排八木叠填，做到整体面平，三节木排所接处，都圈以套木牢固，然后用以六七厘米厚的方板铺满桥面。桥中央特设一屋，约3尺高，四周封装，有一暗门，远看突兀显目，是杨大六的巡夜守桥守寨隐居处，也常是杨大六召人共商村事之处。有一年的某一天，有人趁天黑烧了这座风雨桥，寨上人心齐，一下子把火扑灭了。为避其遭到更大的祸害。寨老共商，把桥上木架撤了，平桥依然保留，这样，桥木朽了又拆，拆了又架，桥体依然存在了一个多世纪。

为了纪念苗族英雄杨大六，为了保护民族村寨历史文物，省州政府于20世纪60年代在原桥址上重建了风雨桥，又经历了近30年的光景。到1985年，上级重视保护文物，又拨款5万元按原样修建了风格不凡的苗寨风雨桥，该桥离水面高达17米，桥长26米，宽4米，桥架高8米，桥两边设长坐凳。全桥盖青瓦，气势恢弘。这座新桥，与村子相伴了18年后，桥木架主体部分开始腐朽，部分撑木与脊瓦脱落，省政府有关部门又拨一笔款，重新修复。建成后，整个风雨桥犹如一条巨龙横驾在寨下小溪上，给上郎德苗寨增添了最壮丽的风景。

县城响楼新建的风雨桥，这座桥长达40米、宽6.2米，于2006年3月竣工。

除了上述外，全县十余座苗寨风雨桥以其各具特色，闲余时，人们常相聚于此，多了几分神秘和几分民族民间的诸多乐趣。

嫁鞋

唐千武

在黔东南地区的雷山、凯里一带的苗族姑娘，到了婚龄，十分讲究银饰、衣裙。不过，银饰由父母添置，衣裙由母亲嫂子缝绣。那么，姑娘们心焦什么呢？她们还有一件牵心挂肠的事要赶紧做，那就是制作出嫁的新花鞋。

在苗族姑娘们看来，出嫁新花鞋是关系着她们一生命运的东西。所以，凡到婚龄的姑娘都急着自制新鞋，而且都怀着一种非常虔诚的心情悄悄地进行制作。因为，如果她们在剪帮或打底时不慎发生断线、底裂等，都认为是不吉利的。

因此，每个姑娘们在开始制作嫁鞋的时候，首先要在心里默默地祷告，希望把新鞋做得顺顺利利，不出差错。特别是纳鞋底时，她们都选用崭新结实的布和麻线。一针一线地精心制作。鞋底打成以后，便选择精细布料做鞋帮。过去用家织斜纹布或花椒布，近年来已取用红色的灯芯绒，或黑色金绒，有的用精布做里、桃红色绸子贴面。更为重要和使姑娘们费心的，是鞋面上的装饰。因为这些装饰寄托着她们美好的愿望和幸福的憧憬。所以，她们的鞋面上，有的绣上比翼鸟，有的绣上翩翩起舞的彩蝶，有的绣上并蒂开放的鲜花，有的描出双双戏水的游鱼。真是情寓其中，韵味深长。

出嫁新鞋做成以后，姑娘们把它藏在箱底，不轻易给人观赏。偶尔给嫂子们看一眼，或深夜游方归来，有一两个知心女伴在时，取出来玩赏品评，又神秘地藏入箱中。出嫁时，当戴上父母制作成的银花首饰，穿上新衣裙以后，她们才羞涩地取出新花鞋穿到脚上。然后，心绪万千地离开爹娘和姐妹缓慢地踏上去夫家的道路，开始新的生活。

苗寨的桥

张希成

雷公山区苗寨的桥，纵横山涧沟谷，无处不有。桥给人的方便与好处太多太多，而苗寨的桥展示了苗寨又一个奇异风采。

在雷山，无处不是桥，无路不架桥，这是山区沟壑纵横的地理环境所决定的。遍布雷山的木桥、石板桥、水泥拱桥、苗寨风雨桥，还有“阴人桥”等，于是有人称，雷山是“苗岭桥都”，是桥的“王国”。不错，在县境内，除“阴人桥”外，大小桥梁有2000多座，散布于山乡的大道、小道以及大小沟谷上。有的桥如被洪水冲走了，当地人会重新修架起来；也有桥因日久而腐朽再不能使用时，村里人又要更换新木桥，总是保持行路畅通。在县内各地，有沟必架桥，无水的旱沟也架桥，有长跨桥、短跨桥，有高架桥、矮架桥。

雷山的苗寨水乡，桥多的地方，往往方圆十里数十桥，或一里数桥。有些苗寨，环山映水，竹木掩映，处处有小桥流水人家，更显苗寨特色。

苗寨的桥，所引发的桥文化，是苗族原始文化的一部分。苗寨村边的桥，有些在桥头安个陪桥的小菩萨庙。桥在不少苗寨被视为神化物，每到敬桥季节，不少有“桥缘”的人家捉鸡鸭去敬桥，临桥割禽取血洒桥身，还在桥头烧几炷香与几绺纸钱，同时摆上些鱼肉糯米饭以及洒点米酒于桥头作祭，以此企盼桥神灵验，确保一方平安；每年早春二月二，有些村寨，民间习惯为祭桥煮红蛋，并用红蛋喂娃，以示健康成长。诸多列举，在雷公山区苗寨中，成了千古习俗，世代相传。

雷山是贵州林区之一，有木便用来架桥，也许桥缘独在杉乡之故吧！苗寨凡建木桥，尤其在村边寨中架木桥，是很讲究循古习的。在雷山苗寨中，架桥用木，一般用杉木，且是择日伐木。在山上选杉木必须够规格，即杉木粗大且又通直，才为桥的基本用材，排列桥木数量以距村子远近而定，一般以单数为准，桥面削平，跨度长的木桥需在中腰部或两排相接处套上木箍以紧桥，使其牢固，以便人畜安全过桥。搭桥木之根端，自古以来必须朝向架桥之人的村寨，顶端朝向大山，意在福来以顺木至寨，保全寨人。尤其架在村边或与村近距离的桥，需择日而架，搭建好后还要聚众杀猪祭新桥。在寨上理老一翻敬祖宗语和架桥吉利语之后，所杀之猪拿给全村老少食用，意在团结架桥，齐心护桥，得福共享。

尤为有趣的是，雷山苗族村寨中，不少农家门前，架一平地旱桥，亦称“阴人桥”，古习是三根杉木枋料，约 70 厘米至 1 米长，刨土而架，与路面相平或稍高路面，意在以架桥接福，保佑家童健康成长。有的在屋前或村里小坝边立上一两根独木坐凳，也以为桥。一些村寨，将所架横沟桥和旱桥称之为“桥爷”加以珍视。过年过节时，就是十里二十里远也得前去先祭之后方回家用餐。

不同风格样式的桥也见证了时代的进步。雷山县城，一条从雷公山淌流来的丹江河把县城隔成东西两半。旧时代，人们要到对岸，只有靠几条小木船。到了 1957 年，县政府出资架设了一座大型木桁桥，由三个桥墩、两段粗木相连而成，总长 55 米、高 8 米、宽 3.1 米，解决了东西两岸的通行。这座木桥与县城相伴了 29 个春秋。1986 年 6 月，一座水泥拱桥替代了这座木桥。

县城仅这一座桥，人行拥挤带来诸多的不便，后又在该桥的上游与下游分别架了多座水泥拱桥。

随着县城的开发建设，于2002年11月在教厂坝跨河建成了目前县城最大最长的水泥拱桥，桥长80米，宽20米，除车道宽11米外，两侧人行道各宽4.5米。两边桥栏，还装饰了好看的花杆，给人一种气势恢弘明快之感。每一座桥犹如一朵硕大的花卉，朵朵绚烂无比。

好的环境吸引了诸多企业人士，由香港汇通国际金融公司投资5000万元，在县城下域响楼处兴建一个2万平方米的巨型民族文化广场（含芦笙堂）以及占地50亩的汇通国际酒店，此处的芦笙堂号称黔东南苗族侗族自治州最大的苗族芦笙文化活动中心。县水利部门预算投资50万元于此地修一座大型苗族风雨桥。这样，从县城响楼至排卡苗寨仅长达4公里的丹江河上就架起了七座大型水泥拱桥，每座桥风格各异，不但为县城大增秀色，人行车往也方便了许多。雷山县城的桥与县境山村诸多木桥紧紧相连，真切地组成了不愧称谓的“苗岭桥都”。正是这些桥，迎送了一批批中外宾朋，赢得了他们对苗乡桥的一片赞美声。

朋友，在感叹苗寨桥的同时，还有震撼人心的是，雷山有桥的地方，即是山水与林木融合、风光秀丽的地方，也是空气最清新的地方。通过人行之桥以及媒介的“桥”，宾朋相约而来，游人在与民间民俗共融的同时，于山涧林中洗肺，有益于强健肌体，心间必是烙印至深，于桥之益得，无不是“桥”的作用呀！朋友，耳闻不如一见，只有亲临雷山体验吧！“苗岭桥都”之地，这不就是一处人生旅途的“驿站”以及一处难得的“怡然舒心地”哇！

故土风情

杨应光

故乡，已被家乡父老乡亲的汗水漂得苍白。但我总是记忆，故土的风情。曾有古朴和茂盛，永远凝固在我的心里。

总有声音在呼唤，呼唤遥远的往事。透过古老的风情，我分明看得见，我们的始祖，穿越一个个风雨如磐的黑夜，穿越一重重狼嚎虎啸的原始森林，艰难地跋涉在沉重而孤寂的漫漫长途，定居在我们现在叫做“故土”的地方生存繁衍。而后，用风情奶大我们一辈又一辈人。

站在历史的山谷，我听见木鼓在我原始故土的上空“咚咚”擂响，就这样不卑不亢荡响了多少世纪，乃至永远；悠悠扬扬的芦笙，让我的先祖，为寻找一种美好而辗转盘旋；震山撼岳的龙舟号子，在短桡激水中吼醒摆尾神龙，波动琼楼玉宇；合拍而响彻云霄的木凳歌舞，煽动所有的古老激情；扣人心弦而“吱吱”割裂沧桑的爬刀梯，先祖一步一步爬上云霄，一次次拨开黑云，最终给人以光明……

父老乡亲宰牛歃血，祭祖祀典，招魂送瘟。溅满生血的石头，你可负载得起我父老乡亲沉重的嘱托?

许多节日，一茬一茬播种爱情，山歌清澈透明，诱发恋情。在气候金黄馨香的时节，抢婚问嫁，接亲讨情，一时，我淳朴的故土，有鞭炮炸得天响。有清醇回甜的米酒，有切切温柔真情，浓浓淡淡，淡淡浓浓，沁人心脾。于是——

抒情的酒歌，蔓延……

悠远的飞歌，蔓延……

缠绵的情歌，蔓延……

故土风情，是我先祖生活的缩影，是我生命的永远牵引，延伸……

酒　　歌

杨应光

金秋，泥土分娩稻谷之后，清水就被我们的母亲酿造成酒，成诗，然后狂饮，然后吟唱，醉了一冬一冬的人。

酒这精灵，清醇透明，是母亲的乳汁，是母亲的仁爱。品上一小口，我至今才感悟人们说苦谓甜是一种可贵的淳朴。

遇喜或丧，举起杯，做一种拥有或失去的洒脱，高一声低一语感怀一切，说声：干杯。

就有歌飞扬起来，从心里，从嘴里。

歌好浓，犹如八月的桂花，馨香的酒精飘荡如情丝，悠悠洒满整个季节，弥漫在我父老乡亲心的底谷。我憨厚质朴的父老乡亲哟，捧着土酒碗，搂着肩，启开抒情的唇，于是，酒歌流溢。这酒歌里，没有唐诗红豆的韵脚，也没有宋词婉约的格律，却有李清照的凄凄惨惨，有一把杨柳一把羌笛一份桃花潭水的深情，月盈盈，酒盈盈，我的父老乡亲，搂着腰，搭着肩，放开情怀，唱着，醉着。醉着，唱着。

一片真心，一份爱意，在互相的对答吟唱中，溢满祝福。

此刻此景，每首古朴的酒歌，比酒本身还要令人——回味悠长。

山 歌

杨应光

很累的时候，很苦的时候，我总想倾听山歌，倾听很古老很悠长的山歌。

山歌，这乡土的情歌，曾经是父亲母亲们叩开爱情之门的手指，是他们永远魂牵梦萦的流行歌曲。你可以到深山里去倾听，樵夫那浪漫萦绕的心曲，有一种渴望一种骚动徐缓触摸你的心扉，你会为之静穆；你可以到依山傍水的苗寨，看节日的姑娘小伙相互对答吟唱，那些土生土长的情歌，定能煽起你曾经冷寂的激情；还有吊脚楼里为庆丰收、接亲讨情而飞扬起来的山歌，一种柔情一种温馨会抚平你创伤累累的心灵。你会感叹苗家汉子的粗犷，苗家女子的大方。如果感动，启开你的歌喉，唱首山歌，唱首山歌。

山歌明珠一样灿烂，水一样清丽，诗一般隽永，那种情怀，是我永远的境界。

如果很苦，唱一首山歌，流流泪，再唱一首山歌，就这样也能过日子；如果很累，听一首山歌，再喝一大碗酒，再听一首山歌，这样便能消除疲劳。唱唱山歌，我们会自己为自己感动。

可是，是时代的进步湮没了山歌，还是山歌自己湮没了自己。我熟稔的山歌，渐渐陌生起来；我爱恋的山歌，渐渐沉默起来。你只能在喜庆的日子，看苍老的父辈启动嘴唇开怀歌唱，你依然感动不已，可是，你会痉挛的心痛，你看见与你同辈的人木讷的脸，木讷的嘴。你虽然知道年轻情人的低言细语里也像山歌一样有闪亮的哲理，可是你还是感到痛苦，你接受不了古老悠长的山歌因为时代的更迭而泯灭。

山歌，滋养你祖祖辈辈的山歌。

其实，山歌没有走远，它和所有的爱一样，驻留在你的心里，而且，常常还晃动着亮丽的色彩。

飞　歌

杨应光

正是过得舒心的日子，看门前青山绿水，江山如画，仓内五谷丰登；听圈中猪叫羊咩，六畜兴旺，屋里欢声笑语。突然，一声长吼，高亢昂扬、热情奔放的飞歌，如高山蝉鸣，伴山风乍起，从山顶，越过村口高大的老枫树，源远流淌而来。

山因此变得更恬静、更幽邃。那歌声有如秋天的硕果，在我的眼里沉甸甸荡响；有如满坡花香里脆脆的鸟鸣，掠过耳畔给予我欢愉的光泽。薄薄的婴儿降世啼哭声，亦然如此。

我那情感的断层，被其恢弘的音色灌得如痴如醉。此刻，唱一曲缠绵如初恋的流行歌曲，已无法牵住我的魂归。

让喧闹的世界静谧下来吧，百灵不再歌唱。好斗的画眉不再一争雌雄。你看见山鹰因此而在山巅之上盘旋吗？你是否领悟到了凶神恶煞的猛兽因此的含情脉脉。山地辛勤耕耘者，犹如被摄走魂魄一般，凝神聆听的站立姿势，成为一种风景。小憩的老汉，深深吸起一口老叶烟，慢慢回味，细细品尝。

沉默的滋味在我的血液里，流淌。

淳朴的风情在大山的谷口，流淌。

有汩汩的山溪为之轻轻的和弦，在伴奏；有跨世纪的风，在刮过枫树的顶端时，把我们的飞歌，传得源远流长。

源远流长。

自然壁画“月亮女”

张希成　张希才

步入风景闻名遐迩的雷公山腹地——雷山县西江镇黄里村，真有百步一景的感觉。两条穿寨而过的清溪直伸百里，在350户吊脚楼群的掩映下显得秀丽无比。庚溶扇（地名）的自然壁画“月亮女”便是诸多自然景观中尤为突出的的一景。在黄里，不少人为之倾慕与传唱。

2002年年末的最后一天，我俩慕名而至。早在我俩童年时代，就已实见风景靓丽的庚溶扇崖壁自然画图，现已过半个世纪，这幅自然壁画尚存么？这自远古地球异化后形成的自然壁画，如今怎么了？我俩带着疑虑与探究，前往此处。走不多远，悬挂在如坛型山涧中的三级瀑布即映入眼帘，壮观无比。再往上爬，就在离瀑布上方约50公尺的一堵山崖上，找到一幅活生生的自然美女画图。栩栩如生的立体画图，在那青灰色崖壁的衬托下显得神色有加，画上的她，披着齐肩头发，穿着一身灰白间淡黄色长袍，像是腾空而去。画中美女灰白色的五官凸凹分明，一双凹下而又明显的双目，向南放眸，有如逆风束襟奔飞，真是天工巧作。我俩攀岩向上细看，或是在距五六公尺下方的山路看去，画人呈飞状，面目清秀，人面直径约20公分宽，身长约80公分，其状清朗诱人。看上去，不曾经受岁月风蚀侵袭，反而由于自然的造化，滋生岩苔以美化之故，更是美轮美奂。

这奇景，真给人一种兮兮神秘之感。

雷山茶趣谈

张希成

雷山茶近年闻名遐迩，远至北美、南洋，“进贡”京城，驰名中外。

一展风姿

翻开近年各类报刊、图书，均有关于雷山茶及其效用的记录。新闻媒介广传了雷山名茶，短短数年，雷山名茶享誉中外。

从20世纪70年代中期起，雷山县政界领导者从忧虑中反思，从后进中奋起，为了发挥山区优势，在全县进行了合理布局，开辟了茶园，其茶园面积一跃达到6000余亩。1987年后，又有3000农户新辟茶园4000多亩。茶叶产量也渐年递增，仅1989年，全县产茶数量达4.9万公斤，产值110万元，并有上升趋势。

发展雷公山名茶，是黔东南苗族侗族自治州、雷山县与雷公山保护处的扶贫项目。保护处从实践中认定大力发展茶园是保持生态平衡、保护森林资源的有效举措，主动配合雷山有关部门支持区内群众种茶。仅两年多，海拔较高的陡寨、乌东、脚尧等村寨已种植700余亩，茶园葱茏异常，经采摘加工，又一一证实质量极佳。发展雷山茶，绿了山，还了生态，得到诸家好评。

雷山茶品质上乘，知名度高。只要你出差到省城贵阳等地，凡闻知你是雷山人，便有人出口问茶，然后掏钱托买，或索性至厂家购买的；雷山茶厂，门庭若市，慕名前来洽谈生意的、参观的络绎不绝。

凡喝雷山茶者，尤其喝银球茶、天麻茶、清明茶、云雾绿茶、云雾翠绿茶者，无不称好。喝雷山系列药茶的，则说效用奇特。当今市场经济，产品竞争激烈，不创优即被淘汰。雷山银球茶叶公司据有关资料，利用雷公山野生天然药物，科学制成的三尖杉杜仲茶、乌骨鸡茶等保健产品，有疗效神奇之说。一位日商给银球茶叶公司来信写道："我儿子有只胳膊疼痛多年，虽经多方治疗但一直抬不起来。然而喝了中国雷山乌骨鸡茶半月后，手却奇迹般地抬起来了。所以特来信购买此茶，不知能否办到。"为了满足客商燃眉之急，茶厂当即办理邮寄。省城一位处级干部托笔者专购三尖杉杜仲茶送上。他赞叹此茶灵验，说他母亲八十高龄，患有高血压等病，喝了雷山三尖杉杜钟茶后，果真神奇般地好转。

雷山茶名望高，国内，中南海每年专购一批银球茶，北戴河宾馆接待贵宾少不了此茶；多个省、市均有销售，为满足消费者需求，雷山银球茶叶公司在上海、北京、无锡、广州及省内各地设有经销点，雷山名茶供不应求。远销日本、美国、新加坡及港、澳、台地区。1988 年曾荣获全国优质保健产品奖"金鹤奖"的天麻茶及银球茶，经省科委推荐参加了在德意志联邦共和国法兰克福市举办的"中国周"科技成果展览；曾荣获部优产品奖、首届中国食品博览会金奖的银球茶，于 1989 年 8 月参加了在泰国曼谷举办的中国星火科技成果展览；那构成奇巧、匠心独具、外形俨若龙珠的雷山银球茶，因世人推崇，被载入《世界名牌产品·中国分册》系列丛书，驰名中外，成为举世知名的饮品。

究溯其源

雷山茶之所以茶优名扬，除有名家高手参与加工之外，还在于雷公山这块沃土特定地理位置、特定地质地貌与得天独厚的土壤、气候。新建的3000亩雷山银球茶叶基地均在海拔1300米以上，这里，常年云雾缭绕，年均温度在15.5度以上，年降雨量在1300－1600毫米；年阴天雾日达200天左右，年太阳辐射能为87.2千卡平方厘米，其中漫辐射光达60%以上，这样的气候条件正适合种茶。这里，多沙质黄壤、黄棕壤，土层深厚、疏松，土壤有机质含量为6%以上，PH值多在4.5－5之间，这正是适合种茶之地。加之种植茶树的地带，多是阴山沟谷，到处可见泉水，土壤水分高，因而茶叶叶厚，内质丰富。综上所述，雷公山，是中华西南大地上又一块种茶名地。

追溯雷公山茶史，不论古原始林野生茶树和引进种植茶树都有发现和文字记载。在海拔1500米上下的雷公山腰处，凡古人居住过的地方，都有人工栽培茶树的遗迹。雷公山自然保护区的核心区雷山县境方祥乡格头村的郑家山上，现有茶树一丛丛，虽是灌木伴生，可仍长势茂密。据记载，道光六年（1827）间，此山住过一位姓郑的人家，他自己屋前房后种植了100余亩茶树。树迹尚存，成了当今茶迷者对雷公山茶研究的一块难得基地。从著名的千户苗寨西江镇徒步上雷公坪的半腰处，也有古人种植的茶树，迄今葱茏茶丛。

中国茶史，可歌可泣。早在神农时代，我们的祖先就已发现茶树的鲜叶可以解毒而做药料饮用。秦汉时代《神农本草经》记载："神农尝百草，日遇七十二毒，得茶而解之。"当今，朝夕说茶、弄茶，是民间众户日常生活"柴、米、油、盐、酱、醋、茶"中不可缺的内容。下至百姓会见亲朋好友，上至宴请国宾，皆离不开它。雷山茶不仅本地人所钟爱，而万里之遥的人亦喜欢饮用。

中华名茶济济，各家加工自有良艺，可雷山研制茶者，总是技高一筹。1990 年全国评茶委员会 12 名成员中，雷山银球茶叶公司经理、工程师、共产党员、银球茶研制的专利获得者——毛克翕同志，便是其中一员。去年 6 月上旬，毛克翕赴广州，和全国茶叶研究权威者一起，为大中华评茶选优。雷山因出名茶而又出名人。名茶、名人又造就了雷山的茶文化。

力争升华

雷山茶出了名，有人说，在外面，知道“银球茶”的比知道有个雷山县行政区域的人还要多。这说明银球茶的知名度之高。有人形象地说，雷山银球茶成了雷山的象征。如今，同仁及名士关注的，不仅仅是产品质量的更上一层楼，还希望在产量上上升再上升。发展名茶，除注重销售渠道的畅通外，还得增加技术力量，进一步发展茶园面积。众望所云，还需政界思想统一，切莫顾此失彼，要视茶产业为发展雷山经济的支柱产业来抓。

雷山茶叶美，苗寨米酒醇，这正是浓郁的雷山民族文化的组成部分。正如俗话说的“莫道醉人唯美酒，茶香入心能生情。”

大山深处匿古物

张希成

高原明珠雷公山，是藏匿古物之重地，难怪，雷公坪被列为贵州省文物保护单位。

自古以来，雷公山就是贵州的绿宝石，是植物的基因库，莽莽苍苍的原始森林遍布于黔东南的西部。著名的清水江与都柳江的主要源头，就出自雷公山，她养育着黔东南世世代代的各族人民。雷公山不仅是黔东南的植物宝库，且是历代兵家必争之地。咸丰五年，苗族英雄张秀眉、杨大六领导的黔东南苗族大起义，义军的行动始于雷公山，其主力出没于雷公山，最后亦落败于雷公山，前后历经 18 年。全国解放前夕，国民党残余势力借雷公山进行反动势力的最后挣扎，最终在雷公山被我军围歼。

雷公山义军在长达 10 多年的轰轰烈烈的斗争中，有许多当年的筒枪、矛叉、长短剑等兵器与饮具散落于山坡上、村寨间，因而雷公山上以及山上的诸多村寨，都匿藏着诸多的古人遗物。

随着当代人因生产生活的频繁涉足，有不少陡寨、雀鸟、格头、平祥村以及西江的村民，在劈山刨土、修沟引水、砍柴割草和采集野菇时发现文物，并拿回家保存的；可也有少数村民不懂其含义而视为废物砸坏的，此情况数量虽少，可也实在可惜。

就在格头村一处古称“秀眉营”的地方，格头村民从这儿捡回家的古人炊事用的铁三角达 20 多个，大鼎罐 20 个，抬回家的石臼 10 多个，长剑、火药管枪、大矛叉 10 多件，开山锄 8 把。

格头村民、保护区护林员杨光华于 2003 年 11 月 14 日在怎你地方巡山时，发现一把锈迹斑斑却还完好的一米长剑，该村的村民杨松五年前拾回当年义军炊事用的一个铁三角。雀鸟村民罗安昌于 2002 年 2 月在党别杰地方捡回一把指挥刀（一米长剑）。该村村民杨昌富等三人在几年前一次上山扯挖八月笋时发现重约十来斤的完好大鼎罐，时值傍晚返家，每人都已肩负重担，谁也不愿抬回，最终丢弃在竹丛之中。雀鸟 70 余岁的梁者迭老人于 15 年前在干者溶地方捡回一个珍贵的玉石烟斗，抽叶烟时可见反射的动物图案，可惜在酒会后被窃。格头村民杨文峰于三年前在山上捡回古人开山锄三把，现存家中。

海拔 1850 米的雷公坪下的雷山县陡寨村，20 多年来，不少村民在雷公坪捡到雕刻有字的古石碑，有形似汉字的古石碑残片，该村村民杨炳森 10 年前捡回有 10 个字的残碑片；他的一个邻居也捡回有 4 个字的残碑片，其字如鸡蛋般大，至今无人释疑，成了千古之谜（笔者都已拍照片）。还有另一邻居在雷公坪捡回一个草绿色且完好的搪瓷罐，外雕有腾龙图案，颇为美观，现主人用来盛食用油。

靠近雷公坪的方祥乡各村寨收藏着诸多古物，雷公山西北方向 20 里的西江千户苗寨不少村民也曾从雷公坪捡回不少古物。西江镇东引村 4 组村民龙保应，10 年前从雷公坪抬回一套用于食品加工的石磨盘，石色全红。其邻居三户，各捡回一口铁锅。据史料记载，雷公坪地下、沼泽底下散藏着诸多文物（笔者深入采访中得知，10 多年来，一些非法收购者在雷公山上各村寨廉价收购以及拓片的文物不少）。

据西江千户苗寨寨老侯昌德著文及其搜集史料证实，苗疆腹地早在清朝兵燹战乱之前，雷公坪就有雷公山区苗家人的群体部落居住，曾设“苗王”，苗话叫“往方薅”，世代相传。该处的老屋基，环山落居，其屋基遗迹层层叠叠，现还依稀可见。坪外、坪口设置隘卡多处。因当时生存生活所需，其简单的兵器、乐器、炊具等会遗留下来许多，以后又因不断移居雷公山区其他各地，因而古物散失较多，因而被当今村民见到并捡回。

再附一笔就是：就在雷公山腰，有一处极为神秘且人迹罕至的距雀鸟村不远叫虎榔隆（水沟头）的地方，有一个奇特的深石洞，洞内有洞，洞外还有洞，县机关干部罗安仁等三人与雀鸟村干部和村民组成的探洞小组，于 2002 年 5 月的一天入洞探秘，走过古人用石板伪装的洞口，进入约 10 余米深的黑洞内，洞内可坐八九个人，用电筒一照可见一堆遗存谷糠物，年代久远，糠物陈久异化色黑，可证实洞内曾存稻谷粮物。邻洞还遗存木炭与碗片等，证明这曾是古人生活、居住之地。雷公山深山中，还另有一些神秘洞穴，至今当地无人敢探。

本文的记载仅是一鳞半爪，但足以证实大山历史不俗。如此耀眼的高原明珠雷公山，其中匿藏的古物事，有些闻所未闻。雷公山确实是一座宝山，值得当代人大力探寻和加以保护！

同心圆

杨应光

你见过雷公山的山顶么？

你到过雷公山深处密林里的苗族村寨么？

你听过悠扬的飞歌么？

你吃过苗族的酸汤鱼么？

你喝过绵厚醇香的苗家米酒么？

你穿过银光闪闪的苗族服饰去踩鼓点么？

你吹过响亮的六管芦笙么？

没有，那你就带着作为一个旅人的心情，到雷公山去，到西江千户苗寨去，去体会那浓浓的苗族风情；迈开你悠闲的步子，踩着鼓点，钻进那银光闪闪的芦笙场，那歌的海洋、舞的世界里去吧。

总是重复的芦笙调子，总是重复的芦笙舞步，你跳久了，便会觉得索然无味而悄然退出芦笙场。芦笙场太大，没有谁会留意你的进退，你的去留。退出芦笙场，站在场外，你注目周围，你会迷惘：总是重复的芦笙调子，总是重复的芦笙舞步，你只跳几下你就觉得索然无味了，他们为什么依然那么兴趣盎然？

你不知道，所以你迷惘。

你会思考，把整整一个苗族凝聚在一起的力量是什么？在芦笙场，你会发现答案：一只铜鼓或木鼓，一支鼓槌，几把六管芦笙，仅此而已。

仅此而已么？

每一个民族，他们之所以生生不息，是因为他们有自己的凝聚力、号召力、战斗力，有他们团结凝聚的向心力。这种向心力组成了民族的同心圆。苗族人民把跳芦笙舞看做是苗族节日最隆重的项目，最伟大的项目，而一切伟大而又隆重的事物，从外面看上去是一种无可抗拒的力量；从里面看，则是一种无比智慧的秩序。

每一个民族都有自己的一部历史。苗族的历史不用书来传承，他们用心，用歌，用一年一度的节日去传承。那是根深蒂固的血缘的传承。是亘古而永恒的精神的传承。我们没有必要花精力去探究，一只铜鼓或木鼓，一支鼓槌，几把六管芦笙，为什么成了苗族凝聚力的所在。

你看见那些脸上充满幸福笑容的老人悠然轻松的舞步了么，你看见那些年轻媳妇和姑娘们张扬而疯狂的舞步了么，还有那些奶声奶气的小孩子们，四处张望而走着撞着，撞着走着，令人忍俊不禁捧腹而笑。实则是，无论大人或者小孩，他们从小就在母亲的怀抱中听着妈妈的歌声，在母亲的背上参加载歌载舞的庆典、祭祀和各种聚会。因此，几把六管芦笙酿造的音乐与舞蹈已成为他们生命中的一部分，如同空气与阳光，没有歌舞就没有了人间的欢乐。

但是，苗族并没有因为自己有一个属于自己的同心圆而封闭自己，因为他们知道，一个民族如果不能正视外部世界，也就一定不能正视自己的历史。当苗族芦笙——这世界上最高大的管乐器在莫斯科克里姆林宫红场引起轰动的时候，当苗族芦笙撼动了整个欧洲的时候，苗族芦笙丰富的表现力让世界音乐界刮目相看。那仅仅是芦笙么？那仅仅是苗族的芦笙么？这时你才感知为什么总是那重复的芦笙调子，总是那重复的芦笙舞步，你只跳几下你就觉得索然无味，而苗族群众为什么依然那么兴趣盎然了。芦笙，是苗族乡亲们生生不息的根脉所在啊。

每一只铜鼓或木鼓，每一支鼓槌，每一把六管芦笙，每一曲心旷神怡的笙歌，都浸润着历史的痕迹，积攒着苗族文化艺术的风尘，最终它成为苗族凝聚力的所在，你不能不由衷地赞叹这是一个奇迹。

来的都是客。别站在圈外，迈开你悠闲的步子，踩着鼓点，钻进那银光闪闪的芦笙场，那歌的海洋、舞的世界里去吧。这样，你会更加深深地领悟到，一只铜鼓或者木鼓，一支鼓槌，几把六管芦笙，为什么成了苗族乡亲们生生不息的根脉所在！为什么成为苗族凝聚力的所在！为什么成为苗族人民的同心圆！

芦　笙　情

杨应光

流传了多少年，握在手上，含在嘴里，为一种思念、为一种倾吐表达了多少年，无人知道，只在逢年过节、婚丧嫁娶、探亲访友时，村村寨寨、老老少少、乡里乡亲，吹响芦笙、歌舞狂欢，你才体会到幸福的真谛，感觉到故事很真实。

木鼓敲响了。人们在宰牛献血祭祀先祖之后，芦笙四处响起。芦笙坝上，人山人海。年老的穿起雄衣，手拉手地围成一个属于自己的圆圈，从容地踏着舞步，岁月刻画在脸上露着满足与幸福的笑容。小伙子，吹响自我心声，一副虔诚求婚的面孔，向意中人讨花带。看绑在芦笙杆上的花带哟，是那穿花戴银顶着牛角的姑娘们日日夜夜，一针一线的丝丝缕缕情。自豪和恬静，在此刻飞上眉头。

想象的翅膀已然听见迎亲的鞭炮炸响，一路欢悦的《迎亲曲》，偕同新娘银饰的“锵锵”声响，弥漫了爱情的旅途。风正好，潇潇洒洒，刮过。

寒暑易节，我的芦笙，从膜拜中醒来，看一眼受寡的老枫树，彻底的，响起来。

走出大山的人，无论你是在寻找一种人生的辉煌，还是再次作背手无奈的旅行，时代老去，你的身上依旧洗不尽故土的风情……

我爱西江的美

唐秋玉

丙戌年的春天，我背着铺盖，来到西江镇工作。从此我经常流连于西江的山水之间，徜徉于千户苗寨的石径小道之中，渐渐地，我感觉到西江是这样的美，我深深地爱上了西江。

我爱西江的环境美。在雷公山的北面，有座海拔 1800 米的高山平地雷公坪。一条源于雷公山从雷公坪峡谷中淙淙而来的白水河，在冲出深山峡谷以后，便平缓地向西北而去。在白水河两岸，有千户苗寨依山傍水相毗相连，分布在白水河畔，这就是有名的西江千户苗寨。西江千户苗寨是由平寨、东引、也通、羊排、羊欧、南贵、乌嘎等 12 个村寨组成的，寨子与寨子相连，被称为“护寨树”的枫香树、梓树、松树等一棵棵、一丛丛苍翠挺拔、蓊蓊郁郁，荫蔽在寨上或寨头寨尾。全寨共 1288 户，5407 人。有苗歌赞美西江说：“白水河畔有个村，它的名字叫西江。中间层层吊脚房，两边梯田水汪汪。山清水秀风物美，寨上人人好心肠。杯杯美酒迎客人，曲曲飞歌过山梁。逢年过节更热闹，芦笙吹得多悠扬。年轻小伙气豪爽，姑娘扮靓神采扬。西江真是好地方，一片欢乐呈吉祥。”西江千户苗寨于雷山县城的北面，背靠雷公坪，前临白水河，山环水绕，怡静清幽，多么秀美的环境！

我爱西江的传说美。在西江，我听说西江苗族祖先是先定居在雷公坪上，但雷公坪海拔高，不宜居住和种植。一天，其先民引虎飞和莫虎飞兄弟俩牵狗打猎，来到白水河峡谷中。引虎飞纵狗逐猎，让狗往山下钻。当这条狗回到引虎飞身边时，其全身湿水，狗毛粘满浮萍。引虎飞、莫虎飞两兄弟非常惊喜，便顺着狗返来的方向下去，来到离河不远的地方，地势平缓，比较宽阔。其间有口水塘，长满浮萍。有浮萍之地就能种植稻谷。引虎飞、莫虎飞两兄弟大喜，庆幸终于能找到一个立足生存之地。于是返回雷公坪、带领民众，来到这宽敞的峡谷中，砍伐林木、开垦土地、建立家园。现在，这口让西江人决心定居于此的水塘还在寨中。因这里山环水绕，形成一个山凹，于是取名为“仙疆”，即“山凹凹”之意。引虎飞、莫虎飞的后裔代代繁衍，生生不息。至明末清初，已发展到有600多户人家，且有了平寨、羊排、羊欧、东引、也通、南贵、乌格等几个寨子。几百年中，这些寨子之间是不准通婚的，要谈婚论嫁，就得爬山越岭，到小丹江一带找苗族的其他支系。由于山高路远，接亲嫁女非常麻烦。特别是苗族在娶嫁中都需包肉包鱼抬糯米饭，从“仙疆”到小丹江往返需三四天，使得鱼肉发臭，糯米饭变馊。后来西江几个寨子的族老寨老议榔决定：古有姜央兄妹开亲，我们谈婚论嫁以后不要再跑那么远了，就在西江中辈数相隔久远的男女中开亲。这是西江人互通婚姻之始。清雍正七年（1729）在雷山建丹江厅后，称“仙疆”为“鸡颈”。也就在那时候，清朝官员登记户数人口，觉得苗族父子连名重复较多，不便记录和清理，于是一律以汉姓冠之，就有了唐、蒋、侯、杨、毛、李、董、梁、龙、顾、陆等姓氏，这是西江苗族有汉姓之始。乾隆三年（1738），清还在当时的丹江厅境内设三司，即“鸡颈司”、“黄茅司”和“乌叠司”。这说明在270多年前，西江千户苗寨已是非常有名的了。后来人们觉得“仙疆”之名，笔画多、难写，且“鸡颈”之名，是清王朝所称而又欠雅，于是在雷山解放以后，把“仙疆”改为“西江”，简洁而又不改变苗音。我常伫立于西江苗寨中那口先祖们发现的水塘边上，体味西江美的传说。

我爱西江的建筑美。在房屋建筑艺术的百花园中，苗族“吊脚楼”无疑是建筑艺术的奇葩。你看，在雷公山麓的座座苗族村寨中，依傍山势，一幢幢吊脚楼房，层层叠叠、错落有致、美不胜收，被当代建筑师们称之为“建筑界的瑰宝”。而西江的吊脚楼，则是苗族建房艺术的精华。苗家人民历代以农耕为主，惜土如金。为节约土地，把较为平坦的地方都用来开成稻田。因此，建房均依傍山势而建，把房建于坡斜之上，屋后部与斜坡相连，而前部则用木柱空架，几根木柱排成一排，直抵地面，故称“吊脚楼”。

西江千户苗寨，寨子千户，楼房千幢，幢幢“吊脚”，鳞次栉比，层层相叠，次第升高，参差错落，极为壮观，表现出山居的民族，有山的性格、山的磅礴气势，壮啊美啊！

我爱西江的服饰美。以妇女穿戴来分，雷山县内有长裙苗、中裙苗、短裙苗。长裙苗中以西江千户苗寨妇女的服饰最为特色。西江苗族妇女服饰淳而不土，雅而不俗，多姿多彩，别具一格。

西江苗族妇女盛装为无领大襟衣，两襟在胸前交叉，微露部分胸肩和颈。衣服的两袖和肩、领镶有大块的装饰绣片，绣片上绣有龙凤和花鸟。下装为黑色长百褶裙，外套24条花飘带，花带上亦绣有绚丽多彩的动植物图案。全身佩戴银角、银雀、银花、银梳、银耳环、银项圈、压领、银衣片、银泡、银衣链、银手镯、围腰牌、头簪、银铃、围腰链、银耳坠、护头巾银片、银发绳等各种银制饰物，显得十分富丽堂皇，更表现出一个民族的辉煌与气势。苗族学者张晓因此说：“只有那种气势磅礴和历史悠久的民族，才能设计和铸造出这样的风格。”

2006年3月2日，雷山苗族女子，现任中国民族博物馆副馆长的韦荣慧，以“中国民族博物馆西江千户苗寨馆”的名义，在西江举办首届西江苗族赛装会。西江数百名妇女把自己珍藏或精心绣制的服饰拿出来展示。在“赛装会”上，共展示了2401件苗装，其中有的服饰已珍藏数十年，有的已有上百年，其价值每件在10万元以上。这些服饰大都布料纯正、制作精美、花纹图案都蕴涵深刻寓意，每件服饰都是一个故事或一段历史的记录。有的盛装上的图案是将一根本已极细的丝线剖开然后精绣出来，做工极为精细。评委们都说，这些绣品采撷雷公山山水草木的秀色，绣得极有灵气。这样美的服饰，就在西江。

我爱西江的歌舞美。西江是歌的家乡，西江的歌，有飞歌、酒歌、情歌等；西江人唱歌，男人唱得浑厚、女人唱得甜美。男女老少皆能出口成歌，像现在以高亢甜美的歌声传遍雷山、飞向域外的歌手梁芳，就是从西江走出去的。

西江，又是舞的海洋。芦笙是雷山苗族的主要吹奏乐器。吹芦笙要跳芦笙舞，芦笙舞是西江苗族男女老少皆会的一种舞蹈。芦笙是西江苗族民众生活的一个组成部分，他们的一生，无不与芦笙连在一起，从童年、青年、壮年，直至老年，每个阶段的生活情趣无不源于芦笙。襁褓中的婴儿，在母亲的背上便接受芦笙的熏陶；刚刚学步的孩子，也在芦笙场上随着芦笙曲转悠；年轻的男子吹芦笙，年轻的女子跳芦笙舞，芦笙场上他们表现得神采飞扬；年逾古稀的老爷爷老奶奶，在欢乐的芦笙场上拾回了他们丢掉的青春，焕发了他们年轻的风采。

每当过苗年之时，千户苗寨的芦笙场上，便吹响了悠扬嘹亮的芦笙，各寨的芦笙队带着自己寨上的舞者，在芦笙场上围成一圈又一圈，青年妇女们绚丽多彩的服饰，那巧夺天工的银饰，在芦笙场上张扬、闪耀。姑娘们穿盛装时跳的传统古典舞，舞步轻柔，双手同时向同一边甩动，进两步退一步舒缓自如；穿便装时的芦笙舞步反复回旋，粗犷张扬，节拍急速多变，舞姿飘逸蔓妙。在那芦笙场上，一圈又一圈，表现出民众的同心、和谐。每个人都可以自由地进入舞蹈圈中，展现自己、表现自己、显示自己、张扬自己；也可以从圈中退出来，静静地看着场内的舞圈，观览他们的服饰银饰、品味他们的婀娜舞姿，欣赏他们的面容神采。这是跳了整个历史的舞蹈、这是多么美的舞蹈、这是多么和谐的舞蹈！

美的西江、西江的美，深深地留在我的心上！

感受上郎德

杨应光

一

一日，我随几个外来的朋友去了一趟上郎德，回想起整个过程，我的心久久不能平静。缘于对自己民族的热爱，虽然对那些民族歌舞熟之又熟，但我依然抑制不住自己对本民族歌舞的热爱。于是我以歌颂和思索之笔，去触摸这个众人熟稔的村庄。

作为黔东南旅游线上的一个点，雷山县北大门的这个苗族村寨，无论在自然风光或人文条件方面，都很美，人气很旺。1985年，郎德上寨作为黔东南苗族侗族自治州民族风情旅游点率先对外开放；1993年载入《中国博物馆志》；1997年被文化部命名为“中国民间艺术之乡”；2001年被列为“全国重点文物保护单位”。其声誉驰名中外，是旅游观光、考察苗族文化、领略苗族风情的首选苗族村寨。鳞次栉比的吊脚楼、造型别致的风雨桥，依山傍水。碧绿清亮的河水潺潺流过寨脚。几架老水车在吟吟呀呀地吟唱着古老的歌谣。四面群山环抱，重峦叠嶂，翠竹绿荫。这吊脚楼，这风雨桥，这水车，这河水，这群山，加上这有阳光味道的清新空气，自然成了城里人和外国友人消闲的好去处，抒怀的好处所。抗清民族英雄杨大六生于斯长于斯，又造就了它别的苗寨别的旅游景点所没有的先天优势。

每一次从上郎德回来，我常想，上郎德，它汇聚了苗族建筑的所有艺术，因而它成了苗族建筑艺术的典范；它包罗了依山傍水小桥流水人家的景致，因而它代表了苗族山水人家的景致。水墨画一样的村庄，加上抗清名将的声誉，它因而有了“露天民族博物馆”的美称。村庄虽小，但它像一个搜罗齐备的博览会，细细品味，它却很盛大。

二

上郎德的盛大，在于它汇集了极具民族色彩的苗族村寨的自然风光、建筑艺术、民族风俗。

一切来这里观光的，不能不为这里翠绿的山水而叹，云：回归自然也。一切为建筑艺术和民风民俗研究而来的，不能不为这里的民族艺术而叹，云：博大精深也。再苦寂的人，也不得不放罢苦寂的心，分享这里的宁静、古朴和秀色。

没有抗清英雄杨大六的墓可以祭祀，但有杨大陆的精魂可以敬仰，那段民族历史足以让所有旅游者肃然起敬。就是他们踏遍千山走遍万水，民族的魂总是依附在他们身上。

我相信，一切为追求原始自然艺术之美和探索历史之沉淀而来的人，一定能带走超越自然和超越历史的感受，在一生的潜意识里蕴藏。

三

上郎德的名声，在于抗清名将杨大六的名声。数以万计的人来到这里，并不仅仅是观赏这里秀丽的山水风光。有道是：美不美，家乡水；亲不亲，故乡人。那里的山不是山，那里的水不是水。他们远道而来，在于目睹和领略这里繁华的民族服饰，精湛的民族建筑，优美的民族歌舞，浓郁的民族风情，以及用心灵祭祀民族英雄。仅此而已。

苗族的服装银饰，镶金嵌银，绣鸾缀凤，多姿多彩，繁华凝重，你可从中了解苗族的图腾崇拜。那不用一钉一铆全以杉木穿榫衔接的吊脚楼，工艺独特，气势宏伟，让人叹为观止。那优美豪放勾魂摄魄的民族歌舞和“小节天天有，大节三天一”的浓郁民族风情，令人流连忘返。名垂史册的抗清英雄杨大六，体现了民族精神的最强音。面对这民族精神，想人生，思荣辱，心灵便为之净化，游历一次，便是一次修身养性。难怪乎，人们总是不畏艰辛长途跋涉的去旅游。

我们的先祖，曾经战败而西迁，为生存而逃避，为不相互杀戮而逃避，是不是一种修身养性？

只要有爱，异乡便是故乡。

胸襟大了，世界就小了。

这是对千里长途辛苦跋涉的旅游者的一种报偿。

四

我为自己为苗族后裔，为有这么一个上郎德，为有这么一个抗清英雄，感到无比的幸福和自豪。我们去上郎德的那天，正好遇上一个外宾旅游团来观光。为客人洗尘和祝福的十二道拦路酒摆着，苗族姑娘手举着斟满了米酒的硕大的牛角。上扬的芦笙，下垂的芒筒，飞扬的飞歌，恢弘的铜鼓，同时而起。芦笙有一种辐射力和穿透力，铜鼓有一种感召力和煽动力，让每一个宾客为之翩翩起舞，我那几个远方的友人也按捺不住，融入这歌舞的海洋里。我虽生于苗乡，长于苗乡，对这些歌舞是熟之又熟，但我也不得不为之动容。

文化，作为一切文明的潜流，有它永恒的价值。小民族的民族文化更是如此。难怪乎鲁迅先生说：越是民族的就越是世界的。

五

曾叱咤风云的抗清英雄杨大六永远也不会想到，他用鲜血用生命去撞开的人生之旅，自己得不到，但却惠及子孙。旅游业的发展，拉动了其他产业的发展。他的子孙，人人脸上都洋溢着一种幸福。看啊，我们的母亲们姊妹们，手里提着放在竹编的绣花篮子里的苗族服饰、刺绣品、挑花品，布鞋、银饰以及小芦笙和一些竹编艺术品向客人兜售；我的父辈及兄弟们，吹着悠扬的芦笙和恢弘的芒筒，踩着激烈的鼓点，在宣泄着他们的满足。曾经因为封闭而贫穷的他们，终于跳出了小农意识，并且把我们苗族艺术推向了世界。虽然他们没有多少文化，但通过对外接触，他们知道，一个民族的民族文化价值在其历史传承，民族文化是一张网，罩着民族的过去和未来，把握住这一切，也就把握住无可替代的机遇与财富。接受新东西以及新生事物，结合本民族传统，创造一个有自我特色的社会是他们的所愿。

上郎德的人富了。生态农业、生态旅游让他们富裕，并且成了他们的一种生活方式。而他们的富，不再仅仅是吃饱穿暖。吃，他们讲究营养，但不铺张浪费；穿，他们讲究时尚，但不摈弃传统；住，他们讲究宽敞，但不放弃特色；玩，他们讲究新潮，但不丢弃风俗。

走出寨门，我和我的朋友们依然沉醉在那激越的民族歌舞中而未醒。雷公山旅游区的开发，给上郎德以更大的机遇和机会，他们将以什么面貌和心态去迎接这些机遇和挑战？站在寨子对面的山坳口，我回眸凝望着烟霭中沉睡一般的上郎德，思绪万千。我不知道上郎德能走多远，它的将来会怎么样。当然，我相信，他们只会越过越好。

上郎德的变化，使我想起了一句话：我们这一代最伟大的发现是，人类可以通过改变自己的态度而改变自己的生活。

美丽的千户苗寨

宋桂芳

遥远的呼喊，呼喊着遥远。

循着你的呼喊，循着你的真诚，循着你的静谧，一路行来，灵魂的呼喊，这是生命的召唤。感受这神奇的简单和简单的神奇，才知道与你的距离是一种精神上的距离，是一种心灵上的距离。你的诱惑是一种令人窒息的美丽。

我是一个不懂欣赏的人，但面对你，面对这可触可摸的具体的崇拜与景仰时，风俗的深奥炽热顿时变得栩栩如生。

你的古朴、原始，如这云般白得纯粹，如这天般蓝得纯粹。

天上只有一个太阳，地上只有一个西江。

你过于灼热，灼热到会灼伤每一个没有准备的旅人，你的光芒让我燃烧，我那颗虔诚的心，因你而再得新生。

我深信：神谕，只授给虔诚的人！

你日复一日年复一年的静默与诉说，早已内化为一种庄严肃穆的情愫弥漫于高山的每一寸空气中，庇护着这片纯粹的土地和淳朴的人民。

心存感激。分明一种强大的超越自然的力量在控制着你、监管着你、经营着你吗？让你如此逼真地感悟生命。我的千里迢迢、不辞辛苦只为了心中永远的千户苗寨。

千户苗寨服饰绚丽多彩、千姿百态，保留着古朴典雅的民族神韵，内涵极为丰富，是一部活动着的民族文化发展史。

千户苗寨的白水河啊！你是如此的纯甜，原始属于你，美丽属于你，朴实将是你永远的写照。

原始的森林，森林的原始。莽莽的竹林，蕴藏浩然正气，凝聚着苗族人民的精神与勇气，凝聚着苗族人民淳朴与美丽，在这里才真正感受到生命的力量。

随手触摸一块墙板都渗透一种热情；

随手捧起一把泥土都能阅读到一种感悟；

随手抓起一撮青草都能开启一个尘封的故事。

长久以来，我小心地呵护着仄仄的世界；选择这条精神之路，我的义无反顾是想对峙于各种冷遇和偏见。背着自己的骨头朝圣，日夜不停地奔走，我终于在这里——千户苗寨找到了答案。

生命有角度，青山隐隐，绿水迢迢；任磨破了脚掌我也要循着你的指引踏出一条磊磊落落的路来。

啊！千户苗寨！

那些过往的泪水和微笑！

那些沧桑的历史风尘！我永远爱你那纯洁美丽，永远爱你那古老朴实！

情系西江苗寨

韦向东

西江苗寨，一座露天博物馆，展览一部苗族发展的史诗。

走进西江苗寨，芦笙悠扬，铜鼓咚咚，银装闪闪，米酒飘香。唱歌哟，跳舞哟。苗家的世界平凡而生动。

西江苗寨，一张转动的光碟，刻录着苗族成长的脚印，播放着苗家喜怒哀乐的旋律。一首首轻快的飞歌从你心底里唱响。一首首悠远的古歌在你生命里低吟。

走进西江苗寨，谁的思想不在驰骋？三千里外，五千年远，我隐约听到了你迁徙的脚步在黄河边在长江岸踏响。

岁月在美人靠上穿越。吊脚楼在诉说着苗家的辉煌与沧桑。

西江苗寨呵，你那口传心记的人生能延续多久？你那漂泊的日子是否已有了归期？天地无语，群山不应，白水河在静静地流淌，一个民族就这样渐渐地走失于迁徙的路途了么？

梦游西江苗寨，不见了吊脚楼，苗家衣装的个性消失了，那些曾经熟悉的语言消失了，苗家的夜百灵也飞去了，留下的只是孤独寂寞和着一股浓浓的异味。

梦中的我哟，一串眼泪，滴成了一条长河。

也许梦醒来，西江苗寨的吊脚楼依旧鳞次栉比，苗歌依旧激越飞扬，银装依旧闪烁，古树依旧婆娑，人与自然依旧和谐相处。

也许……

西江苗寨啊，我期待着你个性的彰显，我期待着你明天的灿烂。

走近西江

余　敏

飘飘细雨无声地飘飞，如丝、如缕、如雾、如烟。细雨霏霏笼罩西江千户苗寨，烟雨中的千户苗寨如一柄打开的折扇，在眼前打开了一幅宏大古老的写意淡墨。

依稀朦胧中，有歌声从雨里飘来，幽幽婉婉，缠缠绵绵，歌中雨，雨中歌，纷纷扬扬，飘飘洒洒，似歌、似雨，似雨、似歌，满天飞舞的旋律飘洒往日时光，渺渺乎，心若脱笼之鸟，身轻如云飘行茫茫天宇……

十八年矣，同样是这西江千户苗寨，同样是这多情的黄昏、多情的黄昏烟雨，一位美丽的少女走进一个少年的梦，牵引出今生难忘的故事，烟雨中的回眸一笑，含情姣羞的神情，如划破长夜的闪电，瞬间，少年幽幽情怀。

从此，少年的梦幻多了几许诗情画意；

从此，这位少年久久追寻记忆中从未飘散如丝雨般的梦呓。

十八年前黄昏烟雨中的一幕哟，恍如隔世，又宛若昨天。

撑开的伞在手中悄悄收拢。满天飘飞的音符闪现清新的记忆，纷纷扬扬、飘飘洒洒……

一生中最美好的记忆，最美妙的时光就这样交给了西江千户苗寨，交给了这黄昏、这黄昏的烟雨。

在这西江千户苗寨黄昏烟雨中失落，就会在西江千户苗寨的黄昏烟雨中找到，哪怕是找到记忆中的一瞬，一瞬中的记忆。

呵，秋雨歌声，秋雨伊人。

千丝万缕的黄昏烟雨中，是谁久久地沐浴在无边飘洒的旋律里独思独语。

大　嫂

刘学敏

我6岁那年，20岁的大哥就结婚了，大嫂姓覃，比大哥长1岁。记得在没大人时，大哥偷偷叫她覃姐，还嘻嘻哈哈地吻她那红扑扑的脸蛋。我看见时，立即蒙上双眼。

大嫂1.7米高，像三月杜鹃花一样俏丽。说话声音比苗岭叮咚泉水还清脆动听。她做活很麻利，无论是砍柴割草栽秧打谷，还是犁田耙地样样农活都会做。只可惜没有文化。听大嫂讲是她爹不准她读书，说姑娘读书没有用处，长大嫁人便成“外人”了，有钱也不给姑娘读书，女子无才便是德，会做家务活才是本分。所以，她们乡下姑娘在娘家时，什么活都做，哪怕是伐木烧炭的重活。白天她们除了面朝黄土背朝天干活外，夜晚还在那青藤爬满的木屋里点上油灯，跟着母亲编草鞋，一边编，一边跟母亲学唱那一代代相传下来的山中情歌，有时也邀约本村姑娘互相学唱，一句句、一首首地熟唱死背在萌动的心里，永不枯萎。

据大嫂讲，她在家中做姑娘时，是有名的山歌手。每次她和母亲到外村走亲访友，都有成群的小伙子来找她对歌。她曾五十次唱败三江五水的乡下小伙们，被誉为女歌王。传说当地人编一首歌这样形容她：世间数姣会唱歌，唱得地球转落落；唱得阳雀败了阵，唱得山花红了坡。许多爱唱山歌的乡下小伙们想她想得血绷心，说媒的人来踩断了她家大门槛，只是没有谁有福气和她成双对。而她却嫁给了一个唱山歌像公鸭叫的人——我的大哥。

大嫂自从到我家后，就再没唱山歌了。结婚后就一头扑在农活家务事上，仿佛她山歌的细胞已全死亡。

我11岁那年，陪伴她上山砍柴，担柴回家路上，在懒板凳坳歇脚时，她见四处无人，便放开喉咙对着山山岭岭唱起山歌来，那歌声清脆婉转："自从嫁人五年多，从没唱过一首歌，山歌像条小毛虫，爬在喉咙痒梭梭。嫁人以后不唱歌，唱歌人骂风流多，白天做活夜早睡，莫给丈夫惹大祸。"

自那以后30年，大嫂闭口不唱一首山歌。

去年镇里举办山歌对唱比赛大会，已56岁的大嫂在大哥的支持下，也去报名参赛，结果她夺得了一等奖，大哥笑得合不拢嘴。

修路老人情怀

刘学敏

那天我去长丰堡，远远见你从田间小路走来，你魁梧的身材，矍铄的精神，肩挑一对撮箕，手提一把短锄。走近时，我问你老去哪里干活？你说前面进村的小路垮了，有许多人在那里跌倒，我去修整修整，好让大家走路。我说你人老了，应该在家享清福，何必去修什么路管什么闲事。你马上瞪起一双很反感的眼睛，气愤又委屈地说：小崽子，你也说我老了？老了，难道就不能为人民服务吗？三国时的黄忠老将七十岁了还手提大刀征战，我去修桥补路难道不成吗？接着，你对我教训了一通，还搬出毛主席讲过的话："一个人做点好事并不难，难的是一辈子做好事。"听到这些具有深远意义的话，我感到十分惭愧，脸一下就红了。于是，我尾随你走到垮路的地点。

长丰堡的人都说你老很勤快、思想很进步，通向村中的每一条路无不是你不惜年迈的力气，从很远很远的地方担来一挑挑的泥石，把路填平修整砌好。远的路改成近路，弯的路改成直路。你自挖自挑的泥石若堆在一起，用汽车拉需要十几辆；你修补的长长短短的路接起来足有三里长。无论春夏秋冬下雨下雪，你都戴一顶棕斗笠，一个人默默地在通往村中的小路上挖呀填呀砌呀，仿佛一点不觉得累，还生怕有的地方不牢固，还用棒槌锤得又紧又牢，一心想把条条小路修得平平整整，好让村中群众去砍柴、割草、栽秧、打谷时，走路不跌倒。你老修路没提任何要求和奢望，平凡的心灵只抱定一个朴素无华的心愿——老了，也能为人民服务。

你叫赵德明，是雷山县丹江镇政府退休干部，今年 80 岁，雪白的头发，雪白的胡须，一口整齐的牙齿，每餐要喝两杯米酒，吃两碗白米饭，一年四季脸上红光焕发、神采奕奕，60 斤重的泥巴石头挑起来就走。你老有这样好的身体，作为晚辈的我羡慕极了。我问你老寿诞这么长，是否有秘诀告诉我。你说没什么秘诀，就是共产党领导好，世道太平，我过得宽心，每月领取 300 元退休工资无忧无虑，早起修桥补路，晚上早睡早起，就这么，没什么长寿良方。

你老 1952 年入党，党龄比我年龄大 7 岁。在文化程度的栏目里，你留下一片空白，在人生知识栏目里，你用风霜雪雨搓成的皱纹把栏目填写得满满的。退休后，你不因年纪大而离开党组织的生活学习，每次村支部通知你参加党员学习会，路虽远一点，你从不迟到，党费总是提前交纳。你说你是共产党从苦水里救出来的穷苦人，是党组织培养你入了党；是党员就要有党员的样子，不要倚老卖老，常对党和国家提出物质金钱要求，那是对不起党的。你说话的声音不大，可落地却铿锵有力。你抱定一个执著的追求——为村修桥补路献余热。在小小的长丰村里，你表现出老一代共产党员的精神风范。

长丰堡的村民都很尊敬你，老远见到你就亲切地叫声“赵公”你好。长丰堡的人在外面提起你的名字，脸上都流露出尊敬和骄傲的表情。

蕨草情结

唐千武

我的家乡在雷公山山麓，苗族山民喜食野菜。入春以后，常到荒山野岭中采摘野芹菜、花竹笋等，而蕨菜最受青睐。阳春三月，正是蕨菜生长时节，苗寨上许多少男少女们，三五成群，在荒山野坡中采蕨莱，时而欢歌往来对答，时而木叶声声传情，乐趣无穷，形成道道靓丽的阳春采蕨风景线。蕨菜采多了，一时吃不完也很好收藏。有的把蕨菜放在开水中煮半熟后，取出晾干晒成干蕨菜；有的则煮得半熟后，切成一小节一小节，放点作料、盐巴腌入土坛中，十天半月后即可取出下饭。蕨菜能开胃口，增食欲，为农家美肴。

山区苗民对蕨草情有独钟，这主要是在灾荒饥饿之年，蕨草因其根茎中富含洁白丰厚的淀粉，人们能充饥果腹。蕨的根茎地下横生，又多又长，可制成淀粉。记得灾荒饥饿之年，人们扛起锄头，到长有蕨草的荒山野坡中挖蕨根，一天可挖七八十斤，洗净后放在木槽或石窠中舂锤，待舂烂捣细成渣后，装在竹米箩中，放在木水缸上，以清水过滤箩中蕨根渣。几经过滤得大缸蕨根水后，停放五六小时，让过滤的蕨茎淀粉慢慢沉淀，然后把水倒掉，水缸底便结有一层厚厚的淀粉。把淀粉刮取出来，做成粑粑，叫做蕨粑，既好吃也能养人。

记得 1959 年至 1961 年三年困难时期，饥饿的阴影正笼罩着人们。我们雷公山麓苗寨的饥民，不管寒冬酷暑，男女老少都荷锄扛担，成群结队上山挖蕨根。晚上归来，把挖得的蕨根洗净后放在粑槽中舂打，咚咚之声响彻寨空。子夜以后井泉边火把通明，站满了滤蕨的妇女。寨民们就这样白天上山挖蕨根，晚上劳作，清早去刮取出一点蕨根淀粉，和着米糠、树叶、野菜煮成稀粥而食。三年之中，许多荒山野坡被寨民们用锄头翻了一遍又一遍，而蕨根淀粉让许多人把生命延续下来。三年困难时期，我们山麓各村寨，住在荒山野坡附近的寨民，因能以蕨根淀粉果腹充饥，因此饿死的人就少一些，离荒坡野岭稍远的村寨，许多人因饥饿而离开了这个世界。

回想三年困难时期，许多50岁以上的人还谈饥色变，我们山区的许多人，皆受蕨根之益而存活。经过饥饿煎熬的人，才深深感受到，人类在面临瘟疫、战争、灾荒等诸多灾难中，最令人恐怖的灾难莫过于饥饿的威胁。改革开放，土地承包责任制以后，饥饿便渐渐地离人们而去。但是，每当我看到山坡中的那片片蕨草，当年荷锄上山挖蕨的情景还历历在目。看来，重视农业生产，重视国民吃饭问题，这才是国家长治久安的基础。

交腊夜听蛙鼓声

吴兴权

走近交腊小河旁，几位摄友小憩片刻，便围着岩壁上的鲜艳杜鹃花“长枪”“短枪”齐射，然后饮几口清凉的山泉，抽罢香烟，又举步进寨。交腊全村 70 余户，300 余人，不通公路，距雷山县城 20 多公里。山寨很小，依山而建，村中有古树展枝，藤蔓盘绕，翠竹丛丛，小桥流水，阡陌纵横，田坎上有耕牛在摆尾吃草，田里闻耕田的山民吆喝，春耕的山民点缀在高高低低梯田里，有山童嬉逐在山道旁，留下串串笑声……

走入山寨，小学杨老师已等候多时，笑容满面：“辛苦你们了，一路跋涉，累不累，进家喝杯茶。”我走最后，进家门，见楠竹下有几株春笋破土而立，笋壳上露珠点点，在黄昏下银光闪烁，有幽兰的清香扑面而来；家门前有一小溪，流水涓涓，吊脚楼下的田里已秧苗满插，田里有鲤鱼逐水掀波，田坎之上有一小坪地，几只黄羊慢悠悠地吃着青草，哞哞……的叫声轻轻回响耳旁，远山的路上赶集归来的山民三三两两、男女老少、肩挑背驮缓缓而来，晚霞的余晖涂染着默默的大山；山寨对面上一条悬瀑挂在莽林岩壁，约 100 米高，为雷公山区最高瀑布。飞瀑在霞光下七彩隐现，哗哗作响，气势壮美，为山寨一大景观；山寨后面是原始森林，据当地人说，秋季里常有成群的猕猴在林中攀枝嬉戏。原始森林里原有 70 个汉族村寨，现在依稀可见屋基、石墙、磨石、瓦砾和石级花街路，据《清史演义》记载：在交腊大山中，屡有屋基、茶叶、竹林、石砌小道等遗迹残存。

晚饭后，已是满天烁星。楼栏边的茅草在月光下泛着白光，虫蝉轻啼，凉风悠悠，只可惜没有木叶的吹响、没有芦笙的回落，但却闻得一片蛙鼓，忽高忽低，“咕咕——”声由远及近，悦耳悠扬。细听蛙声，却辨出几种音律，静听许久后问杨老师，请教他不同蛙鸣来于那一种蛙类，特别是一种沉重、极富节奏的蛙声是什么蛙，杨老师说那是“叉棒”即山蛙，这种蛙主要生活在深山溪流旁，与田里的青蛙、田鸡有别，其背灰黑肚皮黄，大的约半斤重，小的二三两，喜群居，如若想捕捉，常一次能捕捉到 20 多只，用清水煮熟后，味美汤鲜，散发着中草药的香味；还有一种山蛙是生活在古林树上，头上有肉角，其长相奇特，人称“角蛙”，仍为山中珍品，但是不易遇见和捕捉。想起白天走过的杜鹃小道、跨过的古林幽谷、窥见的悬瀑溪流，那“咕咕——”的蛙鸣声萦绕耳旁，如歌如琴，此时才得到最终的答案。呵，深山古林之处没有城市的喧哗，没有华丽的高楼彩灯，没有歌厅、酒吧的流行艳曲，在这寂静深山苗寨我狂享满天星光，独听千古“天籁”，这是城里人无法想象和享受到的。

夜深了，我却没有半点睡意，在雷公山里的交腊苗寨，我聆听这蛙鼓声声，不能入眠。

走过高岩大峡谷

吴兴权

从雷公山森林公园大门往山上而行，我们一行6人头顶中午的烈日，环绕曲折的山道，气喘吁吁，汗流满面，慢慢向山顶移动。山道旁有流水淙淙，丛林里闻山雀啼鸣，偶尔还有蛇从眼前穿过，让人不寒而栗。到过此地的李坤大大咧咧地说："不怕，折一根树枝开路，注意头上的树有没有悬吊的青竹标蛇就行了，OK！"我体胖，经不起这炎热的天气，只好赤裸上身，边走边擦汗；小白则肩挑摄影器材和长长的猪肉奋勇向前，只是步伐歪歪倒倒，不太雅观；"杨大师"全副"武装"驮在后背，这样的天气居然身穿三件衣服、头戴长洞帽，手拿长棍，一副日本鬼子的模样，一边走一边东张西望寻找景致；山道弯弯扭扭伸向山顶，两旁嶂峦叠翠，山花烂漫，轻风习习吹过，蓝天上山鹰展翅盘旋，长鸣悠扬……

约1小时，登上高岩大坳，眼前顿时一片开朗。坳上凉风阵阵，坳下梯田层层，远山延绵不断，峰峦相连，郁郁葱葱；高岩苗寨耸立在陡峭的绝壁之上，如华山上的千年古刹，又似云雾飘来的仙山神岛，但见炊烟袅袅，耳听鸡犬相闻；一条清流曲折流过山下，闻得瀑声哗哗，只不见其壮美的踪影。从高岩苗寨脚下的小溪入峡谷，即进入人称"虎口峡门"的"一线天"，河宽8米，长500米，幽谷阴森，峭壁相峙，凉风尽吹脑后。80米高的龙泉飞瀑抛银撒玉从龙泉潭飞流而下，水雾弥漫，在阳光下烁彩现虹，瀑声如雷，气势雄伟，甚是壮观。我们沿山道向上而行，走过杜鹃小道，跨过清流小桥，至大峡谷中段，俯视峡谷，两叉峡谷中右峡谷云雾缭绕处有一只硕大的“老鹰”蹲在谷中，这便是高岩大峡谷的一大景点“老鹰岩”，向导说岩下有洞，洞中泻水，喷吐成瀑，直泻老鹰滩，滩水清悠，深不可测，常有“娃娃鱼”出现。离老鹰岩不远，有三座秀美典雅的山峰连成一排，悬崖陡壁，直插云天，人称“姊妹山”，姊妹山半山腰有一石洞，传说曾滴水流银，后山崩洞塌，现只有洞口和乱石片片。左叉峡谷为冷水滩瀑布，这里古树参天，藤蔓密布，环境幽静，常有山鸡、锦鸡到此光顾，当地人说常见成群的仙鹤在此展翅相嬉，鸣啼不息。走过高岩大峡谷约需3个小时，此峡谷为高岩至交腊的一条曲折长谷，总长约10公里，最低海拔1100米，最高海拔1500米，且深居雷公山中，左为雷公山主峰黄羊岭，右为原始森林冷竹山，得天独厚，景观迷人，为一大旅游佳境。走过高岩大峡谷，留下的是美景奇观，获得的是大自然的馈赠，虽然是汗流浃背，脚酸腿痛，心中都有一方心慰的世界，撩神牵魂的仙山圣境已驻心间。

脚尧纪行

杨少辉

38 户人家，几十幢鳞次栉比的木楼，宛如一只在天空中展翅的山鹰投下的影子，灰荧荧地镶嵌在苗岭主峰雷公山的深处。这就是地处海拔 1385 米之上、方圆 30 里内渺无人烟的小康村——脚尧。

不久前，我与黔东南苗族侗族自治州委办的同志一行到脚尧开展调研。一大早，汽车从溪边沿着崎岖的山路呼啸着盘旋而上。大约 1 个小时，我第一次踏上了这块熟悉而陌生的小山村——被浓雾包裹着的脚尧。

刚下车，50 岁开外的村党支部书记吴秀忠笑容满面地在村边迎接，和我们一一握手后，说："高山高岭的，路不好走啊！"

其实，我对脚尧村并不陌生。20 世纪 80 年代，这个小山村就是我老家大龙村所辖的第 8 小组。可脚尧距大龙村有两三个小时的山路，办事开会有诸多不便。于是，脚尧单独成立一个行政村已是顺理成章势在必行的事了。

父亲在大龙村里当了 20 多年的会计。孩提时，每到五黄六月，脚尧不时有人下山到我家里来，向父亲反映哪家断粮了，哪家又出去要饭了……那时候，脚尧在我的印象里是一个"吃粮靠救济、花钱靠贷款、半年瓜菜半年粮"的穷山村。

脚尧是一个彝族、苗族、汉族 3 个民族杂居的小山村。他们的祖先刚来这里垦荒时，只有几户人家。现该村已发展到 38 户，138 人。党的富民政策的春风吹进山里后，脚尧人在 8 名党员带领下，从 89 亩水田、412 亩土地上做文章，用一种不屈不挠的精神，苦干实干，脚尧变成了远近闻名的小康村。

站在村头环顾四周，一座座大山像一条条竹叶青，紧紧地把脚尧揽在怀里。任凭脚尧如何挣扎，总是甩不开山的影子山的纠缠。但大山可以阻碍山里人的视野，却束缚不了山里人脱贫致富的信念。脚尧人看准山外，扬长避短，因势利导，大力发展林果业和养殖业。可那层峦叠嶂的大山，使山里人种出来的山货难以运出大山，让山里人吃尽了肩挑背驮的苦头。于是，村党支书记吴秀忠便挨家逐户发动村民集资修建通村公路。嗣后，吴秀忠和几十个村民便从县城买来推土机，硬是从山脚沿着 80 度的山坡，肩挑手拉地将重达 7 吨的推土机“请”到 3 公里处的半山腰上……经过 7 年艰苦奋战，脚尧人终于修通了 11.5 公里的公路，将“铁牛”迎进了村。同行的州委办领导无不感慨地说，在那么陡、那么高、人那么少的地方，能修通一条通村公路，真是很不容易啊！此时，在我的眼里，脚尧已不再是单纯意义上的小山村，而是一种精神，一种艰苦奋斗、坚忍不拔的精神了。

尽管在夏天，脚尧的水还是很冷的。只要你一脚踩进田里，水就像冬天一样寒冷刺骨。入秋过后，秋风又哗啦啦地从雷公山吹过来。山高、风急、水冷，导致脚尧的稻谷产量徘徊不前。没办法，世居这里的脚尧人只有种着俗称“三百棒”的水稻老品种。虽然这种水稻耐寒冷、抗秋风，但它不仅产量低，而且难脱粒，有“不打三百下，稻谷难脱粒”的特性，“三百棒”由此得名。脚尧人曾试图从山下引种水稻新品种，可山下再好的水稻新品种，在山上总是得不到高产稳产。村里的“当家人”吴秀忠就不信这个“邪”，多次跑省、州、县求教专家，引进了“西农175”等水稻新品种进行试验……从此，困扰几代脚尧人的口粮问题终于得到了解决。去年，全村人均口粮达到了470多公斤。作为全州海拔最高的村寨之一，能依靠自力更生解决吃粮问题，真是一种奇迹啊！

脚尧山高水冷，水稻产量相对较低，但脚尧的果子无公害，产量高，成熟期比山下约晚两个月。于是，他们便用梨子上市的时间差，将其抬到山下村寨去换谷子。仅去年，全村就用3万公斤梨子换回了3万公斤稻谷。而折耳根市场好，脚尧人则用农田栽种折耳根。脚尧人立足实际，用这种“水果—粮食—折耳根”的循环换位思路，大胆实践，不仅给毗邻村寨的乡亲送去了方便，也为自己带来了富足，不愧是一种创造啊！

俗话说：一方水土养育一方人。脚尧山多草多，为发展林业、畜牧业和多种经营发展创造了极为便利的条件。这些年来，脚尧人看准山外市场，立足山区实际，大力发展绿色产业。如今，茶叶、折耳根、魔芋、果树已初具规模，并形成品牌。仅2004年，全村总收入54万元，其中：茶树500亩，茶叶产量22万公斤，收入18万元；魔芋50亩，产量10万公斤，收入7万元；梨树1000亩，产量25万公斤，收入5万元；折耳根60亩，产量20万公斤，收入达15万元；养殖业收入4万元。脚尧人生产的“脚尧绿茶”，已成了响当当的品牌，成为省、国家部分机关的办公用茶。于是，脚尧成了一种迎难而上、战胜贫困的力量。

摆脱了贫困的脚尧人，生活条件有了很大改善。据统计，全村已有22户安装了电话；70%的农户有了电视机、洗衣机、切菜机、粉碎机；村里还建有茶叶加工厂，安装了3台制茶机；7户人家有了货车、摩托车，山里的农产品得到了流通。入夜，脚尧村透出点点灯光，农舍里传来了爽朗的欢笑声，袅袅的歌声在山谷里久久飘荡。

“城里的人，乡下的人……”这里电视里的一段广告曲。脚尧便如同歌里唱的一样，寻思着走出脚尧，走出大山，走出世俗中家乡的概念，到山外去寻求发展空间。如今，村里已有4户人家在雷山县城买了商品房。平时，老人们孩子们住在城里休闲、学习；青壮年在城里有个家，也便于掌握市场信息，壮大自己……此时，你说脚尧人是城里人也行，说是乡下人也可。你不能不佩服脚尧人的眼光、脚尧人的胆略、脚尧人的魅力。

在我们离开脚尧前，村党支部书记吴秀忠告诉我们：据专家对脚尧村两年的气象观测，脚尧是一个没有夏天的山村，非常适合人们消夏纳凉。于是，他给我们描绘了脚尧的未来：把全村所有的木屋搬到村里的公路边，对村里的房屋重新进行规划；将村中的公路进行路面硬化，试建一批沼气池，建设一个文明、生态、富裕村；在村旁修一个大水库，让山外的人到山里来观光旅游。

在回来的路上，我的脑海里浮现出这样一幅图画：脚尧村边，瓜果飘香，绿树如荫，白雾萦绕，牛羊成群。在进村公路旁，一栋栋新居拔地而起，但脚尧人已搬到县城住去了。那一幢幢新居变成了一个个厂房，机器在轰鸣、各种各样的绿色产品纷纷下线。于是，一辆辆满载山货的汽车驶出山里……

黄昏，在千户苗寨西江

吴兴权

我立于西江寨门前的时候已是黄昏。

我久久凝视，心中不能平静，一种声音仿佛自遥远的地方而来，我不能解释那熟悉而陌生的呼唤，隐隐闻得是一首动人的旋律，又好似一个歌师喃喃的细语，绕耳迂回，怎么也挥之不去。初秋的风轻拂我的眉间，“天下第一苗寨”西江填满我的视野，呵！恰似一尊硕大的牛角依着青山，这是哪一位能师巨匠的千古佳作？抑或是上天的妙手雕艺？且看那古色的吊角木楼鳞次栉比相拥而立，沿两加农炮的山梁向上延伸，中有翠树绿荫，边有阡陌纵横，层层梯田一片金黄，炊烟袅袅，鸡犬相闻，寨前的白水河曲折如练在晚霞的余晖下泛起彩色的波光。依山而立的西江千户苗寨是一幅让千万人观赏就有千万种感觉的画，是一行行岁月和风雨书写下的千古诗行，你能读懂她的妙语佳句？抑或是走进她旅人的意境？背靠的雷公山有血脉贯通而下，在这“千户苗寨”流淌着不灭的信念，支撑不屈不挠的民族，走过日月星辰，跨过历史的沟壑，在岁月的长河绽开一簇簇不败的花朵，在风中撒落一个个美丽的故事和动人的传说。

就在香火袅袅的神龛前，我聆听歌师悠悠的诉说和轻吟。遥远的故事里走来一群人，历经战争、灾难，风风雨雨爬涉至雷公山的西江，于是就有了今天的“千户苗寨”，就有了林林总总的故事和丰富多彩的民族风情。有道是“山不在高，有仙则名；水不在深，有龙则灵”。西江，一个美丽的地方，这里有“民族风情露天博物馆”之誉，唐宋遗风尚存，民族节日丰富，农耕文化古朴，原汁原味，是人类学、社会学考察不可多得的地方，也是文人墨客，四方朋友旅游观光的最佳圣地。我走在鹅卵石铺设的寒道上，感受到脚下凹凹凸凸的世界里蕴藏着风风火火的往事，两旁古屋的窗棂上缭绕着逝去的呼声，移动的脚步叩闻古歌的神韵，双袖临风唤来英魂的再现，如笙歌不断，似芒筒高亢。黄昏的“千户苗寨”，有落日的晚霞照映我古铜色的身躯，岭上簇拥的古树用它的年轮记载着盛衰的历史，高高的屋檐上悬挂着古歌的神韵，踩着笙鼓的旋律和节奏，我已融入你的世界。

红军长征经过雷公山吗

刘学敏

“红军长征是否经过雷公山”，这一历史问题，一直困惑着雷山文学艺术界。长期以来，有学者说经过，而有学者说不经过，未置两可。到底经过不经过？据20世纪60年代平阳乡和方祥乡的苗族老人（已离世）说，是有一小部分红军经过，而且在1953年，方祥乡的一个村子还发现红军的一把洋布伞和一只搪瓷口缸；在平阳乡的一个村子还发现红军的米口袋和一双布鞋。这是一个具有不可估量价值的历史线索，但只可惜那些文物早已丢失不复存在了。

据《中国革命史讲义》中说，1934年12月，红军第一方面军的第一、第三、第五、第八、第九军团连同后方机关人员8.5万人左右，在12月初从福建的长汀、宁化和江西的瑞金、于都出发，开始了长征。由于受到国民党军队的重兵堵截，中央改向敌人力量薄弱的贵州前进，接着一举攻克黎平。12月18日在黎平召开了中央政治局会议，采纳了毛泽东的西进主张。在黎平整编后，分散为十几股力量，向遵义出发，其中红一军团、红五军团的团营部队化整为零从朗洞往剑河方向西进。

在榕江县朗洞镇外，现今立有一座“红军长征过朗洞纪念碑”，其上记述了当年红军经过朗洞时的历史情况。这说明红军过朗洞是铁的事实。而据朗洞镇外的村子里的老人们说，红军有一个主力团在朗洞又分为两路，一路主力走剑河，另一路为一个独立营走杨社、小丹江，进入雷山县方祥陡寨，穿过雷公山腹地，过雷公坪往台江排羊方向走，与主力团会合。由此可见证，红军经过雷公山是无疑的。只是当年国民党军队围追堵截红军，长征线路方向十分秘密，为避免伤亡和保存实力，中央指示部队化整为零，少摩擦少牺牲，保实力，尽量昼宿夜行到达目的地。尽管红军主力尽量避免与敌遭遇，但红军还是在敌强我弱的恶劣环境中战斗，牺牲人员很多，活下来的也没有去回忆经过的线路，中央也只是记录长征的主要方向线路，而那些细枝末节线路却没有人去具体记录下来。待到新中国成立后，才去写长征史，时间却经过了抗日战争时期和解放战争时期这漫长的时间，而当年走过雷公山的红军独立营，也许在两次战争中全牺牲了也未可不是事实。所以，红军经过雷公山的历史，至今仍留下一片空白。

在纪念红军长征七十周年之际，我重去细细品读毛主席诗词中的《十六字令三首》，又读“文化大革命”时期出版的《毛主席诗词注释》，从中考证到一些红军经过雷公山的蛛丝蚂迹。毛主席在长征途中所写的《十六字令三首》，是这样写的：

山，快马加鞭未下鞍。惊回首，离天三尺三。

山，倒海翻江卷巨澜。奔腾急，万马战犹酣。

山，刺破青天锷未残。天欲堕，赖以拄其间。

这首诗词是毛主席长征经过贵州黔东南苗岭时，触景生情在马背上吟诵出来的；词中的“惊回首，离天三尺三；天欲堕，赖以拄其间”，指的就是雷公山。据《贵州通志》记载，八宝山与太平山，在雷山县境内；太平山即雷山县达地乡的太平山也。有民谣云：上有骷髅山，下有八宝山，人过要低头，马过要下鞍。从毛主席诗词中可以透析出，红军长征总线路是经过黔东南的雷公山山脉，而只有一个营的部队穿越雷公山腹地的侗村苗寨被写史人忽略了，致使长征经过雷公山的历史被忽略。但不管部队多少人数走过雷公山腹地，始终都算是红军长征经过雷公山了。据上考证，红军长征是经过雷公山的。

三百“凤凰”飞雷山

张希成

苗岭腹地雷山县，山美、水美、人美、人心更美，尤其美的是原生态民族文化，更是吸引中外宾朋。正是“五美”的连环姻缘，七八年来有三百“凤凰”飞嫁雷山。

近年全县外出打工者中，不少雷山小伙子以自己年轻俊美、体魄健壮、为人忠厚、劳务娴熟、办事诚信赢得省外女青年的亲近、相爱，进而接回苗岭腹地山乡来成家立业。近七八年来，就有300余名年轻小伙相继接来外省女青年做爱妻，大都具有初中文化水平。近年的联姻成婚之数，为雷山历史之最了。群众昵称“三百‘凤凰’飞嫁雷山”。

雷山之美，有雷公山之壮丽；有深山间林木葱茏，清溪悠悠；有苗寨文化之美，自有“凤凰”飞来，连同县外省内有嫁到雷山的女子算在内，就有上千人之多。诸“凤凰”能飞至，这是与该地山水、地质、人气有关之故。早在20世纪50年代初，雷山城关当时年轻有为的陈姓青年，觅到朝鲜国漂亮姑娘结为情侣，于是演绎了一段跨国的爱情故事。

众多“凤凰”飞落雷山，势头之妙，本地人连想都没想到，这与本地山清水秀、人杰地灵紧密相联。嫁到雷山县城上郎德村的内蒙古姑娘张德华，1996年与该村小伙子陈秋你在一起打工时结识相爱，带来家乡结婚后，现有小男孩已7岁，已读小学一年级了。现年 30 岁的张德华，与邻里全用苗话交流，在家里与丈夫和睦相好，她里里外外熟练干活，做家务事也十分利落，还开个小杂货门市，小两口日子过得很好，这引起了远在内蒙古父母的兴趣。虽其父母已上了年纪，可还老远从内蒙古来看姑娘，一住就是一年多时间。

美丽的雷山西江镇各村风光迷人，自然是吸引诸多佳丽的重要原因。近年来仅该镇的乌尧村就接来了 21 位省外的年轻媳妇。乌尧，是个峡谷清幽的苗村，山清水秀，公路通达，处处是小桥流水人家，近年的景象使得该村新事、喜事不断，接来省外媳妇之多就是一个明证。

永乐镇桥歪村是该县最高寒又是最贫困的苗寨之一。村里 27 岁的帅哥王豆农在外打工，与现年 22 岁的广东姑娘李谋芬在一起打工过程中相识相爱，于去年 7 月回家结婚。方祥乡毛坪村小伙子吴宝生，现年 29 岁，本是村里骨干。他在 1999 年到浙江义乌打工时，遇到安徽省金寨县银沙乡银沙村女青年邓元娟，同在一起打工。在共同劳作中，姑娘看到这位贵州小伙子身体健壮，工作熟练，为人忠厚，不但被老板称赞，自己也很喜欢。两人从相识到相爱。小伙子带她回到边远的家乡来，一路上小伙还担心家乡是穷乡僻壤，姑娘见后会后悔。谁知，姑娘到家后，看到的是山清水秀，景色怡人，毅然定下了终身。吴宝生是一位共产党员，是村里骨干，2001 年 10 月还当选了村党支部书记，他不但搞好自己家的农活，还搞好村里的工作。他的爱妻邓元娟，现年 22 岁，初中文化。她当初语言不通，与村民语言交流存在诸多困难，可她下定决心，学习当地苗族语言，现已能用当地苗话与村民交流了，并时常穿着苗家服饰，外村人谁也不知这是一位刚嫁来两年的汉族媳妇。她为人谦和，与村人及邻里很融洽，深得群众喜爱。她很勤劳，除了把自己的农活做好外，还开了小杂货门市，进行豆腐加工出售。乡里的干部向笔者说，由于她思想进步，工作积极，被该村党支部作为入党积极分子培养对象，也被该村作为妇女主任的人选来培养。

在全县9个乡镇中，西江镇各苗村外出劳务的小伙子中，讨得外省媳妇的共有83人，其数是全县9个乡镇之首。她们爱这里的山水，更爱这里的人而嫁来。这里的山高挡不住她们的心里至爱，与其丈夫以及全县人民一起建设雷山，她们耳闻目睹，雷山建设一年一个样，已是乡乡通公路，班车每日不断，大多乡村公路通连，并且乡乡通移动通讯，尤其是县城建设加快，高楼林立，随之乡村建设也迅速发展。外省来的媳妇，不少户安装了电话，购置了手机，时常向远在外省区的父母传递所嫁地的乡情、民情与其家境情况。

个别远在外省的父母，有过对女儿婚姻的选择从当初的拒绝到默许到喜爱的过程。嫁到地处雷公山半山腰大山深处丹江镇乌东村的广东省化州市度头村的女青年林亚妹，五年前在广东中山市打工，与雷山县丹江镇乌东苗村的棒小伙潘启福相识、相爱并接到家乡结婚后，现有小男孩已4岁。去年3月她一人回娘家探望父母，老人认为贵州穷，不许女儿再回贵州而另有嫁人的想法，可亚妹在家住了几天后，偷偷买车票回贵州苗村的夫地。

三百俏丽的“凤凰”，愿你们落“巢”后更俏、更美，且永久居安、幸福！

苗族古歌

唐千武

在雷山，苗族古歌苗语叫做 Hxak lu。苗族古歌是苗族的创世史诗。在雷山，现在还能传唱的有《开天辟地》歌、《打柱撑天》歌、《造人造物》歌、《十二个蛋》歌、《洪水滔天》歌、《兄妹结婚》歌以及《跋山涉水》歌等。

《开天辟地》这首古歌主要表现在远古之时，天连着地，地连着天，天地之间钻不进螃蟹，容不下耗子，连蚂蚁都无法生存，天地处于一种混沌朦胧之中。而《打柱撑天》则歌唱苗族老祖宗拉留为摆脱这种混沌天地，用蒿杆来撑天，但蒿杆撑不住，后来去东方运来金子、去西方运来银子，打铸成金柱银柱，把天撑上去，把地往下顶，最后才形成了天和地。《造日铸月》歌则唱出了虽然天地形成，但仍然黑暗一片，于是祖先拉留又以金来造太阳，以银铸成月亮，把它们掷上空中，太阳发光则是白天，月亮发光则成夜晚，这样形成了白天黑夜交替。《十二个蛋》歌是说古代只有一个老祖公和一个老祖奶，老祖公终年在外，只有老祖奶在家。一天，老祖奶在水中泡澡而怀孕，后产下了十二个蛋，老祖奶把这十二个蛋孵出人、龙、雷公、虫、鸟、兽等 12 种生物，于是世界有了生命，世界充满了灵气。《洪水滔天》唱的是人类祖先故耶与雷公斗法，雷公斗不过故耶，于是放下天上洪水，淹没世间。好在故耶早有防备，把自己的一对儿女放入大葫芦瓜中，才幸免被淹。而《兄妹结婚》则唱的是经过洪水滔天之后，天下没有人烟了。故耶便叫自己的儿女回到世间，结成夫妻，生儿育女，以让人类繁衍后代。《跋山涉水》是歌唱苗族先民们为了寻找安定的家园，逢山开路，遇水搭桥，溯都柳江的河水而上，最后来到榕江地界，大家一起跳九天木鼓舞，七天芦笙舞，最后议榔决定分散大家到雷山以及黔东南各地居住。

雷山苗族古歌一般是在饮酒中唱，歌词是五言体，且你唱我答，我唱你应，唱到高兴时在座的人都兴高采烈；唱到伤心时在座的人都潸然泪下。唱歌的人有时笑逐颜开，有时神色凝重。

苗族古歌一般都是陈述叙事，其中有比喻、拟人、夸张、对偶等多种修辞手法。歌的内容也变化多样，歌里的故事有的妙趣横生，有的催人泪下，有的鼓舞人心。特别是《跋山涉水》歌，很有气势，表现一个民族不屈不挠、勇敢顽强、自强不息的精神。

在几千年的历史长河中，苗族为什么能生生不息，为什么能留下这样悠久的历史和灿烂的文化，只要你听听苗族古歌，这个谜就会迎刃而解。

苗族飞歌

唐千武

站在高高的山坡，
远眺处处好地方，
俯瞰条条河水淌，
山清水秀家乡美哟。
住在哪儿都一样！

苗族歌后阿幼朵，以高亢嘹亮甜美的歌声，把《站在高高的山坡》这首歌，从凯里唱到贵阳，从贵阳唱到北京，从亚洲唱到美洲，使苗族这首飞歌传遍全国，传遍全球！

苗族在古代是一个没有文字的民族，但却有让本民族的历史和文化传承下来的办法，那就是歌，是世世代代传唱的歌。苗族要记住自己几千年来悠久的历史，于是就有了自己的史诗古歌；苗族民众要表达人与人之间的亲情、友情，往往要以歌抒情达意，于是就有了酒歌；苗族青年男女为追求爱情，追求幸福，互相爱恋，于是便产生了浩如烟海的游方歌。歌成了雷山苗族文化生活中不可分割的一部分。

雷山苗族飞歌，苗语叫 Hxak yat，在苗族歌海中，苗族飞歌被专家学者称为苗歌中瑰丽的钻石，歌曲艺术的精品。它以音调明快、旋律动听著称，具有强烈的感染力。飞歌唱起来声震山谷，山唱谷应，翻山越岭，几里外都能听到，其名由此而得。常唱飞歌的场合是：迎宾送客的时候；劝客人喝酒的时候；互能通婚的青年男女在山坡上见面的时候以及人们在春暖花开踏青游坡的时候。

建新房，喝喜酒，庆祝孩子诞生等喜事，亲朋好友自然要来祝贺，于是主人家就摆上许多道拦门酒迎接客人，在递酒给客人们喝时，端拦门酒的妇女要唱飞歌："放排浪水涌，见客心激动，端杯酒敬客，情在酒杯中！"客人住了几天后，要返家了，主人要摆上几桌送客酒，仍然要妇女们端酒唱飞歌送客："客人要返家，请喝酒一杯，主客情意长，情深不忘怀！"

在酒席上，主人家的妻子或媳妇要劝客人喝酒，也常以飞歌相劝："莫嫌我酒淡，莫嫌我菜差，请客干几杯，不枉到我家。"有时客人也回敬飞歌："主人酒真好，主人鱼肉香，吃饱喝足了，我拿去传扬！"

在山坡上，有时邻寨的男女相见，男人们也常以飞歌传情："你在那匹坡，我在这匹坡，你们有意不，隔山唱支歌？"女的则唱着回应："今天运气好，上坡遇见哥，妹不愿干活，也要唱飞歌。"

农历三月，春光明媚，男女青年游山玩坡，也三五成群，喜唱飞歌："春光多明媚，青山惹人醉，大家来唱歌，让情随风飞"！"趁着年纪轻，大家来玩坡；哥妹在一起，放声来唱歌。"

以上所列的场合和飞歌，只是举例而已。因为飞歌是一种曲调，词由自己去填，内容则千变万化，歌唱者可依时依事，随时编织歌词来表达情意。飞歌可独唱、对唱、合唱和多声部合唱等，依对象依场景而异。当演唱多声部时，多用高音演唱或男女混合唱；有时也可你唱你的，我唱我的，混而同乐，杂而有序。男声恢弘悦耳，女声优雅甜美，抒发激情，张扬个性，相互配搭，彼此烘托，相得益彰，令人心醉。

苗族《春之歌》赏析

唐千武

在黔东南苗族侗族自治州举行的第二届“多彩贵州”选拔赛中，雷山县委宣传部选送的波别勒组合演唱的《春之歌》，用多声部唱法，以其优美动听的曲调，表述了歌词中苗族青年男女细腻温柔的情怀，互相劝勉认真劳作，秋后收获果实和爱情的心情。波别勒组合的歌声征服了观众，赢得评委的一致好评，在原生态组23个节目的角逐中夺得金奖。《春之歌》是首游方歌，在浩如烟海的苗歌中，“游方歌”几乎占其一半之多。苗族的游方歌唱调优美，内容丰富多彩。情感的表达有的直抒胸臆，有的委婉含蓄，有的柔美委婉。在雷山地区诸多的“游方歌”中，最流行、最感人的要数《春之歌》。为便于赏析，笔者用苗汉文字对照把此歌词抄录于后：

Wat ob bib leit lol，春天又来到这人世上，

Dol ghab waix hxud lol hxud lol，那明媚的春光暖洋洋，

Dol ghab nex liangd wel liangd wenl，那返青的木叶泛着绿光，

Dol gangb genx seid yol seid yol，那鸣蝉在吱吱歌唱，

Dol nes gix fad liol fad liol，那阳雀在空中叫得多欢畅，

Dol eb lix fad liol fad liol，那汪汪的田水微波荡漾。

Dol hvib naix hxud dlil hxud dlil。年轻人的心啊快活激荡。

Mongl dangt dol ghab lenx hsod ghangl，让我们拿起镰刀锄头上山岗，

Jit mongl eb lix hfud bil，去播散耕耘秋天的希望，

Ait gheb nongx yad nil，勤劳栽种啊姑娘，

Ait gheb nongx yad dil，勤劳栽种啊男郎，

Xet hxab yux not jul（yul），别在春天中彷徨。

Leit ghab niangx dongd lol. 待到秋天硕果收获，

Mait nongb dax hangd niul，妹妹再来游方场，

Xongt nongb dax hangd gol，哥哥再来把妹诓，

Ghuk jangx ib xaid mongl，两心相印结成双，

Hxat hvib gheix xid jul，再没苦闷和忧伤，

Hxat hvib gheix xid jul。再没苦闷和忧伤！

这首《春之歌》分为上下两节，上节歌以暖洋洋的春光、翻动的绿叶、知了的欢唱、阳雀的欢鸣、微波荡漾的田水等为物象，组合成一幅灿烂明媚的春天图景，然后以一句“青年人的心啊快活激荡”来表示苗族男女青年受春光的感染，心儿在美丽的春色中陶醉。歌中既表现了自然界的明媚春光，同时也表现出蕴藏在男女青年中的盎然春意。下节歌却歌意一转，强调“一年之计在于春，一生之计在于勤”，相互勉励不要迷恋春光美色，而是要在春天中勤耕勤播，秋天才有收获。最后歌词表达了秋天既可收获劳动果实，也可以收获爱情的果实。这首歌虽然以两节组合，但词意紧密，情感表达充沛流畅，一气呵成。此歌虽属年轻人唱的游方歌，但却为苗族男女老少喜闻乐听。这首《春之歌》之所以为苗族男女老少喜闻乐听，从审美价值的角度说，是因为它是很美的。

笔者虽然以苗汉对照译出歌的内容，但苗歌的许多词句所蕴涵的内容和韵味是很难译出的。首先，这首《春之歌》很有意境美。歌词把阳光、绿叶、知了、阳雀、田水等物象有机组合，

组成一幅明媚、灿烂、优美的春景图，并以人作为春色的欣赏者和主宰者放在最后一句，表现出了一种优雅柔和、美丽和谐的意境，给人一种阴柔之美。其次，这首歌很有动态美。这首歌的歌词与大部分的游方歌不一样，它很讲究歌词的叠用。如“Hxud lol hxud lol”、“liang wel liang wel”、“seid yol seid yol”等，通过词的叠用表现阳光的暖和、绿叶的翻腾、知了的歌唱、阳雀的鸣叫、田水的涟漪以及年轻人的春心荡漾，每句都有动感，表现出春天一派生机勃勃、欣欣向荣的景象，形成一幅很有动态的图画。再次，它表现出了苗族男女青年的心灵美。纯真善良的情感和端正的劳动态度是心灵美的重要基础。这首歌的第二节表达出的不是要男女之间沉醉在柔情蜜意之中，而是相互鼓励珍惜春光、争抢春光而耕耘播种。因为苗族自古以来是一个农耕的民族，农耕的季节是非常重要的，一不留神就会让光阴溜掉，一错过时机就不会有果实收获。人是靠物质来生活的，爱情是以物质为基础的，只有劳动果实获得丰收，爱情才能获得成果。这第二节歌是表现了苗族男女青年这种心地憨厚纯真、热爱劳动，不误农时的心灵美。

《春之歌》是雷山地区苗族的流行歌，苗族先民们曾唱过这首歌，现代的苗族民众仍很喜欢唱、很喜欢听这首歌，不少苗族的业余歌唱者和职业歌唱家还把它唱到了四面八方。如今，波别勒组合又在州里举办的“多彩贵州”舞台上以表演形式唱出了这首《春之歌》。这首歌之所以有这样强的生命力，是因为它表现了苗族民众热爱生活、珍惜光阴、热爱劳动和追求爱情的美好愿望。

迷人的巴拉河乡村旅游

唐千武

巴拉河，苗语叫 Eb Billal，意为从雷公山中流出的河。

巴拉河发源于雷公山的大山深处，从雷公山南侧的深谷中流出，经高岩大峡谷，过水溪到莲花。河水悠悠荡荡流到莲花后，与从大塘方向流来的河汇合后，以九十度转弯向北流去，经掌坳、排卡、羊欧、鸡勇寨脚，进入雷山县城，在郎当与发源于雷公山东北面的陶尧河交汇，然后流经大小固鲁，进入桃子寨大峡谷至郎德，接纳从西而来的乌叠河后，进入凯里市的三棵树镇。在平乐，又接纳连城河，形成平缓宽阔的河面。经南花、挂丁，出三棵树镇流入台江县台盘镇，过报效、老屯，注入清水江。巴拉河全长 150 公里，流经面积 1356 平方公里，是清水江的重要支流。

“巴拉河”一线的旅游风光景色秀丽，其源头是神秘奇秀的高岩大峡谷，有水溪、莲花的田园风光和长坳、排卡的九曲回流，过雷山县城，又有从大固鲁到郎德下寨的优美河谷。这里两岸山峰耸入云霄，青松翠柏郁郁葱葱，杜鹃花遍布山谷，河水清幽秀丽。

巴拉河河畔的苗寨星罗棋布，源头的交腊高岩苗寨，是建在悬崖峭壁之上，有惊无险；大塘的王家寨，被贵州省原老省长称为“天下短裙苗族第一村”，浓缩雷山短裙苗族文化的精华，其锦鸡舞早在 20 世纪 50 年代就闻名省内外，该寨建在水塘上的

“水上粮仓”，世上绝无仅有。顺巴拉河而下是莲花村，这里是苗族著名的“牛斗”之乡；其接邻的是素有“铜鼓舞”发源地的掌坳寨；再顺河而下便到了“芦笙制作第一村”排卡寨；然后，巴拉河流经镶嵌在雷公山麓的明珠雷山县城。在雷山县城的周围，有苗族风情浓郁的长排、羊排和脚雄等苗寨，还有称为歌舞之乡的陶尧苗寨。再顺河而下就到了大小郎当（当读 dang），这里的河滩是雷山县城著名的牛斗场。再往下，河畔西侧是荣获全国卫生村称号的“猫猫河村”。猫猫河村寨容整洁，寨边耸立着一棵棵树龄已过百年的青松。这里民俗民风纯朴淳厚。再往下便是有名的小固鲁和大固鲁两座寨子。这两个寨子也是有名的歌舞之乡，长排的芦笙吹奏久负盛名。再顺河而下，离河畔十里之遥的西南面有两座著名的苗寨；一座是“脚猛”，一座是“南猛”。脚猛寨的铜鼓舞远近闻名；“南猛”的芦笙舞在 20 世纪 50 年代就闻名于中外。巴拉河进入桃子寨河谷，河谷中的桃子寨是全县唯一信仰基督教的苗寨，寨中木楼瓦舍，一座基督教堂立于寨中。寨周围果甜瓜香，满目绿树青翠欲滴。顺河而下拐几个大河湾，就来到有名的郎德下寨。郎德下寨虽没有郎德上寨有名，但它是镇政府所在地，近年来修建了富有特色的芦笙场，对全寨的步道进行了硬化建设，整个寨容寨貌焕然一新，加上寨中那群别具特色的护寨树木，让寨子别具灵气。从郎德下寨往南 2 公里，便是有名的郎德上寨了，以上所说到的苗寨，都是值得游客观光游览的文化名寨。

巴拉河是清水江的支流之一，巴拉河沿岸的风光秀丽，景色迷人。建筑在巴拉河畔的座座苗寨，都是两千年前苗族先民迁移到雷公山麓以后定居和建筑最早的苗寨。苗族悠久和灿烂的文化，犹如巴拉河源远流长。在祖国西部大开发的大潮之中，雷山县迎来了旅游开发的春天。巴拉河沿岸民族文化神迷的面纱被掀开了，让中外游客在巴拉河景区景点中百游不烦，百览不厌。

雷山苗族鼓藏节的由来

潘定发

在雷山苗族众多的节日中，鼓藏节（也叫鼓社节）是规模最为宏大、历时最为长久、参与人数最为众多、气氛最为隆重、内涵最为丰厚的节日。因此，2006 年 5 月国务院就将雷山苗族鼓藏节列入第一批国家级非物质文化遗产代表作名录。

苗民过鼓藏节到底起于何时？一些寨老、鼓藏头会说：听老人们传说，鼓藏节是由苗族祖先姜央公（有些苗寨又称为伏羲公）祭祀其母蝴蝶妈妈兴起的。相传姜央兄妹在一场灭绝人类的大洪灾后幸存不得不成家育子，以后，年年风调雨顺，岁岁谷米满仓。但后来有一年忽然发生瘟疫，人畜死得很多。第二年天又大旱，庄稼颗粒无收。姜央请来的巫师说，是因为姜央的大儿子有几次让水牯牛踩到蝴蝶妈妈的坟上，引起老太太生气了，要姜央秋收后杀牯牛孝敬她。姜央遵令行事，果然灵验，又恢复了两年前人人康乐和农业丰收的景象。于是年年杀牯牛祭祖和祭祀天神地神以祈求其护佑。后来巫师祈祷祖灵得到允诺，按天干地支历法的十二地支每年举办一小祭（以后叫苗年，只杀猪），每隔 13 年办一大祭（以后称鼓藏节，杀牯牛一头以上，后来认识到牯牛是农耕主要劳动力，改杀肥猪）。苗民们说：“姜央兴鼓社，全疆得共和。”在雷山境内也有一些苗寨称姜央为伏羲公。汉族学者田兵在其编选的《苗族古歌》前言中说：“苗族传说姜央和姜央妹或葫芦兄妹相两相芒，或者说伏羲和伏羲妹是其祖先。”有不少学者也认为姜央就是伏羲或是伏羲时代的一个著名头领人物。中华上古史有三皇五帝时代，其中的三皇就是指燧人氏、伏羲氏（雷山多数苗民称姜央）、神农氏。可见，苗族过鼓藏节的年代是十分遥远的啦。

过此节为何要祭鼓及跳笙鼓舞呢？这是不断迁徙的苗民从“蝴蝶妈妈是从枫香树中生出来”的传说中得到启示，便砍下枫木（以后改用楠木或樟木或其他优质木种）锯成约五六尺长，然后掏空树心，两头箍上兽皮，这便成为蝴蝶妈妈和此后的祖宗灵魂之居所。祭祖变成了祭鼓。麻江型铜鼓出现后，多数的苗寨就渐渐地不再用木鼓了（但郎德镇和乌流苗寨至今仍用）。跳古典的笙鼓舞就是祭祀祖宗和天神地神以及记忆族人，激励苗民开拓进取的一种方式。

为何在同一年中，有些苗寨过鼓藏节，而多数苗寨不过呢？那是因为在5000多年前苗族祖先蚩尤领导的九黎部落联盟与黄帝部落联盟决战于涿鹿而失败后，大部分的苗民只好四处逃遁。族长召开议榔会议决定：迁徙后祭祀活动以各宗支或家族为单位就地举办。后来在三苗国时期，苗民们还是以鼓社为单位就地举办祭祀活动。三苗国被禹击败后，大部分苗民又只好往南往西迁移。雷山苗族先民由长江中下游流域迁徙到雷公山地区安居下来，至今已有两千多年了。他们分批从多条路线先后到达雷山县境立足后，在不同的年份开始建寨且仍沿袭以家族小支系（鼓社）为单位过鼓藏节。因而不同的苗寨过的年份也就不同，但都沿袭每隔13年过一次。内容既有祭祖又有庆贺丰收。有不少苗寨如郎德镇、乌流苗寨等仍按起鼓年、引鼓年、送（藏）鼓年的程序进行，但如今许多苗寨都已将三年分别兴办的主要内容合并在第三年里隆重地举行。人们平常说某寨某年过鼓藏节，一般是指第三年举办的活动。

雷山苗族斗牛习俗

潘定发

斗牛，是雷山县苗族人民千百年来的节庆祭祖兼娱乐活动。这种斗牛不同于西班牙的人与牛斗，而是以两头力气相当、角形相似的水牯牛用角相抵相撞的方式进行。这扣人心弦、精彩万分的东方斗牛大赛享誉国内外。

这里的斗牛活动，一般在节日里举行，如一年一度的吃新节和过苗年以及 13 年一度的鼓藏节。斗牛场地选择在河滩或寨子周围有缓坡的平地上。来自四面八方的亲朋嘉宾、男女老少都穿上节日盛装，来观看这惊心动魄的斗牛比赛，真是人山人海，有时达万人以上。

水牯牛角斗，一般有平斗和碰斗。最壮观的要算碰斗：牴牛头顶戴上事先编好的圆形草镫（防被碰伤，近些年已取消），由主人牵入场上雄峙傲立。碰牛由主人牵到离牴牛约两三丈远的地方。碰牴两牛相互看清后。这时，只需主持者吹一声哨或做一手势，双方牛主人便放开绳索，碰牛四蹄前奔犹如一只下山的猛虎，飞快地向牴牛猛冲；勇猛顽强已做防御准备的牴牛立即向前迎战。说时迟，那时快，只听得“当”的一声，草镫飞出几尺高，两头牯牛头碰头，角抵角。在四周观众喝彩连天、呐喊助威声中左攻右防，互不相让，扭成一团。猛烈碰击声“咚咚”作响。地面飞沙走石。有时两牛僵持不下，气喘吁吁，满嘴白沫。

结果：一是弱者抵挡不住而逃，胜者乘势追击不舍。二是双方力气均衡互不相让，搏斗时间超过规定的时间，当判明胜败者或持平时，则由事先安排好的两组人用绳索分别套住两头牛的后腿，各由十几名壮士迅速同时朝反方向拉起绳子，将两牛隔开。一场惊心动魄的牯牛角斗也就结束。

下一对牯牛接着竞斗，一轮接着一轮。一般要经历 3 ~ 4 天才能结束。经过多次较量，分出冠、亚、季军名次，各获得奖旗和不等的奖金。斗胜者，主人喜气洋洋；败者，主人也不气馁，决心总结经验，争取下次取胜。

围观的人们不仅观看斗牛享尽欢乐，更从牛的勇于竞斗中汲取奋发向上精神，同时还可以和亲朋好友叙家常，交流生产经验。对未婚男女青年来说，也是他们对唱情歌，寻找意中人的良机。苗家人年复一年进行这种传统的斗牛活动是怎样形成的呢?

相传自从在一场灭绝人类的大洪灾后，幸存的苗族始祖姜央兄妹（也有称为伏羲兄妹）不得不成家育子以后，年年风调雨顺，岁岁谷米满仓。但后来有一年发生瘟疫，死的人畜很多。第二年天又大旱，庄稼颗粒无收。姜央请来的巫师说，是因为姜央的大儿子让水牯牛有几回踩到姜央的生母蝴蝶妈妈的坟上，引起老太太生气了，要求姜央秋收后杀条水牯牛孝敬她。姜央只好遵令行事。第二年果然风调雨顺，又有好收成，人们康乐。从那时起，苗家便兴起每年过苗年杀猪祭祖，按十二地支历法每隔 13 年过鼓藏节杀牯牛祭祖。祭祖前，为了博得蝴蝶妈妈和以后的先祖之灵魂与参加活动的人们一起欢乐，于是利用水牯牛具有好斗的性格，兴起了两牛角斗的活动。传说，再到后来，这种斗牛活动又增加了追忆当年蚩尤九黎部落联盟与炎黄部落联盟大战于涿鹿时，苗族先民们用各种“火牛阵”取得战争初期九战九胜的业绩。再以后，苗民认识到水牯牛是农耕极重要的劳力，也就只杀猪来祭祖。但让牯牛相斗的活动却年复一年地举行。而且还成为节日里的主要活动内容。我国民俗学泰斗钟敬文教授认为，西方斗牛是狩猎时代的产物，他们借助斗牛演习来表现早期人类对野牛的征服力；而黔东南斗牛则反映了农耕畜牧时期，人们对繁育耕牛的重视。

雷山苗族服饰刺绣

潘定发

在雷山，你会发现在苗家姑娘那漂亮的衣装上有一个最大的特点，就是在服饰上挑花刺绣。衣裙、围腰、头帕、鞋面、背带都要用丝线绣上花鸟、虫鱼、龙凤、树木、人神等图案。有研究苗族刺绣的专家认为最具有苗族特色的绣品在贵州，而在贵州，最有代表性的要数黔东南。雷山苗族的绣品确实迷人，论风格、绣技也居于前列。因此，2006 年 5 月，国务院已将雷山苗族刺绣技艺列入首批国家级非物质文化遗产代表作名录。这里的刺绣针法主要有平绣、辫绣、绒绣、堆绣、缠绣、锁绣、破线绣、锡绣、挑花绣、结绣、钉线绣等 10 多种。据说，雷山刺绣能出精品主要把握好三个环节：一是讲究构图，二是讲究用色，三是讲究绣技。这三个环节是密切相关的。一幅理想的构图形成了，手工剪好图样，用哪些色丝并如何搭配？又需用哪些绣技才能绣制出具有鲜明主题、艺术效果最佳的精湛绣品？对这些，凡有经验的绣手是成竹在胸。优秀的绣手具有大画家的思维，非常讲究构图这一基本环节。一则构图设计十分讲究严谨、对称、协调，每幅绣图中要有主、附图案，且搭配适当。二则构图内容取材广泛。可归纳为四大类：1. 远古神话传说如创世的蝴蝶妈妈等；2. 图腾崇拜如龙凤、日月、水牛、飞鸟、枫树等；3. 自然景物如人与山水、生物、房屋、田园、五谷和谐相处等；4. 历史追忆如苗族大迁徙路径，还有苗人崇拜的姜央（也有说伏羲）、蚩尤等圣人的形象。多数人能随口说出黄河、长江、洞庭湖等迁徙路线的所在处来。有人说“苗族服饰刺绣是一部无字的史书!”的确不假，苗家女性用这些传统的刺绣技术，使款式多样的苗族女性服饰变得格外精美。使人见了赞不绝口，绘画艺术大师们也在如痴如醉地投以赞许的眼光。许多专家感慨地说：“苗族刺绣精品不仅是苗族文化的瑰宝，也是中华民族文化的瑰宝。”艺术大师刘海粟就这样评价过苗族绣品：“缕云裁月，苗女巧夺天工，苏绣、湘绣比之，难以免俗。”2003 年 10 月，由国家民委主办、中国民族博物馆承办的中国民族服饰文化在巴黎展览，雷山县苗族服饰刺绣和银饰工艺轰动了巴黎，波及法国。2004 年 1 月 28 日至 2 月 5 日，由中国民族博物馆等单位在新加坡举办的中国·雷山苗族服饰展，新加坡《联合早报》对苗族服饰、手工刺绣、银饰制作工艺的精美绝伦赞不绝口。

史书记载，在苗族文明始祖蚩尤成为九黎部落联盟的首领时，居住在今黄河下游一带的苗族先民已广种粟、棉。有了棉花就有了制作衣服的原料。处于萌芽状况的刺绣服饰也在苗寨中产生。以后到三苗国部落联盟时代，苗族服饰刺绣就是史书中称的“鸟章卉服”。到了春秋战国时代的楚国（主体居民为苗族人）时期，苗族的刺绣工艺有了较大的发展。1982 年湖北江陵县马山一号楚墓出土的刺绣精品之一“龙凤虎纹绣”为罗地禅衣，底料为灰白色，图案长 29.5 厘米、宽 21 厘米。刺绣由两个对称的花纹（苗绣很讲究对称）组成菱形图案，沿四边用褐色和金黄色彩线各绣一龙一凤。显示了楚刺绣的精湛水平。苗族先民从长江中下游流域迁徙到雷山安居，至今已有两千多年了。先民们也把当时的绣技带到雷山，加以传承和发展。

作 者 简 介

唐千武，男，苗族，苗名喜农，年近古稀，一生教书，中学高级教师，现为雷山县苗学会常务副会长、秘书长。业余著文较多。曾与人合编《蚩尤魂系的家园》等书。

张希成，男，苗族，年届古稀，系雷公山自然保护区管理处退休干部。平生好写作，善摄影。文章和照片发表颇多。

杨应光，男，苗族，人到中年，从教育到行政多经磨炼。现任雷山县文联党组书记。善作文，在报刊上发表的散文较多，影响较好。

吴兴权，男，苗族，人到中年，雷山烟草局干部。平生爱好写作与摄影，为雷山摄影协会主席。其散文、诗歌、照片发表和获奖的颇多。

刘学敏，男，壮族，人到知天命之年，系雷山公路稽征站干部。从小爱写作，在报刊上发表散文较多。文章取材广泛，文情并茂，别具一格。

杨昌洲，男，苗族，人到知天命之年，任过县广播局、旅游局等局长。文章不多，但很大气，激情热烈奔放。

潘定发，男，苗族，年届古稀，一生悬壶济世，任过县人民医院院长，在苗学研究领域中对苗医苗药研究较深，造诣较高。有较多苗学研究文章问世。现为雷山苗学会副会长，系中国民族博物馆苗族文化雷山研究中心研究员。

张世荣，男，苗族，人过知天命之年，任过雷山县政协主席，现是黔东南苗族侗族自治州人民政府教育督导员，善作文，一生文章颇丰。

杨少辉，男，苗族，人到中年，现为雷山县人民政府副县长，善作文，散文情感丰富，文笔细腻。

李振华，男，苗族，人到中年，乡镇干部，爱好作文和演讲。

侯天江，男，苗族，人过而立，现任中国民族博物馆苗族文化雷山研究中心副主任，西江千户苗寨民族博物馆副馆长，雷山苗学会副会长。对苗族文化颇有研究，主编有《雷山西江的历史与文化》、《雷山的旅游与文化》等书。

唐秋玉，男，苗族，人到中年，现任西江镇党委书记与西江景区管理局局长。善作文，《我爱西江的美》曾获2009年贵州美文比赛二等奖。

韦向东，男，苗族，名通贤，现任雷山县委办公室主任。爱好苗族文化，善作文，在县苗学会中任副会长。

杨森，男，苗族，人到中年，现为雷山职业高中教务主任。文章颇多，很有激情。

吴呈金，男，苗族，人到中年，从教于雷山第二中学，担当汉文和苗文双语教学任务。兴趣广泛，有散文和双语教学论文多篇在报刊上发表。

文金花，女，苗族，小学教师，除教学外，爱好练笔作文。

梁慧，女，苗族，雷山县示范幼儿园教师，善歌、好作文、善编舞蹈。

张前江，男，苗族，而立之年，为雷公山自然保护区管理处员工。好读书，善写作，常有散文问世。

李格林，男，苗族，人到中年，方祥乡教育站干部。平时爱好写作。

张艳莉，女，苗族，雷公山自然保护区管理处员工。青年文学爱好者，喜欢读写散文。